2019 한양대학교 연극영화학과
캡스톤
창작희곡선정집

•

6

2019 한양대학교
연극영화학과
캡스톤
창작희곡선정집

6권

평민사

차 례

펴낸이의 글

　　2017년 첫 선을 보이기 시작한 〈한양대학교 연극영화학과 캡스톤 창작희곡 선정집〉이 2020년 제 6권을 출판하게 되었습니다. 최근 한국 공연예술계는 '코로나19'라는 지금껏 만나보지 못한 변수로 인해, 말 그대로 존폐의 위기에 직면해 있습니다. 이는 공연예술 분야에 접근하던 그동안의 전통적 방식을 탈피하여 새로운 차원의 대안을 마련해야 한다는 과제를 던짐과 동시에, 미래지향적 예술인재 양성과 새로운 콘텐츠 발굴이라는 핵심적 측면을 끈기 있게 지속해야 함을 의미합니다. 또한 대학 역시 기존 교육 체계의 답습에 그치지 않고 산업, 지역사회, 나아가 국가에 이바지할 수 있는 실제적이고 창의적인 교육 비즈니스를 실천해야 함을 의미합니다.

　　이러한 의미에서 본 희곡집은 산학협력의 또 하나의 모델입니다. 교육 과정을 통해 개발된 창작 콘텐츠를 실제 공연화를 거쳐 수정, 보완하여 무궁한 잠재력을 가진 예술작품이자 상품으로 세상에 선보이는 힘찬 날갯짓입니다. 본 희곡집의 작가들은 비록 시작은 미약할지 모르지만 앞으로 대한민국 예술계를 이끌어 나갈 새로운 창작자들입니다. 특히 하나의 작은 물줄기에서 상상하지 못할 정도로 수많은 가지를 뻗어낼 수 있는 현대 문화예술산업의 흐름 속에서 기발한 아이디어들을 제공할 수 있을 뿐 아니라 기성 작가들에게도 새롭고 신선한 자극을 선사할 수 있을 것으로 사료됩니다.

본 희곡집이 출판될 수 있기까지 물심양면으로 도와주신 한양대학교 링크플러스 사업단 관계자 분들과 출판의 모든 과정을 진행해 준 유재구 작가에게 감사의 말씀 전합니다. 무엇보다 본 출판의 의미를 소중하게 여겨주시며 언제나 기쁜 마음으로 출판을 진행해주시는 평민사 이정옥 대표님께도 감사의 말씀 전합니다.

　　한양대학교 연극영화학과는 앞으로도 다양한 창작 작품들을 세상에 끊임없이 선보이는, 콘텐츠 창작의 마르지 않는 샘물이 될 수 있도록 최선을 다할 것입니다.

　　펴낸이　권 용, 김준희, 조한준

1095번째 파도

유재구 지음

등장인물

경준
의사
간호사
엄마
경찰
기자

무대

무대는 경준의 방. 침대와 책상이 있다. 벽에는 해안지도가 붙어 있다. 책상 위에 휴대전화가 놓여 있고 기사 종이들이 어질러져 있다. 침대 옆에는 스탠드 옷걸이가 서 있다. 교복이 걸려 있다. 극 중에서 의사가 소견을 말하는 도중 무대가 전환된다. 극 중 의사의 소견 장면은 총 세 번인데, 첫 번째에 소품이 전환된다. 두 번째에 대도구가 전환된다. 대도구의 전환까지 완료되면 무대는 다른 공간이 된다.

파도소리.

경준이 물에 젖은 채 숨을 헐떡거린다. 뒤이어 어디선가 들리는 목소리.

목소리 경준아 알지?

한 곳을 응시하는 경준.

경준 준형아.

목소리 넌 알지?

경준 갑자기 무슨 소리야?

목소리 미안해.

경준 너 지금 무슨 말 하는 거야?

목소리 넌 분명히 알 거야. 미안해 경준아.

경준 내가 뭘 안다는 거야. 야, 어디 가?

목소리 넌 분명 알고 있을 거야.

경준 이준형! 어디 가냐고, 대답 좀 해!

거센 파도 소리와 호루라기 소리.

학생들의 비명 소리와 함께 교관의 목소리가 들린다.

목소리 학생들, 물에서 당장 나옵니다! 거기 학생! 어서 뭍으로 나와!

경준 그만해.

여러 소리들이 뒤섞여 뒤죽박죽 들려온다.

경준   그만해!

계속 들려오는 소리들.

경준   그만하라고! 그만해! 제발 그만! 그만해, 그만 좀 제발!

엄마 등장.

엄마   경준아. 진정해!
경준   그만, 그만해.
엄마   꿈이야 경준아. 괜찮아. 엄마 여기 있잖아. 진정해.

경준, 숨을 거칠게 몰아쉰다. 땀을 닦아주는 엄마.

엄마   또 같은 꿈을 꿨니? 괜찮아. 아무 일도 안 일어났어.
경준   엄마.
엄마   응?
경준   나 얼마나 잤어?
엄마   5시간 정도.
경준   2시간 넘으면 깨워 달라고 했잖아!

경준, 책상으로 뛰어간다. 책상 위에 쌓인 종이들을 훑어본다.

엄마   그래도 잠은 충분히 자야지 경준아.
경준   시간이 없다고. 내가 지금 자고 있을 시간이 어딨어!
엄마   엄마가 너 일어나면 먹으라고 밥 해놨어. 일단 밥부터 먹고.

경준	지금 내가 밥이 넘어가게 생겼어? 정신없으니까 나가.
엄마	몸이 성해야 친구들도 구하지. 너 이러다 또 쓰러지겠어.
경준	내가 알아서 할게.
엄마	엄마 속상하게 하지 말고 얼른.
경준	빨리 나가!
엄마	엄마 밖에 있을 테니까 나와서 챙겨먹어.

경준, 전화를 건다.

엄마	알았지?
경준	알았다고! 여보세요, 김기정 기자님?

엄마, 기자가 되어 대답한다.

기자	누구세요?
경준	공주사대부고 학생 이경준이라고 합니다.
기자	네, 말씀하세요.
경준	제보할 게 있습니다. 제 친구들인데요, 며칠 전에 실종된 5명 있잖아요. 지금 아직 살아있습니다.
기자	실종이요? 하나씩 말해줄래요?
경준	제가 그러니까 공주사대부고 학생이고, 공주사대부고 해병대 캠프 사고 몰라요? 며칠 전에 학생들 물에 빠지고 그랬잖아요.
기자	아, 네. 그래서 제보할 게 어떤 내용이죠?
경준	말했잖아요, 실종된 학생들이 살아있다고.
기자	실종자들이 살아있다고요?

경준	조사를 해봤는데 거기 사고 해안 근처에 길마섬이라고 있어요. 육지랑 2km도 안 되고 육안으로도 보이는 섬인데, 애들 거기 있어요 지금. 이제 시간이 없으니까 보도 기사 좀 빨리 내주세요.
기자	학생 조금만 진정하고 천천히 얘기해줄래요?
경준	그니까 그 길마섬이라는 곳에 5명이 살아있다고요. 더 늦기 전에 알려야 돼요.
기자	학생 미안하지만 지금 말해준 걸로는 근거가 부족해서 기사를 낼 수 없는데-
경준	근거가 다 있다니까요.
기자	그럼 그걸 좀 얘기해줄 수 있어요? 그래야 기사를-
경준	일일이 얘기할 시간이 없으니까 자료들을 메일로 보낼게요. 그럼 됐죠?
기자	그래요, 그렇게 해요.
경준	전화 끊고 바로 보낼 테니까 확인해주세요.
기자	알았어요… 근데 학생은 실종자들과 친구 관계라고 했죠?
경준	아까 말했잖아요.
기자	혹시 사고 당시에 실종자들과 같은 장소에 있었나요?
경준	지금 그게 중요한 게 아니고, 빨리 생존 보도 기사부터 내달라고요. 애들이 죽을지도 모른다니까요!
기자	진정해요, 학생. 보도 내용에 필요할 것 같아서 물어보는 거예요. 기사는 자료 확인하는 대로 작성할 테니까-
경준	저도 걔네랑 같은 곳에 있었고 물에 같이 빠졌던 학생입니다. 됐나요?
기자	그랬군요… 그렇다면 어렵겠지만 혹시 그때 상황을 좀 말해줄 수 있어요? 기사 작성에 큰 도움이 될 거예요.

경준 저기요 기자님. 내가 얼마나 많은 기자들한테 연락을 돌렸는지 아세요? 그런데 어떻게 그때마다 똑같은 얘기를 꺼낼 수가 있죠? 기자들은 그게 그렇게 중요한가 보죠? 사람 목숨보다도 그때 상황이? 그렇겠죠. 내가 바로 그때 당시 피해자니까. 피해자 인터뷰를 내보내면 이슈가 될 테니까. 어떻게 한 명도 애들이 살아있다는 사실에는 관심도 없는 거죠? 어떻게 한 명도!

기자 학생 진정해 봐요! 그런 게 아니라 근거랑 사실 관계가 중요하니까 그런 거예요.

경준 언제부터 기자들이 그런 걸 중요하게 생각했어요? 그때 상황이 어땠냐고요? 애들이 실종되고 나서 기자가 떼로 몰려와서는 우리를 어떻게든 취재하려고 난리였죠. 피해자인 우리 입장은 생각도 안하고! 이제 와서 근거니 뭐니 위선 좀 떨지 마요. 다 알아요. 이미 애들이 죽었다고 생각하는 거. 그러니까 나한테만 그렇게 관심이 많으시죠. 근데 아직 살아있다니까요? 아니 적어도 아직 실종상태인 이상 어떻게든 가능성을 생각해야 되는 거 아녜요? 나는 당신들 역겨운 위선까지 참아가면서 한 명이라도 기사를 내줄까하고 이러고 있는데!

기자 경준 학생! 진정해요! 지금 너무 흥분했어요. 내가 경솔했고 미안해요. 자료 보내주면 바로 확인할 테니까 일단 자료부터 보내줘요. 알겠죠?

경준 … 알겠습니다.

기자 그럼 확인하고 연락 줄게요.

기자 퇴장. 경준, 전화를 끊는다. 바로 이어서 전화를 건다.

경찰 등장. 경준의 전화를 받는다.

경찰 태안해양경찰서 경사 김재현입니다.

경준 안녕하세요. 공주사대부고 학생 이경준입니다. 생존자 신고
하려는데요.

경찰 네, 말씀하세요.

경준 3일 전에 해병대 캠프 사고, 안면도 백사장 해변 있잖아요.

경찰 네.

경준 실종된 5명이 지금 길마섬에 살아있습니다. 바다를 수색할
게 아니고 그 섬을 수색해야 돼요.

경찰 길마섬이요?

경준 네, 그러니까 길마섬이 사고 지점에서 북서쪽으로 1.7km 떨
어져있는데 그때가 마침 썰물이었어요. 사고 시각 오후 5시
3분. 섬 쪽으로 바닷물이 빠지고 있었다고요. 게다가 서해안
난류까지 올라와서 방향이 딱 맞아요. 거의 확실합니다. 애
들은 살아있어요.

경찰 그럼 그 내용으로 검토를 해볼 테니까-

경준 검토가 아니고 당장 시작해야 된다니까요? 벌써 3일이나 지
났다고요!

경찰 그래요. 우리도 인력을 막 움직일 수 없으니까 조사를 해본
다는 말이에요.

경준 사람 목숨 걸린 일에 무슨 검토가 필요한 거죠? 3일 동안 바
다만 뒤졌다면서요, 근데도 못 찾았으면, 아니 대체 섬에 표
류했을 거라는 생각은 안 해봤어요?

경찰 학생, 진정해 봐요. 이게 절차라는 것도 있어서 그런 거니
까 너무 예민하게 받아들이지 말고 최대한 빨리 진행할 테

니까….

경준 지금 애들이 죽을지도 모른다고! 당장 수색부터 시작하라니까요. 내가 다 조사해봤다고요. 경찰이 해야 될 일을 안 해서 내가!

경찰 학생, 진정해요!

경준, 종이를 하나 집어 들고 읽는다.

경준 여름철 바다에서 생존할 수 있는 시간 최대 12시간. 서해안 평균 조류 속력 2노트. 1시간에 약 4km 이동할 수 있다. 사고 지점에서 길마섬까지 1.7km. 변수를 포함해 최소 3시간 이내로 섬에 도달할 수 있다. 실종자들이 섬에 표류했을 경우, 인간이 물과 음식물 없이 최대로 생존한 기록 18일. 물만 있어도 최대 30일 이상을 살 수 있다. 아직 3일밖에 안 지났는데 할 수 있는 건 다 해봐야 되는 거 아니에요?

경찰 그러니까 수색을 안 하겠다는 게 아니고–

경준 경찰이 무능하다 못해 의지도 없네요. 내 친구들 죽으면 당신들 책임이야 알아?

경찰 학생! 진정하고 잘 들어요. 수색 바로 할 거예요. 근데 수색 바로 들어가려면 방금 학생이 말한 자료들 출처가 필요한데. 출처 좀 말해줄 수 있어요?

경준 ….

경찰 출처만 확인돼서 보고 올리면 지금 바로 수색 시작할 수 있으니까, 예를 들어 기사라면 며칠 자 기사인지.

경준 바로 말할 테니까 적으세요. 기사는 일단 태안일보 7월 19일 자. 기사 제목은–

경찰 7월 19일이요?

경준 네 7월 19일. 그리고 기사 제목이… 그러니까 19일자 기사인데… 사고가 7월 18일이고… 오늘이 실종 3일째니까… 오늘이, 며칠이지…?

여자 등장. 경찰은 의사가 되어 여자와 만난다. 둘은 경준을 지켜본다.

경준 그러니까 오늘이….

경준, 혼란스러워 한다.

경준 오늘이, 며칠이지? 사고가 7월 18일… 왜 이러지…?

경준, 두통을 호소한다. 머리를 부여잡고 바닥에 쓰러진다.

여자 ….

의사 너무 걱정하지 마세요. 경준이가 흥분하면서 인지의 혼란을 겪는 것입니다. 정신질환자는 정보를 처리하는 과정에서 장애를 겪습니다. 날짜에 대한 직접적인 언급으로 인해 현실과 환각 세계 사이의 혼란을 겪는 것이죠. 만약 극심한 고통을 보이면 저희가 조치를 취할 겁니다.

여자 ….

의사 그래도 조금씩이지만 증세가 호전되고 있습니다. 경준이는 조현병, 흔히 말하는 정신분열증세를 보이고 있는데 PTSD, 외상 후 스트레스 장애로 인해 증상의 심각도가 매우 큰 상태입니다. 특히 경준이의 경우는 해마 기능 저하가 심해서 인지치료가 불가능하다는 거였죠. 현실을 전혀 자각하지 않으니까요. 그런 점에서 아직은 혼란을 겪는 형태로 나타나지만 자각의 순간이 보인다는 것은 긍정적인 신호라고 볼 수 있습니다.

여자   ….

의사   저희도 매일 최선을 다하고 있습니다. 중요한 건 경준이의 의지입니다. 저희는 그저 경준이가 자각의 순간을 겪을 수 있도록 도와주고 있을 뿐이죠. 더디지만 분명 좋아지고 있으니 너무 걱정 마세요.

여자   ….

    의사, 여자 퇴장.
    경준, 준형의 이름을 부르며 신음소리를 낸다.

경준   그만하라고! 그만해! 제발 그만! 그만해, 그만 좀 제발!

    간호사 등장.

간호사   경준아. 진정해!

경준   그만, 그만해.

간호사   꿈이야 경준아. 괜찮아. 엄마 여기 있잖아. 진정해.

    경준, 숨을 거칠게 몰아쉰다. 땀을 닦아주는 간호사.

간호사   또 같은 꿈을 꿨니? 괜찮아. 아무 일도 안 일어났어.

경준   엄마.

간호사   응?

경준   나 얼마나 잤어?

간호사   5시간 정도.

경준   2시간 넘으면 깨워 달라고 했잖아!

경준, 사물함으로 뛰어간다. 사물함 위에 환자 상태기록부를 훑어
본다.

간호사   그래도 잠은 충분히 자야지 경준아.

경준   시간이 없다고. 내가 지금 자고 있을 시간이 어딨어!

간호사   엄마가 너 일어나면 먹으라고 밥 해놨어. 일단 밥부터 먹고–

경준   지금 내가 밥이 넘어가게 생겼어? 정신없으니까 나가.

간호사   몸이 성해야 친구들도 구하지. 너 이러다 또 쓰러지겠어.

경준   내가 알아서 할게.

간호사   엄마 속상하게 하지 말고 얼른.

경준   빨리 나가!

간호사   엄마 밖에 있을 테니까 나와서 챙겨먹어.

경준, 손 세정제로 전화를 한다.

간호사   알았지?

경준   알았다고! 여보세요, 김기정 기자님?

간호사, 기자로서 대답한다.

간호사	누구세요?
경준	공주사대부고 학생 이경준이라고 합니다.
간호사	네 말씀하세요.
경준	제보할 게 있습니다. 제 친구들인데요, 며칠 전에 실종된 5명 있잖아요. 지금 아직 살아있습니다.
간호사	실종이요? 하나씩 말해줄래요?
경준	제가 그러니까 공주사대부고 학생이고, 공주사대부고 해병대 캠프 사고 몰라요? 며칠 전에 학생들 물에 빠지고 그랬잖아요.
간호사	아, 네. 그래서 제보할 게 어떤 내용이죠?
경준	말했잖아요, 실종된 학생들이 살아있다고.
간호사	실종자들이 살아있다고요?
경준	조사를 해봤는데 거기 사고 해안 근처에 길마섬이라고 있어요. 육지랑 2km도 안 되고 육안으로도 보이는 섬인데, 애들 거기 있어요 지금. 이제 시간이 없으니까 보도 기사 좀 빨리 내주세요.
간호사	학생 조금만 진정하고 천천히 얘기해줄래요?
경준	그니까 그 길마섬이라는 곳에 5명이 살아있다고요. 더 늦기 전에 알려야 돼요.
간호사	학생 미안하지만 지금 말해준 걸로는 근거가 부족해서 기사를 낼 수 없는데-
경준	근거가 다 있다니까요.
간호사	그럼 그걸 좀 얘기해줄 수 있어요? 그래야 기사를-
경준	일일이 얘기할 시간이 없으니까 자료들을 메일로 보낼게요. 그럼 됐죠?
간호사	그래요, 그렇게 해요.

경준 전화 끊고 바로 보낼 테니까 확인해주세요.

간호사 알았어요… 근데 학생은 실종자들과 친구 관계라고 했죠?

경준 아까 말했잖아요.

간호사 혹시 사고 당시에 실종자들과 같은 장소에 있었나요?

경준 지금 그게 중요한 게 아니고, 빨리 생존 보도 기사부터 내달라고요. 애들이 죽을지도 모른다니까요!

간호사 진정해요, 학생. 보도 내용에 필요할 것 같아서 물어보는 거예요. 기사는 자료 확인하는 대로 작성할 테니까~

경준 저도 걔네랑 같은 곳에 있었고 물에 같이 빠졌던 학생입니다. 됐나요?

간호사 그랬군요… 그렇다면 어렵겠지만 혹시 그때 상황을 좀 말해줄 수 있어요? 기사 작성에 큰 도움이 될 거예요.

경준 저기요 기자님. 내가 얼마나 많은 기자들한테 연락을 돌렸는지 아세요? 그런데 어떻게 그때마다 똑같은 얘기를 꺼낼 수가 있죠? 기자들은 그게 그렇게 중요한가 보죠? 사람 목숨보다도 그때 상황이? 그렇겠죠. 내가 바로 그때 당시 피해자니까. 피해자 인터뷰를 내보내면 이슈가 될 테니까. 어떻게 한 명도 애들이 살아있다는 사실에는 관심도 없는 거죠? 어떻게 한 명도!

간호사 학생 진정해 봐요! 그런 게 아니라 근거랑 사실 관계가 중요하니까 그런 거예요.

경준 언제부터 기자들이 그런 걸 중요하게 생각했어요? 그때 상황이 어땠냐고요? 애들이 실종되고 나서 기자가 떼로 몰려와서는 우리를 어떻게든 취재하려고 난리였죠. 피해자인 우리 입장은 생각도 안하고! 이제 와서 근거니 뭐니 위선 좀 떨지 마요. 다 알아요. 이미 애들이 죽었다고 생각하는 거. 그

러니까 나한테만 그렇게 관심이 많으시죠. 근데 아직 살아
있다니까요? 아니 적어도 아직 실종상태인 이상 어떻게든
가능성을 생각해야 되는 거 아녜요? 나는 당신들 역겨운 위
선까지 참아가면서 한 명이라도 기사를 내줄까하고 이러고
있는데!

간호사 경준 학생! 진정해요! 지금 너무 흥분했어요. 내가 경솔했고
미안해요. 자료 보내주면 바로 확인할 테니까 일단 자료부
터 보내줘요. 알겠죠?

경준 … 알겠습니다.

간호사 그럼 확인하고 연락 줄게요.

간호사 퇴장. 경준, 전화를 끊는다. 바로 이어서 전화를 건다.
의사 등장. 경준의 전화를 받는다.

의사 태안해양경찰서 경사 김재현입니다.

경준 안녕하세요. 공주사대부고 학생 이경준입니다. 생존자 신고
하려는데요.

의사 네, 말씀하세요.

경준 3일 전에 해병대 캠프 사고, 안면도 백사장 해변 있잖아요.

의사 네.

경준 실종된 5명이 지금 길마섬에 살아있습니다. 바다를 수색할
게 아니고 그 섬을 수색해야 돼요.

의사 길마섬이요?

경준 네, 그러니까 길마섬이 사고 지점에서 북서쪽으로 1.7km 떨
어져있는데 그때가 마침 썰물이었어요. 사고 시각 오후 5시
3분. 섬 쪽으로 바닷물이 빠지고 있었다고요. 게다가 서해안

난류까지 올라와서 방향이 딱 맞아요. 거의 확실합니다. 애들은 살아있어요.

의사   그럼 그 내용으로 검토를 해볼 테니까–

경준   검토가 아니고 당장 시작해야 된다니까요? 벌써 3일이나 지났다고요!

의사   그래요. 우리도 인력을 막 움직일 수 없으니까 조사를 해본다는 말이에요.

경준   사람 목숨 걸린 일에 무슨 검토가 필요한 거죠? 3일 동안 바다만 뒤졌다면서요, 근데도 못 찾았으면, 아니 대체 섬에 표류했을 거라는 생각은 안 해봤어요?

의사   학생, 진정해 봐요. 이게 절차라는 것도 있어서 그런 거니까 너무 예민하게 받아들이지 말고 최대한 빨리 진행 할 테니까….

경준   지금 애들이 죽을지도 모른다고! 당장 수색부터 시작하라니까요. 내가 다 조사해봤다고요. 경찰이 해야 될 일을 안 해서 내가!

의사   학생, 진정해요!

경준, 종이를 하나 집어 들고 읽는다.

경준   여름철 바다에서 생존할 수 있는 시간 최대 12시간. 서해안 평균 조류 속력 2노트. 1시간에 약 4km 이동할 수 있다. 사고 지점에서 길마섬까지 1.7km. 변수를 포함해 최소 3시간 이내로 섬에 도달할 수 있다. 실종자들이 섬에 표류했을 경우, 인간이 물과 음식물 없이 최대로 생존한 기록 18일. 물만 있어도 최대 30일 이상을 살 수 있다. 아직 3일밖에 안 지났는데 할 수 있는 건 다 해봐야 되는 거 아니에요?

의사 그러니까 수색을 안 하겠다는 게 아니고-

경준 경찰이 무능하다 못해 의지도 없네요. 내 친구들 죽으면 당신들 책임이야 알아?

의사 학생! 진정하고 잘 들어요. 수색 바로 할 거예요. 근데 수색 바로 들어가려면 방금 학생이 말한 자료들 출처가 필요한데. 출처 좀 말해줄 수 있어요?

경준 ….

의사 출처만 확인돼서 보고 올리면 지금 바로 수색 시작할 수 있으니까, 예를 들어 기사라면 며칠 자 기사인지.

경준 바로 말할 테니까 적으세요. 기사는 일단 태안일보 7월 19일자. 기사 제목은-

의사 7월 19일이요?

경준 네 7월 19일. 그리고 기사 제목이… 그러니까 19일자 기사인데… 사고가 7월 18일이고… 오늘이 실종 3일째니까… 오늘이, 며칠이지…?

의사 경준 학생! 내 말 들려요?

경준 그러니까 오늘이….

의사 내 목소리 듣고 있어요?

경준 오늘이, 며칠이지? 사고가 7월 18일….

의사 7월 18일.

경준 7월 18일….

의사 내 말 듣고 있죠? 자, 정확한 수색을 하려면 조금 더 자세히 말해줘야 돼요. 기사 제목을 말해 봐요.

경준 공주사대부고 학생들 구명조끼도 없이 물에 들어가… 갯고랑에 휩쓸린 듯… 교관의 지시로 깊은 곳까지… 근데 나 왜 이러지…?

의사 경준 학생, 내 목소리 계속 들어요! 내 말 들려요?

경준 7월 19일자 기사인데… 그러니까 오늘이… 엄마? 나 왜 이러지…?

의사 조금만 더 말해주면 수색 시작할 수 있어요. 친구들 5명 구해야 되잖아!

경준 … 5명이 아니고 6명이었어요.

의사 뭐라구요?

경준 실종자는 6명이었어요… 나까지. 병학이, 우석이, 태인이, 동환이, 준형이… 준형아….

경준, 고통스러워하며 쓰러진다.
여자 등장. 의사가 다가간다.

의사 드디어 경준이가 또 다른 자각의 지점을 가졌습니다. 약 3개월 만입니다. 본인이 실종자였다는 사실을 말하더군요. 그리고 수면 중에 반복적으로 되뇌던 준형이라는 친구의 이름을 처음으로 언급했습니다. 저희는 준형이라는 친구와의 기억이 경준이의 PTSD의 근본적인 원인이라고 추측하고 있습니다.

여자 ….

의사 반복적인 행동 양상이 경준이에겐 고통의 연속이겠지만 치료의 차원에서는 나름대로 용이한 상황입니다. 저희도 그에 따라 단계적인 대처를 할 수 있으니까요. 3년 가까이 되는 시간을 버텨준 경준이가 대단하죠. 무의식적이지만 경준이의 의지 덕분에 어떤 지점에서 경준이가 현실을 자각하기 시작하는지 점차 파악해나가고 있습니다. 일단은 경준이가 근본적인 트라우마의 원인과 현실을 인지하는 것이 우선입니다. 그 이후에는 훨씬 더 원활한 치료와 재활이 가능할 겁니다.

여자   ….

의사   그런 의미에서 지금부터가 가장 중요하다고 볼 수 있습니다. 본인이 실종자 중 한 명이었다는 사실을 인지했기 때문에 그와 관련된 기억을 떠올리도록 유도하는 것이 앞으로의 치료 방향입니다. 경준이가 겪은 외상과 직접적으로 연관되어 있어 그 어느 때보다 어렵겠지만 분명 중요한 기점이 될 겁니다. 여태까지 경준이가 잘 해왔으니 너무 걱정 마세요. 최선을 다해보겠습니다.

여자, 의사 퇴장.
사이.
파도소리.

경준   살려주세요!

호루라기 소리와 함께 교관의 목소리.

목소리   학생들! 물에서 당장 나옵니다!

경준   제발 나 좀!

호루라기 소리.

목소리   학생! 어서 뭍으로 나와!

경준   살려달라고!

경준, 심하게 기침한다.

경준   숨이, 숨이 안 쉬어져!

경준, 힘이 점점 빠진다.
호루라기 소리.

목소리   나온 학생들은 숙소에 가서 대기할 겁니다. 다 나왔지?… 6명? 그 학생이 먼저 숙소 가서 친구들 있나 확인해 봐. 나머지는 여기 정렬합니다.

경준   살려줘… 살려주세요….

잦아드는 파도 소리와 호루라기 소리.
뒤이어 어디선가 들리는 목소리.

목소리   경준아 알지?

한 곳을 응시하는 경준.

경준   준형아.

목소리   넌 알지?

경준   갑자기 무슨 소리야?

목소리   미안해.

경준　너 지금 무슨 말 하는 거야?

목소리　넌 분명히 알 거야. 미안해 경준아.

경준　내가 뭘 안다는 거야. 야, 어디 가?

목소리　넌 분명 알고 있을 거야.

경준　이준형! 어디 가냐고, 대답 좀 해!

거센 파도 소리와 호루라기 소리.

경준　그만해.

여러 소리들이 뒤섞여 뒤죽박죽 들려온다.

경준　그만해!

계속 들려오는 소리들.

경준　그만하라고! 그만해! 제발 그만! 그만해, 그만 좀 제발!

간호사 등장.

간호사　경준아. 진정해!

경준　그만, 그만해.

간호사　꿈이야 경준아. 괜찮아. 엄마 여기 있잖아. 진정해.

경준, 숨을 거칠게 몰아쉰다. 땀을 닦아주는 간호사.

간호사	또 같은 꿈을 꿨니? 괜찮아. 아무 일도 안 일어났어.
경준	엄마.
간호사	응?
경준	나 얼마나 잤어?
간호사	5시간 정도.
경준	2시간 넘으면 깨워 달라고 했잖아!

경준, 사물함으로 뛰어간다. 사물함 위에 환자 상태기록부를 훑어 본다.

간호사	그래도 잠은 충분히 자야지 경준아.
경준	시간이 없다고. 내가 지금 자고 있을 시간이 어딨어!
간호사	엄마가 너 일어나면 먹으라고 밥 해놨어. 일단 밥부터 먹고-
경준	지금 내가 밥이 넘어가게 생겼어? 정신없으니까 나가.
간호사	몸이 성해야 친구들도 구하지. 너 이러다 또 쓰러지겠어.
경준	내가 알아서 할게.
간호사	엄마 속상하게 하지 말고 얼른.
경준	빨리 나가!
간호사	엄마 밖에 있을 테니까 나와서 챙겨먹어.

경준, 손 세정제로 전화를 한다.

간호사	알았지?
경준	알았다고! 여보세요, 김기정 기자님?

간호사, 기자로서 대답한다.

간호사	누구세요?
경준	공주사대부고 학생 이경준이라고 합니다.
간호사	네 말씀하세요.
경준	제보할 게 있습니다. 제 친구들인데요, 며칠 전에 실종된 5명 있잖아요. 지금 아직 살아있습니다.
간호사	실종이요? 하나씩 말해줄래요?
경준	제가 그러니까 공주사대부고 학생이고, 공주사대부고 해병대 캠프 사고 몰라요? 며칠 전에 학생들 물에 빠지고 그랬잖아요.
간호사	아, 네. 그래서 제보할 게 어떤 내용이죠?
경준	말했잖아요, 실종된 학생들이 살아있다고.
간호사	실종자들이 살아있다고요?
경준	조사를 해봤는데 거기 사고 해안 근처에 길마섬이라고 있어요. 육지랑 2km도 안 되고 육안으로도 보이는 섬인데, 애들 거기 있어요 지금. 이제 시간이 없으니까 보도 기사 좀 빨리 내주세요.
간호사	학생 조금만 진정하고 천천히 얘기해줄래요?
경준	그니까 그 길마섬이라는 곳에 5명이 살아있다고요. 더 늦기 전에 알려야 돼요.
간호사	학생 미안하지만 지금 말해준 걸로는 근거가 부족해서 기사를 낼 수 없는데-
경준	근거가 다 있다니까요.
간호사	그럼 그걸 좀 얘기해줄 수 있어요? 그래야 기사를-
경준	일일이 얘기할 시간이 없으니까 자료들을 메일로 보낼게요. 그럼 됐죠?
간호사	그래요, 그렇게 해요.

경준	전화 끊고 바로 보낼 테니까 확인해주세요.
간호사	알았어요… 근데 학생은 실종자들과 친구 관계라고 했죠?
경준	아까 말했잖아요.
간호사	혹시 사고 당시에 실종자들과 같은 장소에 있었나요?
경준	지금 그게 중요한 게 아니고, 빨리 생존 보도 기사부터 내달라고요. 애들이 죽을지도 모른다니까요!
간호사	진정해요, 학생. 보도 내용에 필요할 것 같아서 물어보는 거예요. 기사는 자료 확인하는 대로 작성할 테니까—
경준	저도 걔네랑 같은 곳에 있었고 물에 같이 빠졌던 학생입니다. 됐나요?
간호사	그랬군요… 그렇다면 어렵겠지만 혹시 그때 상황을 좀 말해줄 수 있어요? 기사 작성에 큰 도움이 될 거예요.
경준	저기요 기자님. 내가 얼마나 많은 기자들한테 연락을 돌렸는지 아세요? 그런데 어떻게 그때마다 똑같은 얘기를 꺼낼 수가 있죠? 기자들은 그게 그렇게 중요한가 보죠? 사람 목숨보다도 그때 상황이? 그렇겠죠. 내가 바로 그때 당시 피해자니까. 피해자 인터뷰를 내보내면 이슈가 될 테니까. 어떻게 한 명도 애들이 살아있다는 사실에는 관심도 없는 거죠? 어떻게 한 명도!
간호사	학생 진정 해봐요! 그런 게 아니라 근거랑 사실 관계가 중요하니까 그런 거예요.
경준	언제부터 기자들이 그런 걸 중요하게 생각했어요? 그때 상황이 어땠냐고요? 애들이 실종되고 나서 기자가 떼로 몰려와서는 우리를 어떻게든 취재하려고 난리였죠. 피해자인 우리 입장은 생각도 안하고! 이제 와서 근거니 뭐니 위선 좀 떨지 마요. 다 알아요. 이미 애들이 죽었다고 생각하는 거. 그

러니까 나한테만 그렇게 관심이 많으시죠. 근데 아직 살아있다니까요? 아니 적어도 아직 실종상태인 이상 어떻게든 가능성을 생각해야 되는 거 아녜요? 나는 당신들 역겨운 위선까지 참아가면서 한 명이라도 기사를 내줄까하고 이러고 있는데!

간호사   경준 학생! 진정해요! 지금 너무 흥분했어요. 내가 경솔했고 미안해요. 자료 보내주면 바로 확인할 테니까 일단 자료부터 보내줘요. 알겠죠?

경준   ··· 알겠습니다.

간호사   그럼 확인하고 연락 줄게요.

간호사 퇴장. 경준, 전화를 끊는다. 바로 이어서 전화를 건다.
의사 등장. 경준의 전화를 받는다.

의사   태안해양경찰서 경사 김재현입니다.

경준   안녕하세요. 공주사대부고 학생 이경준입니다. 생존자 신고 하려는데요.

의사   네, 말씀하세요.

경준   3일 전에 해병대 캠프 사고, 안면도 백사장 해변 있잖아요.

의사   네.

경준   실종된 5명이 지금 길마섬에 살아있습니다. 바다를 수색할 게 아니고 그 섬을 수색해야 돼요.

의사   길마섬이요?

경준   네, 그러니까 길마섬이 사고 지점에서 북서쪽으로 1.7km 떨어져있는데 그때가 마침 썰물이었어요. 사고 시각 오후 5시 3분. 섬 쪽으로 바닷물이 빠지고 있었다고요. 게다가 서해안

의사   난류까지 올라와서 방향이 딱 맞아요. 거의 확실합니다. 애들은 살아있어요.

의사   그럼 그 내용으로 검토를 해볼 테니까—

경준   검토가 아니고 당장 시작해야 된다니까요? 벌써 3일이나 지났다고요!

의사   그래요. 우리도 인력을 막 움직일 수 없으니까 조사를 해본다는 말이에요.

경준   사람 목숨 걸린 일에 무슨 검토가 필요한 거죠? 3일 동안 바다만 뒤졌다면서요, 근데도 못 찾았으면, 아니 대체 섬에 표류했을 거라는 생각은 안 해봤어요?

의사   학생, 진정해 봐요. 이게 절차라는 것도 있어서 그런 거니까 너무 예민하게 받아들이지 말고 최대한 빨리 진행할 테니까….

경준   지금 애들이 죽을지도 모른다고! 당장 수색부터 시작하라니까요. 내가 다 조사해봤다고요. 경찰이 해야 될 일을 안 해서 내가!

의사   학생, 진정해요!

경준, 종이를 하나 집어 들고 읽는다.

경준   여름철 바다에서 생존할 수 있는 시간 최대 12시간. 서해안 평균 조류 속력 2노트. 1시간에 약 4km 이동할 수 있다. 사고 지점에서 길마섬까지 1.7km. 변수를 포함해 최소 3시간 이내로 섬에 도달할 수 있다. 실종자들이 섬에 표류했을 경우, 인간이 물과 음식물 없이 최대로 생존한 기록 18일. 물만 있어도 최대 30일 이상을 살 수 있다. 아직 3일밖에 안 지났는데 할 수 있는 건 다 해봐야 되는 거 아니에요?

의사 그러니까 수색을 안 하겠다는 게 아니고─

경준 경찰이 무능하다 못해 의지도 없네요. 내 친구들 죽으면 당신들 책임이야 알아?

의사 학생! 진정하고 잘 들어요. 수색 바로 할 거예요. 근데 수색 바로 들어가려면 방금 학생이 말한 자료들 출처가 필요한데. 출처 좀 말해줄 수 있어요?

경준 ….

의사 출처만 확인돼서 보고 올리면 지금 바로 수색 시작할 수 있으니까, 예를 들어 기사라면 며칠 자 기사인지.

경준 바로 말할 테니까 적으세요. 기사는 일단 태안일보 7월 19일 자. 기사 제목은─

의사 7월 19일이요?

경준 네 7월 19일. 그리고 기사 제목이… 그러니까 19일 자 기사인데… 사고가 7월 18일이고… 오늘이 실종 3일째니까… 오늘이, 며칠이지…?

의사 경준 학생! 내 말 들려요?

경준 그러니까 오늘이….

의사 내 목소리 듣고 있어요?

경준 오늘이, 며칠이지? 사고가 7월 18일….

의사 7월 18일.

경준 7월 18일….

의사 내 말 듣고 있죠? 자, 정확한 수색을 하려면 조금 더 자세히 말해줘야 돼요. 기사 제목을 말해봐요.

경준 공주사대부고 학생들 구명조끼도 없이 물에 들어가… 갯고랑에 휩쓸린 듯… 교관의 지시로 깊은 곳까지… 근데 나 왜 이러지…?

의사 경준 학생, 내 목소리 계속 들어요! 내 말 들려요?

경준 7월 19일자 기사인데… 그러니까 오늘이… 엄마? 나 왜 이 러지…?

의사 조금만 더 말해주면 수색 시작할 수 있어요. 친구들 5명 구 해야 되잖아!

경준 … 5명이 아니고 6명이었어요.

의사 뭐라구요?

경준 실종자는 6명이었어요… 나까지. 병학이, 우석이, 태인이, 동환이, 준형이… 준형아….

경준, 호흡이 가빠진다.

의사 간호사! 바로 시작해!

간호사 등장.

간호사 경준 학생! 나 김기정 기자예요. 내 말 들려요?

경준 준형아….

간호사 경준 학생? 보내준 자료들 봤어요! 기사 낼게요! 내 말 들어 봐요!

경준 김기정 기자님…?

간호사 그래요, 김기정 기자예요. 공주사대부고 실종 학생 5명, 사 고 부근 길마섬에 생존 가능성 있어. 이렇게 기사 낼 거예요.

경준 애들 분명히 살아있어요…!

간호사 네 맞아요. 그런데 방금 제보로 실종자가 6명이라는 얘기를

들었어요. 그걸 확인해야 기사가 나갈 수 있어요. 내가 모르
는 실종자가 더 있어요?

경준 그건 저예요….

간호사 그게 무슨 말이죠? 더 자세히 말해봐요.

경준 저도 실종자였다구요… 근데 저는 구조가 됐어요….

간호사 그러니까 경준 학생 말은 현재 실종자는 5명이고 제보가 들
어온 나머지 한 명은 본인이라는 말이죠?

경준 난 기자들이 도착하기도 전에 구조가 됐으니까….

간호사 아, 그럼 경준 학생은 어떻게 구조가 됐죠?

경준 몰라요… 모른다구요. 그때 난 기절해서 기억이 없어요! 그
게 중요한 게 아니잖아요 지금!

의사가 간호사에게 그만하라는 신호를 한다.

의사 경준 학생! 김재현 경찰입니다. 내 말 들려요?

경준 … 지금 이게 무슨 상황이죠?

의사 우리 전화하고 있었잖아요. 학생이 생존자 신고한다고!

경준 그랬나요…? 그런데 왜 이상한 기분이 들죠…? 하나도 정리
가 안 돼… 내가 지금 뭘 하고 있는 거지?

의사 친구들 구하기로 했잖아. 내 말 잘 들어요! 방금 학생이 본인
도 실종자 중 한 명이라고 말했었고 나머지 친구들 구하려고
지금 나랑 전화하고 있는 거야. 우리가 수색 시작하려면 경
준 학생 도움이 필요해. 경준 학생이 어떻게 구조됐는지 말
해줘야 돼. 그래야 똑같이 친구들 구조할 수 있어.

경준 … 그만해. 이제 그만…!

의사 경준 학생 지금까지 잘 얘기했잖아. 그래, 학생이 얘기해준

길마섬부터 바로 수색할 거고 학생이 구조됐던 지점에도 친구들이 살아있을 수 있으니까−

경준 난 모른다고요! 제발 그만! 기억이 없다고요, 눈 뜨고 나서는 물 밖이었다고! 그만 좀 제발!

의사 떠올려야 돼 경준 학생! 어떻게, 누가 구조해줬는지 기억나?

한 곳을 응시하는 경준.

경준 갑자기 무슨 소리야…? 너 지금 무슨 말 하는 거야…? 준형아, 야 어디 가…? 이준형!

의사 준형이? 준형이가 널 구조한 거야?

경준 준형아! 병학아… 우석아… 태인이, 동환이! 살아있어야 돼! 애들아, 너네 살아 있어야 한다고! 이러고 있을 때가 아니지, 애들을 구해야 돼!

경준, 환자기록부를 다급하게 뒤적거린다. 손 세정제를 붙잡고 전화 거는 시늉을 한다. 그런 경준을 유심히 지켜보는 의사.

경준 여보세요, 기자님? 공주사대부고 학생 이경준이라고 합니다… 해병대 캠프 사고! 3일 전에, 몰라요? 제가 그 실종자 중 한 명인데, 아 원래 6명이고 전 기자들이 도착하기 전에 바로 구조됐어요. 그게 중요한 게 아니고! 지금 나머지 애들이 살아있어요! 길마섬에! 거기가 어디냐면, 메일로 자료 보낼 테니까!… 기자들 오기 전에 구조됐다고요! 그니까 기사에는 5명인데! 아니 내가 그 당사자라니까!… 19일 기사가 뭐 어쨌다구요? 지금 벌써 3일이나 지나서, 이럴 시간 없고 하루 빨리 예?… 오늘이. 그니까. 엄마! 오늘 며칠이지? 21일 아닌가?

경준, 손 세정제를 내려놓는다.

경준   21일 맞는데. 그러니까… 사고가 7월 18일이고, 맞는데…? 애들 분명.

경준, 혼란스러워 한다.

경준   왜 이러지…? 아닌데…? 엄마, 엄마! 나 왜 이러지…? 분명 3일 전인데…? 기억이 왜 이러지? 이렇게 선명한데?

의사   괜찮아 잘 하고 있는 거야 경준 학생. 떠올려 봐. 어떤 게 선명하지?

경준   너무 선명해. 호루라기 소리. 친구들. 구명조끼가 없고 발이, 발이 안 닿아. 물이 너무 짜. 숨이 안 쉬어져.

경준, 심하게 기침한다.

경준   살려주세요! 제발 나 좀… 살려줘… 준형아.

의사   준형이가 대체 뭘 한 거야 경준아?

경준   눈이 마주쳤어….

의사   눈?

경준   준형이의 눈을 봐버렸어.

의사   준형이의 눈이 어땠는데?

경준   그 눈이, 난 그 눈을 잊을 수가 없어. 잠도 못 자. 눈을 감으면 어둠 속에 언제나 준형이의 눈이 있어. 그 눈은, 물속이었는데도, 분명 사방이 물 천지였는데도 눈물을 흘리고 있었어. 분명 눈물이 흘렀어. 구하러 가야 돼. 준형이. 다른 친구들도. 내가 왜 살았는데? 하필 왜 내가! 나를 왜…!

경준, 호흡이 과해진다.

의사　경준아 아직 친구들 살아 있어! 괜찮아 숨 천천히 쉬어! (간호사에게) 과호흡 상태야. 발작, 실신에 대비해.

경준　왜! 왜 그랬어! 준형아! 어디 가는 거야! 거기서 나와!

의사　경준아! 진정해! 지금은 꿈이 아니야!

경준　얼른 나오라니까!

의사　제발 진정해!

경준, 주저앉는다.

경준　준형아!

의사　숨 천천히 쉬는 거야.

경준　준형아.

의사　그렇지. 더 천천히!

경준, 완전히 힘이 빠져 쓰러진다.
간호사, 다가가 경준을 바로 눕힌다.
의사가 여자에게 다가간다.

의사　오늘은 여기까지 해야 할 것 같습니다. 경준이가 탈진한 상태입니다. 안정을 취하면 큰 이상은 없을 테니 너무 걱정 마세요. 자네는 돌발 상황에 대비해서 잠시 환자 옆에 대기 해줘.

간호사 네 알겠습니다.

의사 전 기록을 위해 이만 먼저 가보겠습니다. 절대적인 안정이 중요하니 지금은 어떠한 외부자극도 주지 않는 게 좋습니다.

여자 ….

의사 … 확실한 건 조금 더 경과를 지켜봐야겠지만, 경준이가 친구들이 죽었다는 사실을 인정하기 시작한 것 같습니다. 중요한 건 그때의 사실을 떠올릴 수 있는 상태까지 왔다는 것입니다. 현실과의 괴리를 느끼는 순간에 경준이가 겪던 신체적, 심리적 고통도 전과 비교해 정말 많이 완화되었습니다. 저희의 치료 목적은 끝내 경준이가 사회로 복귀할 수 있도록 도와주는 것입니다. 그런 의미에서 진정한 의미의 치료는 이제부터라고 할 수 있겠네요… 솔직하게 말씀드리면 이렇게 극심한 증상을 보이는 환자는 저로서도 사실상 처음이었습니다. 포기하고 싶은 마음이 없었다면 거짓말일 겁니다. 저도 의사이기 이전에 사람이니까요. 하지만 경준이를 보게 되면 결국 그럴 수가 없더군요. 이제는 경준이에게 제가 오히려 고마운 마음이 듭니다. 포기하지 않고 끝까지 버텨줘서. 어린 나이에 큰 시련을 겪었지만 3년 가까이 되는 시간 동안 이미 보여줬듯이 경준이는 앞으로도 분명 더 나아질 겁니다… 죄송합니다, 제가 너무 감상적으로 말이 길어졌던 것 같네요. 그럼 이만 다음에 또 뵙도록 하겠습니다. 조심히 들어가세요.

의사, 여자에게 인사하고 퇴장.

경준, 잠꼬대한다.

경준 넌 알지? 알고 있지?… 알지 경준아? 넌 알고 있지?

— 막.

작가의 말 | 유재구

　2013년 7월 18일 발생한 공주사대부고 사설 해병대 캠프 사고는 당시 공주사대부고 2학년 학생들이 교관들의 지시로 구명조끼 없이 바다에 들어갔다가 물에 빠져 5명의 학생이 목숨을 잃은 사건입니다. 해당 해병대 캠프는 미인가 사설업체였고 일부 교관들은 자격증이 없는 아르바이트 인력이었던 이 일은 사회적 안전 불감증에 대한 경종을 울렸습니다. 그 후 1년 뒤 발생한 세월호 참사, 2018년 태안화력발전소 故 김용균 씨 사망사고 등과 함께 사회적 안전 불감증과 관련하여 기억되는 사건 중 하나입니다.

　공주사대부고는 저의 모교입니다. 참사 당시에는 학교를 졸업했었지만 피해 학생들은 제 2년 후배들이었습니다. 단지 그 사실만으로 모교에 대한 생각을 할 때마다 한켠에 후배들을 향한 마음의 짐이 있었습니다. 그리고 언젠가는 꼭 제가 할 수 있는 방법으로 그들을 기억하고자 했습니다.

　2013년으로부터 시간이 꽤 흘렀습니다. 이렇게밖에 하지 못해 부끄럽습니다. 하지만 꼭 잊지 않겠습니다.

그게 다예요 :
드레스 판타지아

강동훈 지음

짧은 하루들, 오 세스티오
우리가 긴 희망을 품지 못하게 하소서
- Odes of Homaroce, 1 : 4 -

소품들

실루엣, 내림라장조 / 매우 다정하게

찰나의 색, 바단조 / 매우 빠르게

리틀 레모네이드, 다장조 / 재미있게

낯선 이의 손, 내림라장조 / 느리고 부드럽게

드레스 메이커, 내림라장조 / 재미있게

레몬 크림 커스터드 혹은 리틀 블랙 드레스, 바단조 / 정열적으로

패턴 1 2 3, 다장조 / 느리게

드레스 판타지아, 내림라장조 / 다정하게

이름 모를 두 이의 결혼식

드레스를 입은 여인이 걸어 나오자, 남자는 자신도 모르게
깊은 탄식을 내뱉습니다.
"짧은 하루들, 오 세스티오.
우리가 긴 희망을 품지 못하게 하소서."

1장. 실루엣

[모모]

모모. 그는, 그러니까 자신을 기른 조부로부터 주로 "모모" 라는 애칭으로 불리는 여기 20대 후반 정도의 남자는 애초에 없었던 것. 상실해 버렸다고 하기엔 애당초 그가 소유한 적이 없던 것들을 오늘도 그려보는 중이다. 화자가 들여다본 그의 기억이 닿는 시간. 그 속에선 만질 수 없던 어머니–아버지의 쇄골–콧대–손날이라든지, 자신이 태어난 1992년 한국 성모병원의 소독약 냄새. 고향, 풋내 젖내. 부모가 남겨줬다는 "다인" 이라는 중성적인 이름이나, 태아 시절부터 그렇게 좋아했던 참외의 달콤한 향 같은 것들. 그는 그런 유년 시절의 기억이.

그   통째로 상실되어 버린 것 같다고 느낄 때가 종종 있다.

         그가 중학교 입학 전으로 기억나는 건 고작.

그   유모차의 시트가 그 뒤로 다시 본 적 없는 새하얀 색이었다는 거 유치원 선생님과 둘만 남으면, 심술이 나 커피를 부어 버린 것 화가 날 땐 실내화 가방을 발로 차댄 것 계단을 뛰어 내려가다가 굴러 넘어진 것.

조모   피가 철철 나는데도 차마 말하기가 민망했는지 혼자 두 시간을 거기에 앉아 있었어.

그리고 조부가 자기 전이면 매일 틀어줬다던 책 읽어주는 테이프 내용은 기억나?

그　　매일 잠이 쏟아질 때까지 틀어져 있었다. 이야기가 마무리 될 때면 생경한 클래식 음악이 흘러나왔고 자기 전에 만지작 대던 조모의 부드러운 팔. 조부의 펜 긋는 소리. 조모의 규칙 적인 재봉틀소리. 그 정도.

고작 그 정도. 그가 유년 시절을 기억하는 건.

조부　잠이 없는 꼬마였어. 울어 대면 새벽에도 유모차를 끌고 나 가 산책을 했고.

조모　사경이 심해서 왼쪽으로는 목이 잘 돌아가지도 않았어.

조부　선생님들을 유난히 싫어했지. 매일같이 누군가랑 다투고 돌 아왔는데.

조모　울지를 않았어. 그 조그만 게 잘 울지를 않아서 나는 그게 다 기억이 나. 그때가 오히려 더 선명하게.

그의 이런 유년 시절을 상징이라도 하는 것처럼 전해지는 일 화가 하나 있다.
조부는 그가 어릴 때부터 여자친구라도 데리고 오는 날엔 매 일 그 얘기를 했는데.

조부　태어날 때부터 심장에 조그만 구멍이 있었어. 심방 결손. 신생아 만 명 중에 한 명이 그렇다는데. 얼마나 울었는지 몰라 조그만 게 가여워서.

조모 엄마아빠도 없는 게 병까지 않는 게 너무 가여워서.

조부 1년을 지켜보고 채워지지 않으면 수술을 하자고 했지.

조모 아마 위험할 거라고 했어. 아마 위험할 거라니! 하염없이 기다리며 7개월 동안 병원을 다녔지. 그런데 의사 선생님이 글쎄.

그녀 럭키!

조모 자연스럽게 메워졌다고 했어.

조부 저절로 구멍이 채워졌다고.

조모 그럴 확률이 얼마나 된다고 했더라?

그녀 만 명 중 한 명. 심방결손이 생긴 애들 중에서도 만 명 중에 한 명 정도만.

그 지어낸 말 아닐까?

그는 그 말을 별로 믿지는 않았다.

그녀 글쎄, 그 이야기를 백오십 번은 들었지만 들을 때마다 재밌어.

그녀 꼭 메타포 같아서, 기분이 좋아

그가 중학교에 진학한 후로는, 그러니까 소위 집 울타리를 넘어 사회화 과정 속에 놓인 후로는 뒤죽박죽이던 기억이 제법 안정을 되찾는다.

그   어릴 적부터 곧잘 하던 축구를 시작한다. 기억에 남을 친구들도 여럿 사귄다.
대회 우승도 두 번. 두 번 다 결승전에서 퇴장.
중 2 겨울 마지막 대회 결승에서 다리를 다친다. 축구를 접는다. 접어야 한다.

그   더 이상 친구도 필요가 없다.

친구가 없다.

그   왕처럼 굴더니. 꼴좋다고 놀리던 선배를 팬다. 끌려가서 맞는다. 드럼통 속에 꾸겨지듯 들어가 맞는다. 그들은 한 대씩만 때리겠다고 한다. 선배들이 시켜서 어쩔 수 없다고.

왜 울지를 않는 거야?

그   같이 뛰던 10명이 번호 순서대로 줄을 서더니 그들은 한 대씩 때리지 않는다.

그는 그들의 등번호를 하나하나 외운다.

그   개처럼 팬다.

등번호를 다 외우고 그들의 얼굴은 지웠다.

그	그날 그는 개처럼 맞았다.
그녀	그리고 나를 만났지.
그	연이 네가 그날 의탁을 왔지. 우리 집으로. 무너진 폐허에서 나를 건지러.

조모	안색이 안 좋아 모모. 괜찮아?

그는 대답으로부터 도망친다. 조모가 재봉 중인 색색의 원단들을 지나쳐서.

조모	모모 너와 내가. 우리에서, 나와 당신으로 분리되던 순간을 나는 기억한다.

그는 조부의 작업실로 들어간다. 유년 시절 그의 놀이터. 유일한 쉼터.
조부는 안경을 쓴 채 여느 때처럼 펜을 쥐고서.

그	이제 선을 그을 거야?

조부는 그를 보고 고개를 가로 저으며 펜을 내려놓는다

조부는 모모의 머리가 헝클어져 있다는 사실을 인지한다.

조부	안색이 창백하다는 것도.

조모에게 보이고 싶지 않은 모습으로 자신에게 왔다는 것도.

그	응?
조부	아직.
그	그럼 뭘 보고 있어?

조부는 안경을 올려 쓰고 머리를 쓸어 넘긴다.

조부	한 번 봐봐 모모.
그	도면도 아니고 백지잖아. 보긴 뭘 보라고?
조부	실루엣.

조부와 그는 나란히 앉아 아직 그려지지 않은 무언가를 가만히 떠올려 본다.
이미 땅에 떨어져 버린 아이스크림이나 터져버린 축구공.
"그런 것들을 보는 표정을 조부가 하고 있다고"

그	그 당시 나는 생각한다.

비어 있는 백지를 들여다보는 것 따위에 무슨 의미가 존재할 수 있는지.

그	그는 이해할 수가 없다.

그날 밤 조부의 작업실에선 사각사각, 펜이 선을 그리며 종이 위를 유영하는 소리 대신 적막만이 흘렀고.

그	그는 속이 미식거렸다.

그의 온 몸에서는 정체를 알 수 없는 어지럼증이 열꽃처럼 피어올랐다. 멀미였을까. 처음 겪는 감각에 그는 갑갑해져 급히 블라인드 틈새에 손을 집어넣었는데, 발원지를 알 수 없는 아지랑이가 그 틈새로 유영하듯 멀어지고는 황혼의 빛줄기들 사이로 흩어지고 있었다.

조부   그는 그 풍경을 이해할 수 없었다.

[늦은 결혼식]

2019년 기준 한국 통계청 자료에 따르면 매년 25만 7622건의 결혼식이 열린다.

빅 웨딩, 스몰 웨딩. 단칸방에서 단둘이 단출한 케이크 위 초를 후후 불었든 번쩍이는 샹들리에 아래서 키스를 마쳤든 총 25만 7622건.

그 중에 혼인 신고를 하지 않은 연인은 얼마나 될까? 아주 적을 것이다.

추리 소설에 흔히 나오듯, 우리가 알지 못하는 비밀스런 죽음은 꽤 많지만 혼인신고를 하지 않는 부부는 드물다.

그녀   그러니 결혼식도 혼인신고도 올리지 않고 54년을 지내온 커플의 사랑은 꽤 은밀한 구석이 있다. 왜 그동안 신고를 하거나 식을 올리지 않았냐고 묻고 싶다가도, 그들이 함께한 시간을 캐묻는 것은 비밀스런 죽음을 들춰내는 것처럼 조심스럽다.

신부 대기실. 마네킹에 걸려 있는 머터니티 드레스 앞에 조모가 앉아 있다.

준비하실 시간이에요.

조모는 고개를 젓는다.

58년을 기다렸잖아요.

조모는 고개를 젓는다.

봐요. 어서 입어 봐요. 오래 전부터 당신을 기다려온 드레스에요.

조모는 자꾸만 고개를 젓는다.

정말 우아해요. 세월을 잔뜩 머금은 오렌지색.

조모   오렌지.

당신이 가장 좋아하는 과일. 탐스러운 햇살을 껍질에 담아 두고 잘 말린 빛깔.
어느 날은 시고 어느 날에는 달아 변덕스러워도.

조모   매번 상상만으로도 당신의 입에 침이 고이게 해.

아침마다 두 개씩. 작업을 시작하기 전에 재봉틀 앞에 항상 찻잔과 함께.

조모   그 빛깔을 담고 싶어서. 그런데 내가?

당신의 것. 무척 잘 어울려요.

그가 걸어 들어온다.

그   그렇게 늙으셨으니까. 우아하고 상큼하게요. 아름다워요. 고전 영화의 한 장면처럼 석양이 오렌지 농장에 늘어지고.

조모   온 화면이 그늘진 주홍빛으로 물들었어.

그   두 분이 매번 얘기하던 그 장면이 조금 이해가 돼요. 준비 하셔야죠?

조모   모모.

그   네, 저예요.

조모   그런데 그이는?

그녀가 뛰어 들어온다.

그녀   안 계셔. 사라지셨어요.

그   사라졌어?

사라졌다.
늙어버린 드레스 메이커가.

그녀 사라졌어.

  80세의 신랑이 78세의 신부를 두고 사라졌다.

그 왜? 어디로?

  그가 손수 만든 웨딩드레스 한 벌만 남기고서
  지금부터 잠시 시간을 거꾸로 되새겨본다.

그 어디로?
그녀 왜?
그 지금?
그녀 왜?
그 거짓말. 어디로?
그녀 왜?
그 할머니를 사랑하잖아.
조모 모모.
그 네.
조모 그런데, 그이는?
그 사라졌어요.

  잠시 더 뒤로.

그녀 54년을 미루고도 조부가 결혼식 날짜를 급하게 잡은 건, 조
  부 당신의 건강이 급격히 악화되고 있어서. 그리고 조모의
  기억이 차츰.

조모   소멸해가는 것 같아.

그녀   그는 그 사실을 정확히 알지는 못한다. 문제를 알고는 있지만 들여다보지, 못한다.

그   꼭 마지막을 준비하는 것 같아서

언젠가부터, 인사를 하고 들어와 눈을 감을 때면 매번 작별일 것만 같아서.
그대로 그렇게. 그게 다인 것처럼.

그녀   너는 조부와 조모의 손을 떠나 나와 같은 기숙사 고등학교를, 대학교를 쉬지 않고 마쳤다. 그리고 우리를 떠나 곧바로 해군 장교로 임관 후 입대. 바다에서 3년 쫓기듯이 살아온 너는 전역을 삼 일 앞두고 조부모의 늦은 결혼식에 참석했지만.

그   전역을 결정한 사실은 말하지 못했다.

그녀   너는 뱃멀미를 하는 해군 장교. 왜 바다로 도망쳤어?

그   어디로 가야 하는지 모르겠는데.

가야 할 것 같아서.

그   갈 곳도 없는데.

자꾸만 내몰리는 기분이 들어서.

그녀   어디로 가야 하지?

그	몰라 어디로든. 일단 멈추면 다시는 움직이지 못할 것 같아서. 배를 탔다. 명령을 받고, 배에 탄다. 목적지로 이동, 돌아온다. 명확한 삶. 명확한 행방. 그런데 배를 타면 항상.
그녀	멀미가 나. 여기도 마찬가지야. 왜 돌아왔어?
그	3년, 익숙해져도 절대 괜찮아지지는 못해서.
그녀	우리는 쫓기는 걸까, 쫓는 걸까?
그	모르겠어. 뭔가를 찾고 있었나?
그녀	뭔가를 찾고 있었어. 뭐였지?
그	우리는 아마.
그녀	흔들려.
그	가만히 서서 숨만 쉬어도.
그녀	주위 사방이 흔들려서.
그	어지러워.
그녀	눈을 떠서 일어나고 살아내야 한다는 것 자체가.
그	버거워.
조모	아가, 괜찮아?
그	없어요.
조모	그이가?
그	할아버지가. 사라졌어요.
조모	그럴 리가.
그	떠난 걸까요?
조모	연아, 그이는?

목적을 잃어버린 웨딩드레스 한 벌과 한 명의 신부가 여기에 있다.

그녀　드레스는 마음에 드세요 어머니?

조모　마음에 들어.

그　찾아올게요.

조모　하지만 내 것은 아니야. 그렇죠 여보?

그녀　여기도 똑같아 모모. 배에서 내려서 너는 우리에게 돌아왔지만, 여전히 하루는 어지러워.

2019년 기준 실종 신고 접수는 42,390건, 미발견 인원은 186명이다.

2장. 찰나의 색

[초대]

조모 "색색으로 물든 대지의 꿈속에서, 수많은 소리를 꿰뚫고 하나의 음이 조용히 들리니 은밀하게 귀 기울이는 이가 있구나. 그대가 내 삶의 한 음이고 은밀히 귀 기울이는 사람입니다"

요새는 잠에서 막 깨어나 찬물을 한 모금 들이키고 나면 당신이 즐겨 인용하던 글귀가 자꾸만 떠오릅니다. 슈만이 클라라에게 청혼하며 쓴 환상곡에 부쳤다는 글귀요. 왠지 요새 들어 그 말을 자꾸 곱씹어 보게 된다고 할까요. 당신이 사라졌다는 소식을 오늘 아침에 들었습니다.

조모 모모가 내게 말을 하더군요. 벌써 두 달이 다 돼간다고요. 오늘도 일어나 여느 때처럼 우리의 작업실에 들고 갈 차를 내리다, 어찌나 놀랐는지 아끼던 찻잔을 깨 먹고 말았습니다. 그런데 모모 그 녀석은 가만히 그 모습을 지켜보더니 또 새침하게.

그 17개. 그러다 찻잔이 남아나질 않겠어요.

조모 그러고는 깨진 조각들을 빨래를 걷듯이 태연하게 휴지로 감싸 정리하는 거예요. 그리곤 가타부타 말도 없이 새로 차를 내리러 가버리는데, 그 뒷모습을 보고 있자니 너무나 익숙해서. 문득 '정말 당신이 사라졌구나' 하는 사실이 피부에 와 닿아 서늘한 소름이 돋았습니다. 모모 말처럼, 이제는 정

말 내 기억이 온전하지 못한 까닭인지

조모 아니면 내가 모르는 척을 해보려고 벌이는 여우같은 소동인지 나도 잘 모르겠습니다.

문 열리는 소리. 집 밖으로 그가 나간다. 그녀도 뒤이어 나갈 준비를 한다.

조모 어디 가려고 연아?

그녀 금방 갔다 올게요 엄마, 테이블 위에 차는 올려 뒀어요. 모모가 직접 타서 좀 진할 거예요.

조모 코트라도 걸치렴. 오늘은 유달리 꿈자리가 안 좋아.

그녀 아직 여름인 걸요?

조모 그러니?

그녀는 웃음을 띄며 코트를 걸친다.

그녀 그래도 혹시 모르니까. 아 엄마.

조모 응?

그녀 조심하세요. 저도 뒤숭숭한 꿈을 꿔서요.

고개를 끄덕이는 조모를 뒤로하고 그녀가 집을 나선다. 조모는 잠시 텅 빈 집을 바라보다가, 지하에 위치한 작업실로 향한다.

조모 아침이면 애들은 당신을 찾겠다 나가고, 당신도 없어 집은 비었지만 그렇다고 작업실을 비어 두지는 않았어요. 드레스를 주문한 사람들을 실망시킨다니. 그 표정이며 상실감을 생각해보세요. 상상하고 싶지도 않죠? 여느 때처럼 원단을 자르고 패턴을 새겨 넣었죠. 재봉틀 돌아가는 소리를 들으며 차를 한 잔 마셨습니다. 당신은 없어도 남겨진 스케치들은 여전히 여기에 있으니까요.

조모는 조부가 남기고간 스케치들을 작업 테이블에 올려 흩어본다.

조모   당신이 기록해둔 이름 모를 여인들의 신체 치수. 첫인상 같은 것들. 제 손으로 하나하나 다시 들춰보고 있자니 어쩐지 당신의 은밀한 사생활을 엿보는 것 같더군요.

조금 당신이 낯설게도 느껴졌습니다.

조모   이런 저런 생각을 공유하던 당신은 제법 확신에 차 있어 보였는데. 남겨진 스케치들은 어지러운 색들로 가득 차 있어서요. 길 잃은 어린 아이의 낙서처럼.

스케치들을 들여다보던 조모는 잠시 하던 일을 잊고 멍하니 생각에 잠긴다.

조모   아, 그런데 제가 어디까지 얘기를 하고 있었죠?

길 잃은 아이의 낙서처럼.

조모   아 그렇지. 요새는 자꾸만 이렇게 이유도 없이 멍해져서는. 바늘에 손을 찔려 새빨간 피를 보고 말아요. 꼭 빈혈을 앓을 때처럼 현실의 풍경이 아득해진달까요. 그러면 꼭, 뭐랄까. 먼 과거의 풍경들이 자꾸만 저를 초대하는 것처럼 느껴져요. 환상, 어지러운 환상처럼요. 전에 그 말을 들을 땐 먼 타국의 풍경이나 몽상 같은 걸 떠올렸는데. 이제는 당신과 함께 지나온 모든 순간들이 환상처럼 느껴집니다. 무엇이 당신을 어지럽게 하던가요 여보? 말할 수 없는 것들?

내게 다가와 말없이 자주 안기던 당신이 없어 내 품도 조금 허전합니다.

조모　　그래서 당신은 떠난 걸까요?

조모　　나는 그렇게 생각하지 않습니다. 당신은 짓궂어요. 이번에도 뭔가 하고 싶은 말이 있어 장난을 치는 거지요? 모모에겐가요? 연이에게? 혹은 제게? 당신은 쉽게 말로 하는 법이 없습니다. 그러니 그 목적을 다 이룰 때까지 돌아올 생각은 없겠지요. 그러니 나는 또 당신의 장난에 장단을 맞춰 줄 생각입니다. 여보. 나의 레모네이드. 그러나 이번에는 시간 제한이 있는 게임이에요. 너무 늦으면 나는 당신의 장난도 당신도 모두 잊어버릴지도 모르겠습니다.

[집을 나서다]

길을 걷다 멈춰서 버리는 그. 따라서 멈춰서는 그녀.

그녀	다인아.
그	가야 돼? 꼭 신고를 해야 될까?
그녀	응. 벌써 두 달이야.
그	… 그래도.
그녀	다인아.
그	응?
그녀	이대로 괜찮을까?
그	뭐가?
그녀	이렇게 사는 거.
그	이렇게?
그녀	이대로 사는 거.

[실종 신고]

그 시각 오전 10시 42분경, 땡볕이 내리쬐려 막 폼을 잡기 시작하고 벌써 출근을 마친 사람들은 눈치껏 핸드폰을 슬쩍 밀어보며 바빠질 하루를 대비하고 있는 즈음 그와 그녀가 파출소에 들어섰다.

근래 계속되던 대규모 집회 탓에 모든 경찰서가 마비될 정도로 혼란스러울 거라고 예상들을 하겠지만, 사실 그와 그녀가 파출소의 문을 밀고 들어서는 순간 그 속에서는 날아다니는 파리의 수를 세던 경위와 파견 이래 7126마리째의 먹잇감을 노리던 순경이 아직 출근하지 않은 서장이 들어오는 것은 아닌가 하고 깜짝 놀라며 자신들도 모르게 경직된 경례 자세를 동시에 취하고 있었다.

아동인가요?

그   네?

실종자 분이 아동이시냐구요.

그   아니요.

연령이 어떻게 되세요?

그   92년-

실종자 분이요.

그녀   여든이세요. 39년생.

지적 장애? 아니면 알츠하이머?

그녀   둘 다 아녜요. 대신에 폐암 3기-

관계는요?

그   제 조부십니다.

그쪽은?

그녀　….

그쪽은요?

그　가족입니다.

두 달이면 신고가 늦었어요. 한참이요. 그건 알고 계시죠?

그　돌아오실 줄 알았다고.

그녀　그는 말하지 못했고 조부의 실종사건은 기타 노년층 파일 속에 분류됐다.

최근 사진이나 신분증, 기타 요청 자료들은 가능한 빨리 제출하시고요.
마지막으로 성함이요.

그　… 네?

할아버님 성함을 모르세요?

그　… 네. 그런데 이제 저희, 어디에 가서 뭘 해야 하죠?

[조부]

그녀   그가 조부의 이름을 모르는 게 세대 간의 불소통이나 가족 간 불화 같은 사회적 문제의 탓은 아니었다. 그런 문제보다는.

그   어릴 적 조모가 그에게 말해준 이야기 때문이다. 나는 그 이야기에 푹 빠져 그 전에 알던 조부의 이름마저도 까먹어 버리고 말았다.

조모   나의 레모네이드.

그   그 뒤로 그 이야기도 한참을 잊고 있었는데 7126마리의 파리를 죽인 그 순경 때문에.

그   떠올라 버렸다.

그녀   무슨 이야긴데?

그   할아버지가 열 살 때 피난 간 이야기

그녀   저는 처음 듣는데요.

조모   언젠가부터 그 얘기하는 걸 멈춰 버렸으니까. 잊어버린 게 아니라, 말 그대로 그러기로 결심해 버린 사람처럼.

그   할머니도 할아버지 이름을 모르세요?

조모   알지, 하지만 서로를 이름으로 불러본 적이 없는 걸.

그녀   나의 레모네이드.

조모   처음부터 그는 그렇게 자기를 소개했고. 나도 처음부터 그렇게만 불렀다.

그   거기로 갔을까?

그녀   거기가 어딘데?

조모   남해의 끝자락. 그 이가 만으로 10살 때. 그러니까 내가 7살일 때.

6.25일 새벽 한국전쟁이 발발했다.

지금 말하고 있는 화자 본인이나 그, 그녀의 시선에서 한국 전쟁은 이미 꽤나 객관화된 먼 역사 속 이야기처럼 느껴지지만. 그렇게 멀리 떠나야만 들을 수 있는 이야기는 아니다. 사실 멀리 갈 것도 없이 그의 조모와 조부의 유년 시절. 그들이 유치원, 초등학교를 갈 나이 즈음의 일이다. 전쟁이 지속된 3년 동안 조부는 아버지를 조모는 양친을 모두 잃었다.

다음은 BBC에서 상영된 한국전쟁에 다큐멘터리 유튜브 영상에 달린 최신 댓글이다

"My dad was also in the Korean War. My brother and I have been searching documentaries since he passed in January 2017. I finally was able to see him in this Video. 7:36 soldier with his eyes shaded. God Bless you Dad. God Bless America."

화자가 이어서 자체적으로 번역을 시작한다.

저희 아버지도 한국 전쟁에 참여하셨어요. 제 형제와 저는 그가 2017년 봄에 돌아가신 이후로 계속 관련 다큐멘터리 영상들을 찾아왔었죠. 그런데 저는 마침내 이 동영상에서 그의 얼굴을 찾아볼 수 있었어요. 7분 36초경에 나오는 눈에 그늘이 진 병사요. 아버지 당신에게 신의 축복이 깃들길. 미국에도 부디 신의 축복이 있길.

더욱 최신 댓글도 있다.
"We need a Korean war movie."
"It's gonna be a so much fun!"

한국 전쟁 영화가 대체 왜 없는 거야?
그건 분명히 겁나 재미있을 거라고!

전쟁은 일요일 새벽 4시경 북한이 '폭풍' 계획에 따라 북위 38도선 전역에 걸쳐 남한을 선전포고 없이 기습 침공하면서 발발했다.
그러나 여기서 화자는 역사책을 낭독하려는 게 아니기 때문에, 지금부터는 조부의 유년-청년 시절에 지대한 영향을 미친 특정 국가의 시선을 쭉 따라가 보겠다.

조부   한강대교가 끊어졌다는 소식. 그 후로 뒤를 돌아본 기억은 없다. 울었으나 울음소리가 들리지 않았다.
세상은 온통 흑백이거나, 간혹 붉었다. 아버지나 동생들도 하나 둘 사라졌다. 끝내 하나 남은 건 어머니 손. 그걸 붙잡고 남쪽으로 걸었다. 무서워 눈을 감고 걸었다.

"The Council of United States authorized the formation of the United States Command and the dispatch of forces to Korea to repel what was recognized as a North Korean invasion."
미국 의회는 북한의 침공을 저지하기 위해 남한으로 군부대를 파견하기로 의결했다.

조부	발이 터졌다. 배가 고팠다. 목이 말랐다. 혀를 깨물어 침이 나오면 그걸로 목을 축였다.
	"Twenty-one countries of the United Nations eventually contributed to the UN force, with the United States providing around 90% of the military personnel" 21개의 UN 연합군이 참전했으며, 그 중 90%의 군력을 미 당국이 제공했다.
조부	어머니의 어깨는 밤이 되면 항상 떨렸으나 폭발의 잔음에 덮여 역시 울음소리는 들리지 않았다. 그렇게 47일 한낮의 흑백과 이명 속에서 그저 걷는데 문득, 낯선 짠 내음이 바람을 타고 선선히 볼 위를 스쳤다.
	다 왔어 아가. 눈을 뜨렴.
	그는 고개를 저었다.
	이제 괜찮아. 더 갈 데도 없구나.
조부	치맛자락 밖으로 목을 길게 빼고서 바깥을 바라보자 거기에 난생 처음 보는 바다가 있었다. 푸르다. 잊어버린 색이었다. 노란 태양. 그렇게 탐스럽게 일렁이고 있었구나. 평생 잊지 못할 순간이란 말을 그는 처음으로 배웠다.

그리고 처음으로 만난 바다는.

조부 반짝였다. 무척이나. 눈을 떴다 감으면 여름 햇빛의 열렬한 구애를 받은 포말들이 저마다의 빛을 반짝이며 두 눈에 새어 들어왔다. 그리고 그 위로 헤엄치듯 들어오는 군함들. 붉은 띠를 두른 푸른 별들. 눈물을 흘렸던 것 같다. 눈물이 났다. 찰나에 담긴 그 세상 풍경이 너무나 진하고 열렬해서. 아름 다워서 지랄 맞게도 아름다워서. 그때 그는 처음 알았다. 찰나의 빛에도 여러 색들이 숨겨져 있다는 걸.

쉬자꾸나.

조부 포구에 등을 기댄 어머니는 아무 말이 없으셨고 울지도 않으 셨다

쉬고 싶어.

조부 찰나의 빛에 온 세상이 섞여 들어온 순간을 그때 그녀는 보 지 못한 걸까. 다시 눈물이 새어 나왔다. 맑은 눈물. 아마도 이 모든 걸 개어내기 위해 인간은 눈물을 흘리나보다 하고.

쉬지 않고 더 가면.

조부 어머니도 울기를 바랐다. 소리내서 엉엉.
네 동생들을 볼 수 있을까?

조부   더 가면 바다예요 어머니. 더는 없어.

        그래도 더 가다 보면.

조부   우세요 어머니. 차라리 울어요.

        네 아버지를 볼 수 있을까?

조부   당신이 울면 내가 달래줄 수도 있는데 적어도 그런 건 할 수
        있는데 왜 벌써 다 포기해버린 얼굴로.

        그런데 너는 왜 울고 있니, 아가?

조부   세상은 다시 색으로 물들었다. 기쁨. 슬픔. 환희. 비애. 절망.
        희망. 그 날은 그의 생일이었다. 생일로 삼기로 했다. 어머니
        는 더 이상 관심이 없었지만 그걸 알고도 열 살의 생일을 맞
        아서. 나는 계속 살아 보기로 한다. 봐버렸기 때문에. 기억하
        기 때문에.

그   찰나의 빛은 그저 빛이 아니라 여러 색들이 섞여 있다는 걸.

3장. 리틀 레모네이드

[미군 (Isn't it a pity?)]

조모　　그때 그가 보았던 구원의 풍경 푸른 별에서 온 군함은 바랜
　　　　녹색 군복의 군인들을 쏟아냈다. 단단한 전투복 위로 롤칼라
　　　　의 오버코트를 걸친 군인들이 배에서 내려 바로 앞에 발을
　　　　내딛고 금세 그를 지나쳐 마을로 향했다.

조부　　1950년. 겨울에 가까운 가을. 전선은 이미 빠른 속도로 북상
　　　　중이었고 당시 해안가에 도착한 부대는.

　　　　후송 보급부대.
　　　　도착 전날 전해진 큰 승전보를 전해들은 그들은 전시상황과
　　　　는 어쩐지 조금 동떨어진, 어쩐지 태평해 보이기까지 했다.
　　　　그들을 맞은 어른들의 반응은 극단으로 갈렸는데.

조모　　코 큰 귀신들이 왔다며 겁을 내거나.
조부　　구세주라도 만난 양 두 팔 벌려 환영하거나.

　　　　그건 아이들도 마찬가지였지만 그 전에 아이들은 신기해했
　　　　다.

조부　　그들도 우리를 신기해했다. 볼을 꼬집어보며 빵, 햄, 초콜릿,

통조림 같은 걸 나눠줬다. 군복의 단추를 뜯어 선물하는 군인도 있었다.

막사가 자리를 갖추고 부대가 정리되자 가장 먼저 그들이 준비했던 건 연회였다. 밤이 되자 그전까지 거의 버려져 있던 처마식 마을 회관은 갑자기 이국적인 빛을 뿜어내기 시작했다.

조부 커다란 술통과 시커먼 그랜드 피아노가 들어섰다. 정복을 차려 입은 간부들. 멋들어지는 턱시도에 보타이를 한 악사들. 난생 처음 보는 요란한 소리를 쏘아대는 금색의 악기들. 줄이 4개 달린 크고 작은 대포. 몇몇의 금발의 여인들도 갈치의 비늘처럼 은색으로 찰랑거리며 비좁은 연회장 안으로 몰려들었다.

조모 그리고 마을에는 공고가 붙었다. "연회장에서 손을 도울 젊은 남녀를 모집합니다!" 그건 그날 도착한 한 소령이 한국 대위에게 말했기 때문이다.

THE HELP NEEDED!

조부 "남 녀"라고는 있었지만 사실상 당시 마을의 젊은 남자는 모두 전쟁에 동원되었기 때문에 대체로 그 자리를 채운 건 남자라기보다는 소년들이었다. 그럼에도 그는 거기에 들어가기에는 너무 어렸지만.

조모　어머니를 포함해 아무도 그의 안위 따위에는 관심이 없었기 때문에.

조부　내 또래 중에서는 유일하게 거기에 들어가게 된다.

조부는 트레이에 올려진 음료를 부지런히 나른다.
맥주를 마시다 그를 발견한 젊은 미군 소위가 그에게 손짓한다.

너무 어려보이는데, 몇 살?

조부　10살, 어제가 생일이었어요.

군인들과 어울리기에는 너무 어려.

조부　그렇지 않아요. 다 컸습니다.

잠깐.
여기서 짚고 넘어가야 하는 게,
타국으로 첫 파견을 받고 막 피가 끓던 젊은 미군 소위와 한국의 10살 먹은 사내 아이 사이에는 공통으로 소통 가능한 언어가 전무했다. 따라서 그들의 첫 만남은 위의 장면처럼 매끄럽지는 못했는데, 실상은 이러했다.

Too young to be here, Son. how old?

조부　?

잠시 고민하던 소위는 자기를 가리키며 손으로 숫자 27을 만든다.
조부는 손 모양을 제멋대로 해석한다.

조부 ? 두 명을 빵, 총으로 빵! 두 명을 쐈어? 두 명을?

뭐, 대강 이런 식의 난처한 도입부가 둘 사이에는 길게 늘어졌다. 그러니 이쯤해서 과도한 리얼리티는 모두의 편의를 위해 접어두고. 세련되고 깔끔한 화자의 번역으로 장면을 계속 살펴보도록 하자.

다시 화자는 미군을 흉내내기 시작한다.

이런 안타까워라! Such a Pity! 어린 나이에.

조부 안타깝지 않아요. 와주셔서 감사합니다. 우리를 도와주러 먼 길을 오셨잖아요.

군인은 고개를 젓는다.

여기에 너 같은 아이들이 많니?

조부가 고개를 끄덕인다.

우리도 너희 같은 아이들이 많다.

조부　나는 그 말을 생생히 기억한다. 손짓과 발짓으로 전해진 진심. 바다 건너 배를 타고 온 코 큰 귀신이, 혹은 구세주가. 그는 지금 동정이 아니라 공감하고 있다는 걸. 그는 나의 말을 제대로 이해하지는 못했을 것이다. 내가 잃은 게 아버지와 동생들이며 하나 남은 어머니는 우울증에 빠져 매일 바다만 바라보고 있다는 걸. 하지만 그 군인은 내가 주위의 누군가를 잃었다는 것. 그것만큼은 분명히 알아듣고 나를 바라본다.

　　　어떨 때 가장 괴로우냐고.

조부　가끔 어지러워요. 밤에 잠이 오지 않아 부두에 어머니를 찾으러 가면. 곁에 앉아 어머니처럼 바다를 한참 들여다보고 있자면. 찰랑거리는 파도가 무척 아름답다가 문득, 이유 없이 속이 울렁거리고 울음이 차올라요. 미식거리는 느낌. 주위 풍경이 전부 아득히 멀어지고 나도 모르게 혼자가 되어버린 느낌. 나도.

조부　아저씨도?

　　　나도. 임관 후에 첫 파견을 받아 여기까지 오는데 멀미를 아주 심하게 해서 놀림을 많이 받았다. 어린애같이 군다고. 얼른 남자가 되라고.

조부　하지만 우리 엄마를 봐요. 나이랑은 상관이 없어. 어쩔 수 없는 거잖아.

어쩔 수 없지.

조부   어지러운 건 내 탓도 아닌데.

네 탓은 아니지.

조부   그럴 땐 어떻게 하면 좋죠?

그럴 때?

조부   밤에요, 혼자 어지러울 때.

A Glass of Really Cool Lemonade (시원한 레모네이드 한 잔)

조부   레모네이드?

얼음을 올린 차가운 냉수에 신선한 레몬즙을 짜 넣은 거야. WITH NO SUGAR

조부   레몬? 슈가?

상큼하고 쌉쌀하게. 정신을 바짝 차리게 돼.

조부   그런 건 대체 어디서 구할 수 있는데요?

지금 네 손 위에.

조부   …?

소위는 싱긋 웃어 보이며 트레이 위 레모네이드를 한 잔 쭉 들이키
고는 조부에게도 권한다. 조부는 여전히 아리송한 얼굴로 그걸 한
잔 쭉 들이킨다.

조부   시고 쓰다. 단 맛이 없다. 그래도 시원해.

          시원해?

조부   시원해, 정신이 번쩍 들어.

          생일이 갓 지난 소년은 그 날 그 이름이 마음에 들었다.

[소식]

다락방에 놓인 피아노 앞에 앉아 그녀가 연주를 시작한다. 멈칫한
다. 같은 곳에서 계속해서 멈칫한다.
손을 올려다본다.

그녀   넌 누구야?

          피아노 음이 들린다. 맑은 음.

그녀 넌 누구지?

피아노 음이 들린다. 두꺼운 음.

그녀 괜찮니?

피아노 음이 들린다. 맑은 음.

그녀 돌아오지 않을지도 몰라. 그럼 나는 누구한테 조언을 구하지?

모모는?

그녀 정말 괜찮을까?

맑은 음과 두꺼운 음.

괜찮을까?

그녀 (화자를 바라보며) 넌 누구야?

몇 시간 전 기억들.

떠나는 그녀 뒤를 그가 따라온다.

그 어디 가? 연아. 합주 연습 있다며.

그녀   안 가, 아니 못 갈 것 같아.

그   너까지 대체 왜 그러는데?

그녀   다인아.

그   응?

그녀   결혼식 전날 아침에 아저씨를 따로 만났어.

그   할아버지를? 왜?

그녀   말씀드리고 싶은 게 있어서.

그   뭐였는데?

그녀   다인아.

그   응?

그녀   어떡해?

그   응?

딩, 화자가 실수로 피아노 건반을 누른다.

미안 잘못 눌렀어. 아 그리고 있잖아.

그   응?

임신이래.

딩. 이제는 화자가 제멋대로 건반을 누른다.

그의 머릿속에는 그 순간 축복에 대한 구절이 떠올랐을까
저주에 대한 문구가 떠올랐을까.

딩. 피아노가 울린다.

아니면 농담이나 장난? 짓궂은. 그런데.

딩.

그녀 무서워.

딩.

그 너는 그런 말을 하는 아이가 아니었는데. 꿈인가? 꿈이길 바랐거나.

그녀 나는 준비가 안 됐어. 하나도. 정말 하나도.

딩.

그녀는 처음으로 그 앞에서 불확실한 말들을 늘어놓았다. 임신에 대해 말하는 대신, 아주 오랫동안. 혹은 아무 말도 하지 않았다.

그녀 내가 겪어온 삶이란 게 대부분 얼마나 역겹고 구차하며, 추잡하고 비루한지에 대해 사회의 이상과 가치, 신념들이 얼마나 허황되고 동시에 편협하고 부정확한지에 대해. 믿음 없는 신앙과 실종된 신에 대해. 사람들에 대해. 환경에 대해. 바이러스에 대해. 외로움에 대해. 고독에 대해. 심장에 구멍이 뚫린 채 태어나 버린 아이처럼 삶이란 것도 처음부터 가장 중요한 걸 상실한 채로 태어나 버린 건 아닐까 하고. 네 앞에서 그런 말들을 늘어놓았다. 아주 오랫동안.

혹은 아무 말도 하지 않았다.

그녀 그런데 이런 세상에, 내가 널 낳아도 될까?

조모 럭키!

그녀 메타포 같아. 들을 때마다 재밌어.

조모 하지만 삶의 한 가운데 뚫려버린 구멍은 개인의 그것과는 달리 결코 메워지지 않을 거라고. 운 따위 조잡한 것으로는 결코 채울 수 없는 거라고.
그들은 그렇게 느끼고 있었다. 아가, 괜찮아? 우리가 조금이라도 그 구멍을 메워줄 수 있다면 좋을 텐데. 그쵸, 여보?

그녀 당신들이 나의 온 세상이었다면 좋을 텐데.

하지만 나는 그렇게 태어나지 않았지.

그 연아.

내겐 여전히 마른 잉크보다 건조한 세상이야.

그 연아.

그녀 다인아. 그저 네가 내게 온 세상이었다면 좋을 텐데. 널 만나
기 위해 태어났다거나. 그냥 그걸로 됐다거나.

그 그걸로 안 될까?

그녀 너는?

딩. 피아노가 다시 울린다.

그녀는 처음 그 결과를 듣고 축복이란 말을 떠올렸을까.
저주나 시련에 대해서 떠올렸을까. 아니면 조부의.

그녀 목이 말랐다. 너무.

그 연아.

그녀 낳고 싶지 않아.

너는 현명해. 사랑스럽고. 널 믿어. 내가 아는 누구보다도.

그 괜찮을 거야. 할아버지도 그랬지? 괜찮을 거야. 네가 좋아.
너를 믿어. 내가 아는 누구보다도.

그녀 하지만 너도 알잖아.

그 네가 좋아. 너를 믿어. 누구보다도―

그녀 하지만 내가 잠들고 혼자 깨 있는 밤이면 너도 생각하잖아.

네가 사랑스럽다. 그러나 여전히 죽고 싶다.

그녀 이런 내가, 널 낳아도 될까?

그 연아.

그녀	아무 말도 안하셨어.
그	아무 말도?
그녀	1주 안에 결정해야 돼.
그	뭘?
그녀	병원에서 더는 안 된대.
그	연아.
그녀	거짓말은 하지 마.
그	연아.
그녀	남자가 되려고도 하지 마.

그가 할 수 있는 말은 단 한 마디도 없었다. 거짓말은 하고 싶지 않았기에.

그	너는 누구야? 왜 벌써 찾아 왔어? 너는 누구야?

그와 그녀는 지금 조부의 이야기 속 시원한 레모네이드가 간절히 필요하다.
하지만 요즘 카페에서 파는 것들은 전부 과도하게 들어간 설탕과 탄산 때문에 너무나 달고, 톡 쏘고, 감칠맛이 강하게 돌아서.

그	멀쩡한 정신도 녹여버려. 흐물흐물하게.
그녀	이럴 때 당신이 있었으면.
그	하지만 당신은 없고 세상에는 온통.
그녀	가짜 레모네이드.
그	멀리서 아른거리던 실루엣마저 완전히 놓쳐버리지.

이번엔 그와 그녀의 온 몸에서 갈증이 열꽃처럼 피어올랐
다.
해열제는 없었다.

4장. 낯선 이의 손

[손]

조부 "제 손이 아닌 것 같아요"
너는 연주를 마치고 내게 그런 말을 한다.

그녀 낯선 이의 손. 주인을 전혀 알 길이 없는. 타인의 손.

조부 넌 누구야?

그 그렇게. 너는 천격을 가진 손을 부러워했다. 베토벤의 소나타
나 드뷔시의 아라베스크, 슈만의 가곡을 연주해도 부자연스
럽지 않은. 그런 자격을 갖춘 손. 태어날 때부터 타고난 품격.

조부 연아, 너는 그런 것들을 동경했다. 양식당에 가 수저를 들고
수프를 먹을 때도.

그녀 귀족들은 수프도 이렇게 떠먹지 않을 거야. 그죠, 아저씨?

그 그럴 때면, 나는 진심을 다해 네 손이 갖는 품격, 아름다움에
말해보지만 너는 그저 웃고 만다.

조모 "그런 건 애초에 가지고 태어나는 것" 이라고 고아로 태어난

연이 넌 생각하기 때문에.

그녀   천박해. 내 손은. 너무 작고. 조잡해.

그   그럴 땐 어떻게 하면 좋죠? 할아버지, 제 말이 연이에게 아무런 의미도 갖지 못할 때요.

조부   언제 그렇게 느끼는데?

그   자주.

조부   너는 어떤데?

그   나도 종종. 연이의 말을 웃어넘긴다. 고맙지만, 어쩔 수가 없을 때가 있다. 어쩔 수 없을 때가 있다. 아무도 도움이 되지 않을 때. 아무도. 아무것도.

조부   그럴 때 결국 넌 어떻게 해? 모모.

그   혼자. 혼자 있다가, 그렇게 영영 혼자 있고 싶다가.

이내.

그   연이가 미칠 만큼 보고 싶어요. 안아줘. 안아 줄게. 연아, 너도 그래?

조부   모모, 안녕? 일어날 시간이야.

잠시 졸던 그가 다시 깨어날 시간이다. 현실로 돌아올 시간.

그녀와 헤어지고 6시간 동안 무작정 버스를 타고 내려올

동안 그의 머릿속에서는 한 가지 질문이 떠나지 않고 헤엄친다.

그   어디로 가야 하지?

조부의 실종이나 그녀가 전한 갑작스러운 임신 소식은 그의 인생에 벌어진 유례없는 큰 사건들. 하지만 그는 아직 뭐랄까.

그   실감이 나지 않았다.

조부   거대한 사건이나 시련을 맞은 영화 속 주인공은 보통 어떠한 행동에 돌입한다.

그   혹은 여정을 떠나거나. 고전 문학이나 영화를 즐겨보던 나는 사실 속으로 항상.

조부   그리스 비극의 한 장면 같은 시련이 내 인생 속에도 찾아오길 고대했다.

그   카타르시스. 들끓는 삶. 현실의 비참함을 떨쳐내고.

조부   오디세이아 같은 숭고한 여정길에 오르는 그런. 그러나 막상 전역과 함께 커다란 인생의 전환점을 마주한 그는.

그   이건 너무 리얼해. 더럽게 현실적이잖아.

조부 우리 각자에게 찾아오는 시련은 사실 대부분 그렇게 사소하고 더럽게 현실적인 것이어서 오히려 신화 속 거인이나 사이렌의 유혹 같은 것보다도 더, 실감이 나지 않지.

그 혹시 나를 가지고 인생이 장난을 치고 있는 건 아닐까.

그러나 이건 그런 뻔한 영화나 연극 속에 존재하는 "플롯" 같은 게 아니므로.

그 우선 조부를 찾자고. 이건 어찌 보면 평생 품어 왔던 의문과 별로 다르지 않다고.

지독한 차멀미를 견디면서 그는 조부의 고향까지 내려왔다. 그리고 버스에서 내려서야 그는.

조부 그곳이 그가 3년을 몸담은 부대에서 멀지 않은 곳임을 깨달았어.

그리고 그가 직접 마주한 조부의 이야기 속 마을은.

그 빛이 바랬어.

연회장으로 쓰였다던 처마식 회관은 텅 비어 있었고.

그 사람도 역사도, 모두 씻겨 내려간 것처럼. 거기에 남아 있던 건 이제. 문 밖에서 부서지는 파도와 낡은 그랜드 피아노, 한 대.

[내가 사랑한 여인들]

화사하구나. 오래 보고 있자니 눈물이 날 것 같아.

조부   어머니는 말했다.

저런 걸 한 번 입어보면 어떤 기분일까?
살아 있다는 걸 마음껏 뽐내는. 그런 기분일까?

눈을 떼지 못하고 드레스를 바라보고 있는 어머니를 조부는 바라보고 있다.

조부   휴전이 선포되고 대부분의 미군들이 철수한 후에도 연회장으로 쓰이던 회관에서는 재즈가 멈추지 않았어. 즉흥적인 화성과 리듬. 처음에는 행정상 절차를 위해 남아 있던 일부 장교와 여인들을 위한 임시 숙소. 2년 후에는 서양식 다과 가게. 그리고 드디어. 4년 후 내가 14살이 되던 해에는 "드레스" 라는 낯선 이름의 간판이 큼지막한 크기로 걸렸지. 한글로 쓰인 그 간판을 미군들도, 마을 사람들도 그 누구도 이해하지는 못했지만.

그곳은 정말 뭐랄까.

조부	마법 같은 곳이었다. 평범하고 수수하던 여인들도 그 가게에 들어갔다 나오는 순간 갑자기 모두의 눈길을 사로잡는 생기를 띄는데. 그 화사한 웃음. 앵두 같은 홍조! 문 앞에서 기다리던 남자들의 팔짱을 끼고서 유유히 걸어가던 그 뒷모습이란!
조모	얘, 거기서 뭐해?
조부	응?
조모	남의 가게 앞에서 뭐하냐고.
조부	저거, 저게 대체 무슨 뜻이야?
조모	저거?
조부	저 간판에 쓰여 있는 거. 저기만 들어갔다 오면 여자들이 전부 입고 나오는 거.
조모	돈, 많아?
조부	돈? 없지.
조모	그럼 관심 끄는 게 나아.
조부	왜?
조모	저거 한 벌이 2년 치 쌀값이야.
조부	뭐? 네가 어떻게 알아
조모	우리 이모가 만들거든. 처음에 파란 눈을 한 미국인이 시작했는데, 그 사람이 돌아가면서 이모한테 책을 남겨 줬어.
조부	책만 있으면 저걸 만들 수 있어?
조모	말이 되냐? 이모 눈썰미랑 손재주가 워낙 좋아서 가능한 거야. 알아 뭔지? 억척스럽거든. 그것도 무지하게. 미국인 일손을 도우면서도 한시를 안 놓치려고 일거수일투족 모두를 이렇게 눈을 치켜뜨고서 지켜보는데—

조부	그럼 나도 할 수 있어.
조모	근데 저걸 만들어서 뭐하게? 저건 여자들이 입는 옷이야.
조부	그러니까.
조모	여자들을 위한 거라고.
조부	그러니까. 난 옷 같은 건 필요 없어. 너도 만들 줄 알아?
조모	조금, 이모가 시키는 건 다 해.
조부	그럼 이름.
조모	네 이름은 뭔데?
조부	나? 레모네이드.
조모	레모네이드? 그게 뭐야.
조부	그런 게 있어. 네 이름은 뭔데?
조모	드레스.
조부	드레스? 네 이름이?
조모	아니, 저거, 저게 뭐냐고 물었잖아. 저런 옷들을 드레스라고 부른다고. 그리고 그걸 만드는 사람을 드레스 메이커라고 해.

갑자기 조모의 이야기를 듣던 그녀가 웃음을 터트린다.
조모는 제법 취한 채 피아노 의자에 걸터앉아 와인을 마시고 있다. 그녀가 손에 든 잔을 비우려 하자 조모가 그녀의 곁으로 가 말리더니, 이내 그 잔을 자신이 대신 비운다. 그 모습에 그녀가 다시 한 번 웃음을 터트린다.

그녀	그렇게 만나신 거예요? 따지고 보면 엄마가 먼저 대시하신 거네요?
조모	그런 건 아니지. 우리 집에 처음 찾아온 건 너지만 들이대기

로 한 건 우리잖아? 그런 거야 아가. 나는 문을 두드렸을 뿐이지. 궁금했거든. 그이가 뭘 그렇게 보고 있는지.

그녀가 웃으며 조모에게 다정하게 몸을 기댄다.

그녀 그래서요 엄마? 받아 주셨어요?
조모 당연히 거절했지. 한가하게 정신 나간 애나 돕고 있을 시간이 없었거든. 몰려드는 손님에 나는 정말, 정신없이 바빴어.

똑똑. 그런데 그 날 이후로도 조부는 매일 아침마다 무작정.

조부 응, 이모님은 나를 무척 반겼지만 당신은 탐탁지 않아 했어.
조모 말했지? 무지 억척스러웠거든. 이모 말이야. 그러니 공짜 일손이라도 생기면 그 애를 얼마나 부려먹으려 들겠어. 그러니 단칼에 잘라야겠다. 그렇게 생각했지. 그런데 그이는 정말, 그런 건 신경도 쓰지 않더라고. 뭐라고 해야 할까.
그녀 꼭 뭔가에 홀린 사람처럼요?
조모 응. 꼭 뭔가에 홀린 사람처럼.
그녀 모모도 자주 그래요. 가끔 보면 바보 같지만.
조모 그게 또 나름 귀엽지.

84-93-77

이모가 새로 온 손님의 치수를 측량하고 있다.
조모가 그걸 받아 적는다.

조부   이게 뭐하는 거야?

조모   신체 측량. 만들려면 정확한 수치부터 알아야 돼. 맞춤복이
       니까.

조부   그거 줘 봐. 나도 해 볼래.

       줄자를 넘겨받아 자신의 몸 둘레를 재 보려 낑낑댄다.

조모   줘. 자기가 자기 걸 어떻게 재냐? 이렇게 하는 거야.

       조모가 조부의 가슴에 줄자를 두른다.

조모   100.

       다음 허리.

조모   93, 살 좀 쪄라.

       그 다음에 엉덩이.

조모   뭐해, 안 받아 적고.

조부   응?

조모   88.

       조부가 엉겁결에 그 치수를 손에 받아 적는다.

조모   끝. 됐지?

| 조부 | 응. |

줄자를 챙기고 작업실을 정리하는 조모.

| 조모 | 뭐해. 됐으면 가자. |

조모가 나가려는데, 조부가 조모의 손을 잡는다.

조부	너는?
조모	나? 뭐.
조부	이거 몇 번이나 재봤어?
조모	셀 수 없지.
조부	근데 너는.
조모	… 나?
조부	줘 봐. 나도 해 보게.

그렇게 조부는 조모에게 신체를 측량하는 법을, 이모가 그린 스케치를 따라 원단을 자르고 이어 붙이고, 재단하고 주름을 잡고. 이어서 입에 침을 묻혀 바느질을 하고 마감을 다듬고.

| 조부 | 눈대중으로 스케치를 하는 법도 따라해 본다. 명확한 수치를 재고, 그 위에 한 여인의 인상, 색을 덧입혀 보고. 베일을 벗고, 솔직해진 여인들의 모습.
살구를 닮은 여인 오디를 닮은 그리고 오렌지, 탐스러운 햇살을 담아 잘 말린 빛깔. 저마다의 실루엣. 저마다의 색. 옷 |

음. 쑥스러움. 단호함.

그 시절 여인들의 맨 얼굴에는 삶의 다채로움과 슬픔. 고고함과 지혜. 인내. 아름다움 같은 것들이 묻어 있다. 그리고 아이러니. 내가 아는 한, 슬프기만 한 여인도 아름답기만 한 여인도 없다. 모두들 입가의 주름 속에, 자신만의 아이러니를 숨기고서. 그렇게 입을 가린 채 울고 웃고 들고 볶으며 살고 있다는 것.

조모   당신의 어머니처럼.

조부   응. 어머니처럼. 그 시절 어머니는 황혼 경에 저물어가는 해처럼 보였어. 석양을 짙게 늘어뜨리며, 해수면 아래로 저물어가는 해처럼. 그 풍경은 정말

조모   아름답지만 슬펐지. 같이 하자. 그래도 돼?

조모   3년째 되던 해. 나는 그 풍경을 담은 드레스를 만들기로 결심한다.

조모   그리고 그날 밤 직접 고른 원단을 어머니 몸에 대보기 위해 그는 어머니를 찾아 갔고 그때는 이미 밤이었다. 해는 졌고.

조부   어머니는 없다. 저물어가던 해는 서서히 석양을 늘어트리더니 이제 완전히 자취를 감췄다. 바다 속으로. 완전히.

조부   이별이 아니라, 작별이었다.

[서로의 밤]

그는 해변에 앉아 어릴 적 조부가 보고 있는 그 풍경을 바라

보고 있다.

해가 저물어가는 걸 보며 그는.

그 이번엔 이별이 아니라, 작별이라고

생각한다.

그 안녕, 할아버지.

그의 시간에서도 곧 해가 질 것이다.

그 그래도 살기로 한 게 신기해.

조부 신기해?

그 응. 어떻게? 밤에. 혼자였는데. 무서웠겠다.

조부 아가, 모모.

그 응?

조부 무서웠지.

그 무서웠어?

조부 어지럽고.

그 그랬을 거야.

조부 그런데 그거 알아?

그 뭐?

조부 완전히 혼자는 아니었어.

그 할머니?

조부 낯선 손이 나를 잡아채더라. 그리고 그.

작은 손으로.

조부 나를 잡아끌었지.

조모 바다를 전부 헤집고 다닐 기세였으니까. 그래서 우리 집. 다
     락방으로 데려간 거야. 방에 들어가자마자 그이는 쓰러지듯
     잠들었고.

조부 열병을 앓았어. 온 몸에서 아지랑이가 꽃처럼 피어나 어지러
     워서.

조모 안쓰러워라. 가여워라. 안쓰러워서 그만 나도 모르게 그이
     의 머리를

조부 쓰다듬어 주는데, 그 손길이. 더 이상 낯설지가 않았어.

그녀 더 이상 낯설지 않더라. 네가 자는 모습 배를 까고 한 손으론
     내 머리카락을 꼭 쥐고서.

그   그 조그만 주먹에 내 손가락을 물려주면 금방 내가 어디라도
     갈 것 같다는 듯이 손가락을 꽉 움켜쥐고서.

그녀 머리를 내어주고 네 배를 쓰다듬어 주면 너는 잘 잤다.

그   악몽을 꾸듯 이를 갈면 손가락을 넣어 물게 했다.

그녀 나는 자면서도 그게 네 손가락인 걸 아는 양, 앙. 다물고 있
     을 뿐 더 이상 이를 갈지 않았고.

조모 우리는 그 길로 서울로 올라갔어. 그이는 그렇게 좋아하던
     바다를, 나는 이모를 더 이상 견디기 어려웠으니까. 도망치
     듯이. 하지만 그래도 되는 거잖아?

조부 네가 있었으니까. 이곳저곳 견습 생활을 하며 품을 익혔지.
     거의 떠돌이처럼. 그때는 밤잠도 없었어.

조모	그래도 긴긴 밤도, 악몽도 어쩌면 견딜 만할지도 모르겠다고 잠들기 전에 그렇게 말하며 당신은 나를 보며 웃었어. 그치?
조부	정말 견딜 만했어.
그녀	네가 있었으니까.
조모	당신은 귀여워.

그	귀여운 스타일은 아니라고.
그녀	발끈하며 까부는 게 더 귀여워.

조모	지금 어디에 있을까?
조부	당신 곁에 있어요.
조모	알아.
조부	알지?
조모	느껴.
조부	나도.

그녀	처음 내가 너희 집에 몸을 의탁하러 문을 두드렸을 때.

조부	네가 올라가렴 모모. 어서 연이에게 가.

그녀	눈을 부비며 네가 나왔지. 그리고 별말 없이 너는 조모 조부를 불러왔고 나는 그렇게 쉽게, 너희 집에 들어간 거야. 별말도 없이. 그냥 그렇게. 자연스럽게.

너희는 자기 전이면 이야기가 재생되는 테이프를 틀더라.

그녀   나는 그게 참 좋았어, 포근했거든. 처음으로. 맙소사. 포근하
       다니. 잠을 자려고 누웠는데. 갑자기 소름이 끼치고 겁이 나
       더라. 이래도 될까? 이래도 되는 걸까? 그때 무슨 이야기가
       테이프에서 흘러나왔는데.

그녀   기억이 나. 은하철도의 밤.

       무슨 이야기였는데?

조모   신비로운 은하수는 수소보다도 투명했습니다.

조부   그럼에도 두 사람의 손목 부근에선 수은 빛이 감돌았고.

그   손목에 부딪힌 물결이 아름다운 인광을 내며 타는 걸 보니.

그녀   거기에도 강이 흐르고 있었다는 걸, 알 수 있었습니다.

       그가 집으로 돌아온다. 이번엔 그녀가 문을 열어 주고, 함께 들어
       간다.
       화자는 어느덧 조곤조곤 졸고 있다.

5장. 드레스 메이커

아주 짧은 잠에서 깬 화자가 달을 올려다본다.

오늘 밤에 뜬 달을 보니 프랑스 소설의 한 구절이 생각난다.

마르셀 프루스트.
"우리가 대개 그러하듯이, 그날 달도 영문을 모른 채 울고
있었다."

[초록색? 푸른색?]

조모   새벽이 초록빛으로 물들 때. 산책을 했어. 집 가는 길, 언덕
을 오르면서. 손을 꼭 잡고. 우리 시절의 로망이었지.

조부   푸른 달.

조모   초록빛이었다니까.

조부   타협 불가.

그   아무리 사랑하고 함께 해도. 그는 내가 아니고 그녀는 내가
아니기에. 기억은 같은 순간들을 조금씩 다르게 남겨 둔다.
오래 함께한 연인들의 기억도. 겉보기엔 비슷해 보이지만,
속은 미묘한 차이들로 아주 조금씩, 뒤틀려져 있다.

그녀   하지만 그런 건 아쉬운 게 아니라 그래서 더 재밌는 거야. 다

똑같아 봐 금방 질릴 걸.

조모   우리도 자주 다투고, 많이 달랐다. 작고 사소한 문제에서는 그러나 큰 틀에서 같았어. 같은 방향으로. 함께 걷는다는 기분. 그 방향이 어떤 거창한 이념이나 사상을 향한 건 아니었고. 솔직히 우리는 그런 건 관심이 없었거든.

그녀   솔직히 뭘 알고 떠들겠어. 다 자기 멋있자고 입 벌리는 사람들이 태반인데.

조모   또래들이 떠드는 그런 건 시끄럽기만 하고 무엇보다도. 부정확했으니까.
조부   대신에 우리가 함께 향했던 방향은.

조모   사랑. 평화. 다정함 같은 것들. 우리의 혁명은 사랑. 평화. 다정함

그녀   어린 아이가 배시시 웃을 때면 보이는. 그런 맑음을 닮은 것들.
그   서울로 상경한 조모와 조부는 이 가게 저 가게를 떠돌며 3년. 견습생을 가장한 일꾼으로서 보낸다. 그리고 마침내 조부가 혼자 끄적이던 스케치를 우연히 발견한 한 손님이.

이거 딱 나를 위한 거잖아.

그   사실 할아버지는 할머니와 함께 본 첫 유성 영화 속 흑발 외

국인을 떠올리고 만들었지만.

조부　　맞아요 사모님. 어쩐지 사모님이 그제 밤부터 자꾸 제 꿈에
　　　　나오시는 거 있죠?

그　　　그렇게 조부는 처음 자기 이름을 단 디자인을.

　　　　마음에 들어.

그녀　　그렇게 한 벌.

조모　　당연하지. 몇 년을 드레스만 마음에 담아 두고 자랐는데.

그　　　그렇게 두 벌.

조모　　같이 아이를 낳아 기르는 기분으로. 그렇게 여러 벌.

그　　　조모가 스무 살이 되던 해. 이미 "레모네이드"라는 상표를
　　　　단 드레스를 맞추기 위해 사람들이 꽤나 모여들기 시작했
　　　　다.

그녀　　수완이 꽤 좋으셨나 봐? 그 시절에 드레스라니, 꽤나 생소했
　　　　을 텐데.

조모　　장성의 여인들부터 화류계 여인들. 파티 약혼 결혼 장례 세
　　　　례 시대를 불문하고 인생의 특별한 한 순간은 언제나, 누구
　　　　에게나 존재하니까.

조부　처음에는 많은 사람들이 알지도 못했고 정권에서도 불필요한 사치품이라며 금기시했어.

조모　물론 그들은 자기 여인들을 위해 제집 드나들 듯 우리 가게를 드나들었지만.

조부　그래도 언제나 손님이 손님을 부르고 드레스 한 벌이 새로운 드레스를 부르더라. 살아있다는 그 아름다움, 옷 한 벌에 담긴 그 생기로움을 목격하고 나면 다들.

조모　자신에게도 그처럼 강렬한 생기가 숨어 있다는 걸 깨달을 테니까. 여인들이 들어와 외투를 벗고 내게 자신의 몸을 내 맡길 때면 나는. 사람들의 몰래 쓰여진 전기를 훔쳐보는 것처럼.

조부　이면. 그들이 짓는 표정, 그 너머에 있을 어떠한 뒷모습을 상상하곤 했어. 그늘진 자리에서 자라는 풍경. 나는 정면보다도 그 쪽을 더욱 들여다보고 싶었고, 드레스에 담고 싶었어.

조모　정권이나 경제 불황과는 무관하게 손님은 늘어났어. 내각이건 대통령제건 그런 것과는 상관없이 인생의 이벤트들은 끊임없이 벌어지므로. 우리는 쉴 새 없이 일했지.

조부　작업실 속에서 무수히 많은 책장을 넘겼고 언제나 함께. 서로에게 의지하면서.

그　　그렇게 그들은 명성을 얻어 나간다. 하지만 결코 그들은, 아마 아직까지도 자신들을 드레스 메이커라고 칭하지는 않았는데 그 이유는 나도 잘.

조부　부끄러웠다. 나는 아직 사랑하는 이를 위해 옷 한 벌 만들지 못했는데. 드레스 메이커라니. 나는 항상 늦어 버렸는데.

그	그러다 조부는 어느 날, 집에 돌아가는 새벽길에 문득.

조부	푸른빛이 맴도는 거리 위를 걸어가는 당신이.
조모	초록빛.
조부	참 아름답다고.

그	생각하며 당신의 연인을 멈춰서 바라본다.

조모	뭐 해요, 당신?
조부	되고 싶다고 생각했어.
조모	뭐가요? 뭐가 되고 싶은데요?
조부	제대로 된 드레스 메이커가. 무지하게 되고 싶다고.
조모	난 또 뭐라고. 이미 당신은.
조부	만들게 해줘요.
조모	뭐를요?
조부	드레스를요. 당신을 닮은 드레스를.

그	그날 새벽의 기억은 온통 초록빛. 그녀에겐 그랬다. 그게 그만의 방식의 청혼이었음을 그녀는 다음 날 이른 오후, 나른한 잠에서 깨 세수를 하다가 그제야 알아챘다.

조모	어라?

그리고 그와 동시에. 어쩐지 그녀의 몸이 어제와는 달리 조금 더 무거워졌다는 것을.
아주 조금. 하지만 그녀가 아닌 다른 어떤 것이.

분명히 그녀의 배 속에 자리하고 있다는 걸.

그녀는.

[사랑, 평화, 다정함]

조부   왜 나는 항상 늦어 버릴까. 어머니를 잃고 나는 생각했다. 그녀와 그렇게 오래 함께 하면서 왜 여태. 나는 그렇게 생각한다. 청혼을 한 다음 날 그녀의 임신 소식을 들었을 때 나는, 기뻤다. 두려움을 앞질러서 벌써 스무 살의 아이와 인사를 했다. 그녀의 배가 불러오기 시작한다.

조모   두려웠다.

조부   모든 게 설레고 그만큼 두려웠다

조모   네가 무사히 나올 수 있을까. 결혼식 날이면 만삭이 될 텐데. 내가 널 품고 제대로 걸어 볼 수나 있을까.

조부   전혀 예상할 수 없는 일이 있다. 네가 생긴 후론.

조모   하루의 모든 순간이 그랬어.

조부   신부를 위한 드레스를 맞춰야 하는데 네가 얼마나 커져서 우리의 결혼식에는 어느 정도가 될지 짐작할 수가 없었고. 그러나 그냥 그런 건 딱 맞지는 않는다고 해도. 조금 남아 주름이 접힌다 해도 전에 본 적 없을 만큼 당신은 아름다울 거야.

조모   그때만큼 사랑과 평화, 다정함. 그런 것들로만 세상이 가득 차길 바란 적이 없다. 그렇게 길고 거창한 희망을 품어본 적이 없다.

조부   껍질에 담긴 햇살을 잘 말린, 당신을 닮은 빛깔로 가득한 드레스. 당신과 당신의 부풀어 오를 배를 위한, 머터니티 드레스.
우리는 불면증도 무시하고 자야 할 때에 잠에 드는 법을 배운다.그 리고 이른 아침 눈부신 햇살이 반지하에 들어오면.

조모 나는 매일 빨아 채 마르지도 않은 흰 속옷을 정갈하게 걸치고서 손을 헹구고 이를 닦고 마루의 정 가운데에 서서는 두 손을 모아 동, 서, 남, 북, 오래도록 절을 올린다.

조부 노곤함에 반쯤 눈이 감겨 있지만 여지없이 어제보다 무거워진 몸을 체감하던 당신은.

조모 믿는 신은 없지만, 달리 방법을 모르므로.

그러나 모두들 아시다시피.
역사는 사랑, 평화, 다정함. 그런 것들의 지배하에 여태 굴러온 게 아니므로.
그런 것들은 맛 좋은 먹잇감에 지나지 않는다. 항상 부족했기 때문에 그렇게 모든 예술들이 집착을 해온 거겠지.

[패턴1]

그가 조모를 위해 죽을 끓이고 있다. 차를 내릴 물을 끓이고.
지하 작업실에서 올라온 그녀가 그에게 온다.

그녀 감기가 심하신 것 같아. 자꾸만 바느질을 하시다가도 손을 멈추셔. 근데 그것도 모르시는 것처럼. 한참을 움직이질 않으시고.

그	그래도 올라오진 않으시겠다지?
그녀	그래도 거기에 계시고 싶으시데.

조모는 작업실에 앉아 편지를 쓰고 있다. 부치지 못한 편지들이 눈에 띈다.

조모	많은 기억들이 사라져가나 몇몇 순간들은 점점 분명해져요. 혹시 당신도 비슷한 경험을 하고 있나요? 흑백으로만 떠오르던 배경들에 어느덧 화사한 색이 들어차고 모자이크 되어 있던 당신의 얼굴의 표정이나 온기가 생생하게 떠올라요. 그런데 그 장면 속, 나의 얼굴은 아쉽게도 기억이 나지 않습니다.

차를 내리며 걱정스러운 표정으로 작업실 쪽을 바라보는 그와 그녀.

그	내가 차라도 타서 내려가 볼까?
그녀	응. 같이 가자. 조금만 있다가.

조모는 새로운 편지지를 집어 다시 편지를 쓰기 시작한다.

조모	사람들 말이, 제가 당신의 이름도 잊어버렸다고 하더군요. 나이도. 좋아하던 영화도. 함께 자주 가던 가게도 전부 잊어버렸다고. 부끄럽고 비참했습니다. 오래는 아니고. 아주 잠깐요. 그런 건 당신이라면 상관도 하지 않을 테니까요. 그렇죠, 여보? 우린 서로를 이름으로 불러본 적이 없습니다. 나

의 레모네이드. 당신도 비슷한 경험을 하고 있는지 궁금합니다. 나와 같다면 당신의 순간 속에는 나의 얼굴이 그려져 있겠지요? 내 순간 속 당신의 선명한 얼굴처럼요. 당신의 젊은 시절은 나의 그림 속에 잘 있습니다.

[영웅의 귀환]

60년대 중반 한국 도로공사에서 통계를 낸 포장도로와 비포장도로 비율.
인생에서 예측대로 되는 일과 그렇지 않은 일의 비율도 대충 그 정도 되지 않을까?
유년 시절 그의 영웅이 뉴스를 타고 돌아왔다.
또 다른 타국에서 벌어진 전쟁 소식을 들고.

조부   1964년 8월 7일 한국의 우방 미국이 통킹 만 사건을 계기로 북베트남을 폭격했다. 전쟁은 이내 북베트남과의 전면전으로, 냉전 체제 하에 한국, 타이, 필리핀, 오스트레일리아, 뉴질랜드, 중국 등이 참전한 국제적인 전쟁으로 비화되었으며 한국 정부는 "한국 전쟁시 참전한 우방국에 보답한다"는 명분과 "베트남 전선은 한국 전선과 직결되어 있다"는 국가 안보의 차원에서 파병을 결정하였다.

조부   상식적으로 이해가 가지 않았다. 부모도 없는 20대 청년을, 임신을 한 연인을 두고. 결혼 날짜까지 잡아 뒀는데. 정말 끌고 간다고? 갑자기 국가의 부름은 왜? 미국이 왜? 베트남? 대체 전쟁의 명분이 뭔데?

조모   아가, 그이는?

조모/조부   혹시 나를 가지고 인생이 장난을 치고 있는 건 아닐까.

화자가 당시 파병 관리 부대의 간부를 재현한다.

아무개 씨 맞으시죠?

조부   맞긴 한데.

걔가 아니라고?
자살을 했어? 거기 파병 대상 부대야. 무조건 인력 충원해
줘야 된다고.

조부   그래도 나는 그 아무개가.

어차피 영장 나올 때도 지났네.
나이도 비슷하고 이름도 같으니까 걔로 메꿔서 처리해.

조모   정말?

그래, 운명인가보다 생각하겠지

조부   운명?

조부는 그렇게 운명적으로

조부   제 2해병여단 청룡부대. 자대 배치 받았습니다.

말이 되냐고?

조모/조부   나를 가지고 인생이 장난을 치고 있는 건 아닐까

아무개 씨 맞으시죠?

조부   맞긴 한데.

영장 나왔습니다. 적힌 날짜 맞춰서 입소하세요.

조모   상식이란 게, 개인의 사정이란 게 고려되던 시절이 아니었다. 국가적 차원에서 볼 때 그건 사정도 아니었으며 파병도 아니고 파병으로 인한 빈 자리에 충원되어 가는 정도는 운명을 저주할 자격도 없다고. 그 당시 주위 사람들은 말했다. 그래도 삼 년.
다행히 훈련도 안 된 병사가 파병될 수는 없었기에 그는 남겨 질 거라고 그들은 생각했다. 그러나.

조모   당시 정부는 미국에 쌓아 뒀던 요구 사항들이 있었고.

이동원 외무부 장관이 브라운 대사에게 제시하였던 요구 사항이 1965년 5월 17일과 18일 한·미 정상회담에서 대부분 타결된다. 이에 따라 정부는.

조모   8월 13일 국회의 의결을 거쳐 수도사단과 제2해병여단의 파병을 결정하였다.

조부   3년, 식은 미뤄야겠지만 출산일 때는 부대 밖으로 나와 아이를 함께 볼 수 있을 줄 알았어.

조모   나도. 그렇지만.

        2차 파병은 그렇게 감행되었고.

조모   출산일을 열흘 앞두고 그는 배에 탔다. 모든 건 얼마나 가까이서 보냐가 중요하다. 일단 멀리 떨어져서 보기 시작하면 그런 일들 따위. 무시해도 좋을 만큼 작아 보인다. 개미처럼. 비행기에서 내려다 본 레고 같은 세상처럼. 폭탄을 투하해도 아무 감각이 없을 만큼.

        파병은 국가적 과업이었으며.

조부   때는 전시였다.

        조부는 배에 태워져 전쟁터 한복판으로 보내진다. 폭탄 소리가 오래된 메아리처럼 사방에서 들려오고 불길이 치솟는다.

그녀   전쟁은 5000여 명의 국군 사상자를 냈으며, 고엽제 부작용으로 고통 받는 참전 용사들이 아직도 남아있다. 그리고 하나 더. 가끔 동네 정자에 모여 막걸리와 부침개를 드시며 시간을 보내는 할아버지 세 분이 계시다. 그분들은 농담을 즐겨 하시며 틈만 나면 서로를 골탕 먹이려고 하는데 광수 할아버지는 정수 할아버지, 광훈 할아버지를 보면 언제나.

저기 학살자가 또 오네.

그녀 그분들은 서로.

이보게! 학살자 양반들! 오늘은 또 뭘 하고 계시나?

그녀 하며 동네가 떠나가게 껄껄. 웃으시고는 한다.

만삭이 찬 배를 하고서 조모가 조부를 기다리고 있다. 그러나 조부는 오지 않는다.

우리가 바랬던 건 그저 사랑, 평화.

미국, 한국군에 의해 미라이 학살, 빈호아 학살, 퐁니 퐁녓 양민 학살 등 베트남 민간인 학살이 자행되었다.

조모 … 그리고 다정함.

작전 수행 중 홀로 누락된 조부. 사주경계 중 근처에서 나는 풀잎 소리에 소스라치며 바로 총구를 들이민다. 총구가 겨눠진 자리에는 자신과 똑 닮은 얼굴의 청년이 겁에 질린 얼굴로 두 손을 들고 있다. 닮은 얼굴, 색이 다른 군복이다.

조부　누구야?

군인은 겁에 질려 아무 말도 못한 채 고개만 세차게 가로젓는다.
손으로 목덜미를 꽉 쥐고 있다.

조부　어디서 왔어 누구냐고!

흥분한 조부가 총구를 더욱 가까이 들이미는 순간, 상대 군인은 쓰러진다.
손이 풀리자 쥐고 있던 목덜미에서 선혈이 쏟아진다. 총을 떨어트린 채 주저앉는 조부.

조부　한 개인의 눈으로 목격한 전쟁은, 거창한 거대악이 아니라 소악으로 가득 차있었다. 선하게 웃음 짓고 가족사진을 보여주던 선임이 어느 날에는 사살한 적군 수를 나열하며 터트리는 웃음소리나. 살갑게 웃으며 항복 항복을 외치던 포로가 그 선임의 얼굴 가죽을 벗긴 채 도주할 때 남기고 간 오래된 농담.
잠 못 들고 굶주리며 동굴의 악취 속에 살다 보면 아주 작은 꿈틀거림에도 곧바로 총구를 들이미는 내 모습에 소름이 끼쳤다. 매일이 악몽이었으나 그 꿈속에서는 내가 괴물이었다.

조모　나는 매일 빨아 채 마르지도 않은 흰 속옷을 정갈하게 걸치고서 손을 헹구고 이를 닦고 마루의 정 가운데에 서서는 두 손을 모아 동 서 남 북 오래도록 절을 올린다. 믿는 신은 없지만 달리 방법을 모르므로.

조부　예정된 식 날짜가 지났고 출산일이 다가왔다. 여전히 전쟁
터였다.

조모　미완성의 드레스. 작업실 창가에 걸려 있는 그 드레스를 마
치 당신처럼 어루만졌다. 더 이상 손을 댈 수도 없었다. 당신
이 올 때까진. 언제 올까. 언제쯤 와서 함께 이 드레스를 마
무리 짓고 함께 앉아 네가 나오기를 기다리며.

창가 틈새로 구름이 이동하며 빛줄기가 흘러 들어온다.

조모　햇살이 눈이 부셔 3일을 앓았다. 지연 출산. 제왕절개. 배를
갈랐을 때. 아이는 이미 숨이.

사이.

조모　이런 세상에는 나오고 싶지 않았구나 그렇지, 아가? 그런 거
지? 그래 너는.

조부　마지막 밤 돌아오는 배 속에서 개구리 사체들이 비처럼 쏟아
져 내렸다. 꿈이었나. 바다와 섬을 다 뒤덮어버릴 만큼 아주
많이.

그리고 조부가 돌아왔을 때 조모는.

조모는 햇살이 드는 창가에 앉아, 주인 잃은 드레스를 쓰다듬고

있다.

조모   아가 안녕? 그이는?

두 사람의 눈이 마주친다.

조모   우리는 서로 본 것들에 대해 말하지 않는다.
조부   말이 아무런 의미도 갖지 못할 때가 있다. 어쩔 수 없을 때.

아무도 도움이 되지 않을 때.

조모   아무도. 아무것도.
조부   나는 항상 늦어버리고 만다.

6장. 레몬 크림 커스터드 혹은 리틀 블랙 드레스

[What If : 단순한 가정법]

조모　네가 태어나면, 둘 다 일할 때 애는 누가 보지? 기저귀는 어떻게? 가는 걸 옆에서 본 적도 없는데. 돈은, 아직 우리 가게를 내려면 많이 빠듯해. 몸이 약하면 어떡하지? 지금 사는 방이 추우면? 딸이면? 아들이면? 그 아이가 만약에 태어난다면, 하고. 참 단순한 가정. 우리는 그 뒤에 따라올 제약이나 의무들에 대해 걱정을 참 많이 했어. 처음이었으니까. 몰랐으니까.

그녀　상상이 안 돼요 두 분이 그러셨던 게.
조모　안 그런 사람이 있을까? 너도 그렇지 않니, 연아?

그녀가 멋쩍게 웃어 보인다.

조모　그런데 애초에 그 가정이 성립되지 않으니까. 아가.

그녀가 조모의 손을 잡는다.

조모　그건 그저 한 때의 바람일 뿐이더라. 태어났다면, 좋을 텐데 하고 그 뒤에 붙는 것들은 중요한 게 아니었는데 하고. 시간이 흐르니 바람은 또 후회가 되고. 그냥 그렇게. 단순하게.

그녀	엄마.
조모	응?
그녀	고마워요.
조모	뭘.
그녀	이렇게 말해줘서. 아무 말도 하지 않아줘서.

조모는 그저 웃음을 지으며 그녀의 손을 쓰다듬는다.

그도 그녀도 몰랐던 얘기.

조모	그는 입양을 하자고 했어. 미안하다고 했지. 누구한테? 당신이 왜?
조부	미안해. 미안해서.
조모	동의를 했어. 내키진 않았지만. 겁이 났지만. 그렇게라도 하지 않으면 그가 견디지 못할 것처럼 보였으니까.
조부	그 아이들을 사랑할 수 있을까?

지금부터는 그도 아는 얘기.

조모	바보 같은 질문이었지. 너무나 사랑했어. 그 아이가 커서 우리를 떠나기로 결심할 때도 마찬가지로. 너를 우리에게 맡기고 모모. 가야 할 곳에 돌아갈 때도.

그	내 부모는 입양되기 전 태어난 고국의 전쟁터에 가서 종군기자가 됐고. 남겨야 할 기록들을 남겼다. 본인들의 사진 한 장 남아있지 않다.

조모　　멋진 일이지만 슬픈 일이지. 네게도. 우리에게도 너무나.

[호불호]

그　　그래서 우리가 할 수 있던 거? 각자 취향을 가꾸는 일. 축구, 달리기, 단순한 운동부터 동화, 신화, 고전, 카프카, 하루키, 헤밍웨이, 팝. 비틀즈, OVER THE RAINBOW, 폴, 토마스, 앤더슨.

그녀　　프랑스어 수업시간이면 우리 둘은 몰래 교실을 빠져나가 도서관으로 간다. 가장 평화로운 시간. 안락한 시간. 도피처. 한 여름의 해변가.
　　　　책장 뒤 커튼 속에 숨어 책들을 쌓아 두고 본다. 까뮈나 프루스트. 에밀 아자르 아니 로맹 가리, 양심상 프랑스 소설들로. 프랑수아즈 사강, 마르그리트 뒤라스, 사르트르의 에세이도.

그　　실존은 본질에 앞선다!

그녀　　킬킬거리면서. 옥상의 도서관, 유리창을 통해 들어오는 빛줄기는 커튼 속에 갇혀 차분하게 맴돌고, 움직이는 먼지들을 하나하나 조명해준다. 살아 있다는 감각. 말라 버린 잉크 속 세상이 풍성하고 고상해서 맑은 공기를 듬뿍 마시고.

그　　살아 있다는 감각

그녀　　실존은 본질에 앞선다!

조모　　그렇게라도 삶을 살아보려고, 나는 내 허영까지도 끌어안고 사랑해보려 했어.

그	옳고 그름 따위는 없고 단순한 호불호의 세계. 내 나이테는 당시 심취해 있던 허영들로 가득하다.
조부	당신의 블랙 미니 드레스.
조모	혹은 당신의 레몬 크림 커스타드 그런 것들을.

조모는 아이를 잃은 후 언제든, 어디서건 단정한 블랙 미니 드레스 차림을 고수했다.
조부는 유럽에서 온 손님이 선물한 레몬 크림 커스터드를 맛본 후론 매일 아침마다.

그	취향은 반복되고, 습관 일상이 된다. 각자 자신의 구멍 나 버린 심장을 메꾸기 위해서 우리들은 어떻게 해서든 달래고, 잊어 보기 위해서.
그녀	그렇게
조모	계속 살아갔다. 살아낸다.
그	피난처로 가 책을 읽거나.
조부	일에 매진하거나.
조모	단정하게 블랙 미니 드레스를 차려 입거나. 부드러운 레몬 크림 커스터드를 갓 구운 스콘에 발라 먹거나.

그렇게도 견디기가 힘들 때면 가끔은.

조모   서로의 품에 안겨 울어보거나.

[살아 있다는 감각]

그와 그녀가 운동화를 신고 집을 나선다.

속이 꽉 막힌 것처럼 답답할 때면 그와 그녀는 습관처럼 운
동화를 신고 밖으로 나가 달린다.
어렸을 때부터 찾아 헤매던. 살아있다는 감각.
약을 먹어봐도, 성인이 돼서 담배를 펴보고 술을 마셔 봐도
가시지 않는 멀미. 살아 있다는 감각이 몽롱해질 때.

아무 말도 없이, 그는 언덕 위로, 그녀는 언덕 아래를 향해 달린다.
내내 달린다. 한참을 달린다.

그들은 방향만 정해 두고 달린다. 집 문 밖을 나서면
그는 언덕 위로, 그녀는 언덕 아래로.
시간이나 목적지는 정하지 않고.
살아 있다는 감각. 그것만 남을 때까지.
살고 싶다는 생각. 그것만 남을 때까지.
숨이 차고 구역질이 나서, 금방이라도 바닥에 온 몸을 던지
고 싶어질 때까지.
축구를 그만 두고 무릎이 덜컹거릴 때에도.
태평양을 지나는 배 위에 실려 나와 멀어질 때도.
첫 독주회에 오르는 날 맞춘 드레스를 입고도 답답하면, 달

렸다.
목적지는 없지만 달리 방법을 모르므로.
갈 곳은 없지만 달리 방법을 모르므로.
그렇게 뛰고서,
지친 몸을 겨우 질질 끌고 집 문 앞까지 돌아가면.

그   네가 나를 기다리고 있거나.
그녀   네가 나를 기다리고 있거나.

운 좋은 날은 타이밍이 마법처럼 딱, 맞아 떨어지거나.
이번에도 마찬가지였다.

그   조부가 사라진 지 한 달.
그녀   네가 내 속에 자리한 지 세 달.

조모   당신의 아무런 흔적도 찾지 못한 지 네 달. 더 이상 그녀는
      달릴 수가 없다. 불러오는 배는 자신의 몸이 더 이상 자신에
      게 귀속된 것이 아니라는 걸.

      달리기를 멈춘 그녀는 이제 조모의 옆에 앉아서.
      그녀가 평생토록 꿈꿔온.

그녀   사랑, 평화, 다정함

      같은 것들을 간절히 갈구한다.
      세상엔 없지만 조부가 찾아 헤매던, 오아시스의 샘 같은 것.

그녀   분명 어딘가에 조부가 그것들의 흔적을 남겨뒀을 거라고 굳
       게 믿던 그녀는 작업실에서 잠든 조모의 몸 위에 담요를 덮
       어주다가 그만.

       그녀가 무거워진 몸을 이기지 못하고 뒤로 넘어진다.

       그때 커튼이 쳐지듯 부드럽게 흘러내린 드레스 속에서,
       그녀는 작은 쪽지를 발견한다. 아주 오래된 쪽지.
       그 위에 덧입혀서 새로 쓰여진 잉크 자국.
       58년을 기다려온. 돌고 돌아서 도착한 사랑. 평화. 다정함.
       그리고.

그녀   너를 위한 선물이야, 아가.

조부   널 만날 날이 너무 기대 돼.

[What If]

       피아노 앞에 앉아서. 건반을 눌러 본다. 맑은 음. 두꺼운 음. 번갈
       아서.

그녀   아가, 네가 태어나면 그래서 나중에 우리의 결혼식 영상을
       보여주면 그때 이 드레스가 마음에 들었다고 해줄까?

       배를 쓰다듬으며 말을 건다.

아가, 안녕? 네가 태어나면 너는 내 손을 마음에 들어 할까?
내 연주는, 바흐는, 모차르트는?

"딩", 화자가 그녀의 뒤에서 손을 뻗어 건반을 누른다.

벌써 난 네 취향이 너무나 궁금해
베토벤? 차이코프스키?
네가 잠을 자지 못해 칭얼대면 나는 어떤 곡을 연주해 줘야
하지?
조곤한 슈베르트의 자장가
세레나데나 소나타, 환상곡?

딩.
그녀가 피아노 앞을 떠났는데도 아까 그녀가 연주한 음이 다시 되
돌이표처럼 연주된다.
고개를 돌리는 그녀.

그녀 안녕?

음, 안녕. 날 보고 말하는 거야?

그녀 안녕?

안녕.

그녀 너도 피아노 치는 걸 좋아해?

응.

그녀　나도.

당신도.

그녀　그런데 넌 누구야?

나?

그녀　응. 너.

글쎄 나는.

그녀　나는 누구야?

너? 너는 고아. 떠돌이. 길고양이. 피아니스트. 그리고-

그녀　반가워, 리틀 레모네이드. 안녕?

응?

그녀　안녕, 내 사랑.

… 안녕, 엄마.

7장. 패턴 1,2,3

[날실과 씨실은 서로를 끌어안고]

그　　시리야.

네 말씀하세요.

그　　뭐해?

전 일하고 있는 중이에요. 제 교대 근무 일정은 614,978년에 끝나요.

그　　잘 있어?

쑥스러워라….

그　　오늘이 며칠이지?

오늘은 2월 20일 목요일입니다.

그　　날씨는?

지금은 나쁘지 않은 것 같아요.

그   할아버지는?

네?

그   할아버지는.

연락처에서 할아버지를 찾을 수 없습니다.
할아버지의 이름이 무엇인가요?

그   랩이나 해.

알겠습니다… 자, 갑니다—

그   처음 그 아이가 우리에게 찾아 올 거란 소식을 들었을 때 제
        머리 속에 든 생각은 축복에 대한 구절도 저주에 대한 옛말
        도 아니었어요. 저는 그냥 그 순간에. 그 아이와 스무 살과
        벌써 인사를 했어요.

조모   다시 편지를 고쳐 씁니다. 수신자는 여전히 없고요. 그래도
        자꾸 아쉬움이 남아서요. 확신이 없는 채로 새겨 버려서 두
        고두고 마음에 들지 않는 그런 패턴처럼. 몇 번이고 제 마음
        에 들 때까지 고쳐서 쓸 심산입니다.

그   연이는 곧 연주회에 올라요 할아버지. 이번엔 특별히, 카덴
        차가 있는데요. 멋지죠? 그런데 이상한 건, 그 연습 벌레가 연
        습을 하기 싫다네요. 당분간 무대에 오르지 못 할 테니, 마음

대로 할 거라나. 뭐, 그렇다고 딴지를 걸거나 하지는 않았어요. 사실 가끔 무서워요. 할아버지도 알죠? 연이 그 작은 손이 은근히 맵거든요.

조모   저는 요새 가만히 앉아서 늙은 짐승처럼 그동안 우리가 새겨 넣은 패턴들을 되새기는 중입니다. 더 이상 혼자서는 새로운 걸 만들 엄두가 나지도 않고 이제는 제법 충분하다고, 생각도 들거든요. 주인에게 잊혀져 그늘진 옷장 신세를 지는 것들이 대부분이겠지만 제 상상 속의 진열장에는 여전히 색색의 드레스들이 가지런히 걸려 있어요. 그 중에 뭐, 마음에 드는 것도 있고 부끄러운 것도 있죠. 그래도 제 감상평과는 무관하게. 우리가 함께 새겨 넣은 날실과 씨실은 서로를 끌어안고, 그 자리 있어야 할 곳에 잘 있습니다.

그   저는 요새 인류애에 대해 생각을 고쳐보고 있어요.

그녀   인간은 지구를 좀먹는 바이러스야. 지금 이걸 보는 당신도, 나도 마찬가지지!

그   라는 긴 타투를 새겨 볼까 하는 적도 있었지만 이제 그런 마음은 접어야겠죠. 모든 건 얼마나 가까이서 보느냐가 중요하다는 생각이 들어요. 크게 보면 인류나 역사나 국가 정의 따위 정말 생각만 해도 비참하지만 어제는 길거리를 지나다가 붕어빵 가게 앞을 배회하는 어린 여자애 두 명을 보았습니다. 분홍색 가방과 남색 파카를 맞춰 매고서 무언가를 오래 고민하는 눈치길래, 저도 호기심이 동해 가만히 멈춰서 그 아이들을 지켜봤죠.

그런데 글쎄 자세히 보니까 손에 천 원짜리 두 장을 들고 천 원어치를 살지 이 천 원어치를 살지 둘이 머리를 맞대고 고민을 하는 거예요.

저는 그 길로 집에 돌아오다가 문득 혼자 한참을 울었습니다. 야밤에 애들이 노는 동네 놀이터 미끄럼틀 속에 숨어 들어가서 꺽꺽 소리를 내면서 그렇게 한참을요.

그녀   그래서 길고양이 한 마리를 집에 들인 거예요. 아저씨 기억하시죠? 작년 몇 달간 매일 자정 즈음이면 집 밖에 와 울던 녀석이요. 울음소리가 애기 울음소리 같아서 오던 잠도 설치게 하던 녀석이요. 도저히 안 되겠다 싶어 그냥 집으로 들였어요. 바게트의 까끌한 겉면을 벗겨 속살만 발라주면 배를 발라당 까고 누워 저를 반겨요. 길고양이 주제에, 레몬 크림 커스타드를 발라 먹는 걸 가장 좋아합니다.

조모   많은 것들이 잊혀가지만 의외로, 부족하다거나 불안하지는 않습니다. 아무래도 제가 기억하는 것들이 여전히 전부이니 그런가 봐요. 아 그리고 여보, 요새는 포기한 척을 하기는 하지만 모모는 아직도 당신을 찾고 있습니다. 사라지기 전날 밤에 자다 깬 모모가 당신을 계단에서 봤다면서요. 그래서 더 그러는 것 같아요. 아마 앞으로도 제법 오랫동안, 그렇게 당신을 찾고 있을 거예요.

자정 무렵, 창 밖에선 고양이 울음소리가 들린다. 복도에서 조부와 그가 마주한다.

조부   안녕, 모모?

자다 깬 너는 소년 시절 모습과 별로 다르지 않았다.

그   안녕, 할아버지.

작업을 할 때 습관처럼 안경을 긴 머리 위로 올리고 머리를 쓸어 넘기던 당신의 모습을 기억한다.

그   올라가는 거야, 내려가는 거야?

조부   올라가는 거. 할머니 잘 자는지 보고 오려고.

그   잘 주무실 걸. 아무 소리도 안 나는 걸 보면.

조부   그러겠지?

그   할아버지는 안 자고 뭐해, 내일이 결혼식인데.

조부   작업. 마무리할 게 있어서. 내일 가기 전에 말이야.

그   그러지 말고 그냥 올라가서 그대로 자. 할머니도 외로울 걸. 내일도 늦으려고 그래?

조부   아가, 모모

그   응?

조부   창밖을 봐봐

그   또 왜.

조부   뭐가 보여?

그   모르겠어, 너무 어두운데
            전등, 달빛 음 그리고–

조부   실루엣.

그   뭐야 또, 그게

조부가 그의 머리를 쓰다듬어 넘겨준다.

조부   잘 자렴, 아가. 모모. 내 사랑.

눈을 비비던 모모의 이마에 입을 맞추고 그는 금세 올라가버린다.

그는 조부가 가고도 한참을
창밖을 내다보다 다시 잠에 들었다.

조부가 누워 있는 조모 곁으로 간다. 조모는 침대에 누워 잠결에
그녀를 찾아온 조부를 느낀다.

조모	그리고 당신은 내게 왔죠? 잠결에도 당신이 들렀다 간 온기는 기억합니다. 간다는 말을 얼핏 들었습니다. 어디로 간다고 했는지는 잊었고요. 그리고는 꿈을 꿨어요. 따스한 햇볕이 드는 꿈. 제가 드레스처럼 해가 잘 드는 창가에 걸려 있는 꿈이요. 당신이 하도 오지 않아서. 나는 당신을 기다리며, 빛이 잘 드는 창가에 꽤 오래 걸려 있었습니다. 누군가 남기고 간 주인 모를 드레스처럼. 빈 집의 주인이 되어 오래 그곳에 있었어요. 당신은 지금, 어디로 가고 있나요 여보?
조부	나는 이제 당신의 바다를 닮은 그림자 속에 살겠습니다. 당신이 나를 잊어도 나를 만날 수 있게 이미 흘러가버려 시간의 소유가 된 작은 기억의 포말들과 그 위로 반짝거리는 찰나의 빛 속에 살겠습니다.
조모	그러니 안녕 내 사랑, 나의 레모네이드 나와 당신을 가여워하지 마세요
조부	나도 당신도. 떠나는 게 아니에요. 서로의 곁으로 가는 겁니다.
조모	날실과 씨실처럼. 우리는 셀 수없이 많은 순간들 속에 서로를 끌어안고 있어요. 그러니.
조부	나를 잊어도 당신은.
조모	언제나 내 품일 거예요.
조부	여보.
조모	응?
조부	그러니 안녕.
조모	그럼 거기서 만나요. 나의 레모네이드.

조부   그럼 잠시만.

조모/조부   안녕.

8장. 드레스 판타지아

[작별]

그녀가 피아노 앞에 앉아 이름 모를 환상곡을 연주하고 있다.

그녀 기억 나? 그날 밤에 엄마는 무척 기분이 좋으셨어. 나를 위해 수선하시던 드레스가 무척 마음에 드셨는지 오랜만에 우리를 함께 작업실로 부르시고는 내게 드레스를 비춰보시며 즐거워하셨지. 코르크가 말려 들어간 레드 와인에도 뭐가 그리 재미있는지 킬킬대시다가 비틀대시다가. 그렇게 많이 취하셨는데도 또 금방 꼿꼿이 일어나셨어. 그대로 부축 한번 받지 않으시고는. 따라 오지도 말고 걱정도 말고.

조모가 침실로 향한다.

그녀 대신 당신이 들어간 후에 잠시 동안만. 그냥 당신을 위해서 한 곡 정도 연주를 해 달라고. 자장가처럼. 부드럽게.

그 환상곡이었지, 연아?
그녀 응. 두 분 다 무척, 좋아하시던 곡. 마치 두 분을 위한 곡 같아.

그는 조모가 떠난 작업실을 둘러보고 있다. 조모와 조부의 흔적이

희미하게 그곳에 있다.

그　　그러다 할머니도 잠에 들고, 너도 곧 잠에 들고. 나는 그날 한참을 혼자 깨어있었어. 흔들리다가. 어지럽다가. 새벽이 가까워질 때서야 방으로 올라갔지. 자고 싶지가 않았거든. 졸리지 않은 건 아니었고, 그냥 조금 더 그곳에 있고 싶어서. 왠지 그 순간에는 조금 견딜 만했나 봐. 멀미도. 불면증도. 그 모든 게 아주 잠깐은. 다들 분명히 자고 있는데도. 다들 내 곁에 있는 것만 같아서. 그러다가 방문을 닫고 나가려는데, 할아버지가 어릴 때부터 하던 말이 기억이 나는 거야. 그래서 나는, 창밖을 봤지.

그래서?

그　　흐릿한 아지랑이 하나가 스쳐 지나가더라.

그래서?

그　　창을 타고 옅게 들어오는 새벽빛의 틈새로 네 얼굴이 보여. 안녕, 아가? 우리를 만나러 오고 있어?

안녕, 아빠.

그　　그리고 멀어지는 밤의 흔적들. 서로를 끌어안고 멀어지는. 아, 당신들의 실루엣. 이번엔 이별이 아니라, 작별이구나. 소멸은 아니고, 작별이구나.

[이른 결혼식]

자, 여기까지. 제가 본 건. 장례식 다음날이 곧바로 둘의 결혼식이었는데.

그 후론 잘 기억이 나질 않아요. 신랑이 입장을 마치고 화동들이 꽃을 뿌리고 신부가 걸어올 때. 그때 장난처럼 농담처럼 운명처럼 내가 나왔거든요. 양수를 터뜨리고 힘차게 머리를 들이 밀었죠.

그러니 애써 만든 드레스는 흠뻑 젖고, 결혼식은 엉망이 되고. 뭐 그랬겠죠?

그래서 제가 말할 수 있는 건, 그게 다예요.

더도 덜도 말고, 고작 다죠.

그런데 태어나고 나니까. 저한테도 두 눈이 생기고, 저만의 기억들이 자리 잡기 시작해요.

그러다보니 뱃속에서 몰래 엿봐왔던 네 사람의 기억들도 점차 흐려지고,

그 자리를 빈 공간이 채우기 시작하죠. 아마도, 남은 시간들을 위한 여백 같은 걸까요?

다시 또 채워질, 다음 시간들을 위해서. 그렇죠?

조모, 조부가 아이의 양 손을 잡고 피아노 앞에 앉을 자리를 마련해준다.

그러니 조금 아쉬워도, 더 늦기 전에 하나만 더 말하고 저는 갈게요.

정말로 이제 눈을 딱 감으면, 네 사람의 기억은 전부 멀리로.

실루엣처럼. 횅하니 사라져 버리고 말 것 같아서.

나오기 직전의 기억이요. 한 순간의 풍경이 아직 선명히 기억나거든요.

전부 비워진 뒤에도, 아마 그 장면만큼은 데자뷰처럼.

평생 제 머리 속 어딘가를 떠돌지 않을까요?

그렇게 살다가 어느 날은 그런 기억을 떠올리고서.

내가 봐온 게, 듣고 기억하는 게 정말 이게 다일까? 하고

스스로 묻게 되는 날도 오겠죠. 그리고 또 잊고서—

결혼식 음악이 울려 퍼진다. 그와 그녀의 결혼식

먼저 입장한 그가 그녀를 기다리고 있다. 그리고 신부의 차례.

문이 열리고, 그녀가 걸어 들어온다. 부른 배를 감싼 머터너티 드레스를 입고서.

아직 멀리서 그는, 다가오는 그녀를 보며 속으로 생각한다.

이름 모를 두 이의 결혼식.

드레스를 입은 그녀가 걸어 나오자, 그는 자신도 모르게 깊은 탄식을 내뱉습니다.

그   짧은 하루들, 오 부디.

　　　우리가 긴 희망을 품지 못하게 하소서.

— 끝.

"실종된 조부를 찾아야한다. 조모의 소멸해가는 기억에 의지해서"

　서울의 30년대생 드레스메이커가 만든 머터너티 드레스(maternity dress) 한 벌과 환상곡, 재즈와 여러 순간들에 얽힌 이야기. 30년대 태어난 조부모 세대가 걸어온 현대사의 발자취와 현재 20대가 겪고 있는 멀미를 따라가 본다. 한 집에 사는 한 가족, 두 쌍의 연인들의 기억을 소곡집 형태로 엮었다. 당시 젊은 연인의 배 속에 있던 아이의 눈으로 전개된다.

명절

김현수 지음

등장인물

노인
가정부
군인
소년
젊은 부인
젊은 남편

거실. 무대 우측 위쪽에 현관문이 하나 있다. 그리고 그 옆엔 시계가 있다. 무대 좌측엔 방으로 이어지는 문이 하나 있다. 무대 우측엔 가스레인지와 싱크대 그리고 찻장이 있고 무대 좌측엔 여러 책과 앨범이 꽂혀있는 책장이 있다.
막이 오르면 노인은 흔들의자에 앉아 신문을 읽고 있다.

노인　　비가 오려나.

노인은 또 다시 신문을 읽는다.
그러다 옆에 있는 유리잔에 담긴 물을 마신 후 물병에서 유리잔에 물을 더 따라 마시려 하지만 물병이 비어있다.
노인은 물끄러미 시계를 바라본다.

노인　　언제쯤 오려나.

노인은 계속 시계를 바라보다 다시 신문을 읽는다.
잠시 후 노인은 일어나 앨범과 사진들을 들고 온다. 그리고 노인은 천천히 그 사진들을 앨범에 정리하기 시작한다.

노인　　예쁘네 다들.

그리고 다시 처음부터 앨범을 훑기 시작한다.

노인　　다들 잘 지내려나….

그리고 잠시 뒤 다시 시계를 보고.

노인   좀 늦네.

노인은 앨범을 덮고 의자 위에 둔다.
잠시 뒤, 알람 소리가 요란히 울린다.

노인   일어나랜다….

알람이 멈춘다.
노인은 눈을 감는다.
잠시 뒤, 알람 소리가 또 요란히 울린다.
노인은 천천히 눈을 뜬다.

노인   일어나랜다….

알람이 멈춘다.
노인은 눈을 감는다.
다시 알람 소리가 울린다.

노인은 담배를 피우려 담뱃갑을 꺼내지만 담배가 없다.
노인은 담뱃갑을 아무 데나 두고 천천히 방을 둘러본다.

노인   5년은 됐을라나….

노인은 다시 눈을 감는다. 그 모습이 죽어가는 것인지 잠드는 것인
지 헷갈린다.
잠시 뒤 알람이 요란히 울린다.

노인　　참 길다….

잠시 후, 알람이 멈춘다.
그리고 가정부처럼 보이는 사람이 등장한다.
가정부는 노인을 보고 한숨을 쉰다. 그리고 가정부가 등장하자 노인은 말이 없다.

가정부　왜 또 여기서 주무시고 계세요.
가정부　식사는요.
가정부　안 올 거라니까요. 그렇게 기다리고 또 기다리세요?
가정부　에효… 맘대로 하세요.

가정부는 방 곳곳을 청소하기 시작한다.

가정부　시장하시면 말씀하세요.

가정부는 노인 주변을 걸레로 닦는다.

가정부　발 좀 들어보세요.

노인은 발을 든다.
가정부는 옆에 놓인 빈 물병을 발견한다.

가정부　이 물병 어제부터 쓴 건데 이걸 오늘까지 쓰고 있어요.

노인은 발을 다시 내리고, 신문을 든다.

가정부는 물병을 치우려 방 한쪽으로 이동한다.

가정부   물병에 물도 없네. 그럼 좀 새로 떠다 드시면 되지. 제가 가져오기까지 또 기다리고 있는 거죠.

가정부는 돌아와서 물병이 놓여있던 의자를 닦는다.

가정부   또 담배 폈어요? 아휴 몸도 안 좋으면서 왜 담배를 계속 피는 거예요.

가정부는 담배를 물병을 치워 놨던 곳 옆으로 옮긴다.

가정부   다른 사람이었으면 벌써 그만뒀을 거예요. 그래도 저는 이집이 좋고 아버님이 안쓰러워서 있는 거예요. 그렇다고 제가 모든 걸 다 받아줄 수 있을 거라곤 생각하지 마시라는 거예요. 언제까지나 매번 이렇게 다 챙겨드릴 순 없잖아요.

가정부는 새로운 걸레를 가져와 의자를 닦는다.

가정부   그래도 전 아버님이 좋아요. 뭔가 아버님을 보면 딱하기도 하면서 안쓰럽기도 하고… 에휴 내가 뭐라는 거니. 그리고 이 집도 정말 맘에 들고요. 사람이 없으니까 조용하잖아요.

가정부는 창문을 닦는다.

가정부   그… 제가 도시에서 일을 할 땐 부모들 밥 챙겨서 출근 보내면 애들이 시끄럽게 하고 애들 보내고 조금 쉬겠다 싶으면 다시 부모들이 퇴근하고. 한시도 조용할 틈이 없었어요. 그래서 그땐 항상 조용한 곳에서 나만의 시간을 가지며 일하고 싶다 어찌나 꿈꿨던지.

가정부는 걸레를 가져다 놓는다.

가정부   저는 이 집이 참 좋아요.

노인은 여전히 듣지 않는다.

가정부   아니 근데 오늘은 비가 오려나 왜 이렇게 무릎이 아프지. 아버님은 괜찮으세요? 분명히 어제 뉴스에선 비가 안 온다 했는데. 요새 뉴스가 맞는 걸 본 적이 없어요. 차라리 제 몸이 더 잘 맞출 거라니까요. 아버님도 그렇게 느끼실 거예요 그렇죠?

가정부는 다시 노인 근처를 닦는다.

가정부   아, 아버님 며칠 전에 가족 분들이 연락이 왔어요. 이번 명절엔 오겠다고. 그때 같이 들으셨죠? 근데 오시겠어요? 전 이번에도 안 올 거라고 생각해요. 아휴 정말 매번 오겠다 오겠다 하고 그렇게 바람만 잡은 지가 벌써 몇 년째인지 모르겠어요. 이번엔 정말 오시긴 한대요?

가정부는 의자에 앉는다.

가정부 이래서 요즘 젊은 사람들이 문제인 거예요. 이렇게 노인 혼자 남한테 맡겨놓고 자기들은 나 몰라라 자기들 인생만 걱정하고 신경 쓰기 바쁘죠. 벌써 몇 년째에요. 분명히 오늘도 안 오실 거예요. 아휴 우리 아버님 딱하기도 하지….

사이.

가정부 식사 하실래요? 잠시만 기다리세요. 뭐 좀 사올게요. 아버님께서 좋아하시는 것으로.

가정부는 무대 밖으로 나간다. 노인은 다시 혼자 남는다. 노인은 한숨을 쉬며 신문을 내려놓는다.

노인 지금이 좋다….
노인 배고프네….

노인은 방 한켠에서 빵을 꺼내 온다. 노인은 가정부가 치워 놓은 물병에 차를 타서 유리잔과 빵을 함께 들고 온다. 그리고 노인은 의자에 앉아 잔에 차를 따른다.

노인 조금 추운 날이구만….

노인은 빵에 잼을 바르고 빵을 먹는다. 그리고 차를 마신다.
노인은 자신이 식사에 쓴 식기들을 다시 가져다 놓고 의자에 돌아온다.

노인   오려나….

노인은 한참 앞만 보며 앉아 있다 이내 눈을 감고 잠이 든다.

똑똑 똑똑.

노인은 여전히 잠들어 있다.

똑똑 똑똑.

노인은 눈을 뜬다. 하지만 가만히 앉아 있다. 그리고 다시 눈을 감는다.
잠시 뒤 열쇠로 문 여는 소리가 들리고 가정부가 등장한다.

가정부   아이 참. 거기 앉아 계시면 문 좀 열어 주시지 그러세요.

가정부는 자신이 장 봐온 것들을 정리한다. 그것들엔 빵과 잼이 있다.

가정부   시장하시죠. 제가 빵을 사왔어요.

가정부는 빵에 잼을 바른다.

가정부   요 앞에 나갔더니 어제 남은 거라며 빵을 싸게 팔고 있지 뭐에요. 아니 뭐 어제 만든 거라 좀 오래되긴 했는데 어제나 오늘이나 그렇게 다를 게 있겠어요.

가정부는 노인에게 가져다 주려 하다가 우선 자신의 입에 빵을 넣는다.

가정부   앞에 나갔을 때, 노인 분들이 모여 계시던데요? 아니 그분들은 정말 할 일도 없나 봐요. 어찌나 매일같이 나오셔서 얘기 중이신지. 그렇게 할 얘기들이 매일매일 많을까요? 저 집 가정부들은 얼마나 힘들겠어요.

가정부는 다른 빵에 잼을 바른다.

가정부   딱 보면 알아요. 아마 저 분들은 집에서도 다른 사람들한테 그 사람들이 듣든 말든 시시콜콜 자기 얘기를 늘어놓고 반응해주길 바랄 거예요. 반응을 안 하면 또 그걸로 삐쳐서 아마 가정부들의 일에 토 달기 시작하겠죠. 이거 했냐 저거 했냐 이건 왜 이렇게 했냐 등등.

가정부는 빵을 노인에게 가져다준다.
노인은 잠에 들기 위해 노력한다.

가정부   빵 좀 드세요.

사이.

가정부   전 이 집이 참 좋아요. 조용하고 아버님도 제 일을 그냥 맡겨 주시고 저한테 따분한 얘기 따위는 하지 않으시니까요.

가정부는 뜨거운 물에 차를 탄다.

가정부 또 제 얘기를 항상 잘 들어주시니까요.

노인은 잠에 드는 것을 포기하고 눈을 뜬 채 앞을 바라본다.

가정부 도시에서 일을 할 땐 매일 이런 날을 꿈꿨어요. 일하다 커피 한 잔 하고 일하다 내 얘기도 하고 그런 거 말이죠.

가정부는 차를 가져와 의자에 앉는다.
노인은 시계를 바라본다. 그런 노인을 가정부는 바라본다.

가정부 아버님 그거 아세요? 방금 앞에 나갔을 때 노인 분들이 얘기 하시는 걸 들었는데, 저 시계가 가리키는 시간이 우리가 진 짜로 느끼는 시간과 다른 거래요. 그러니까 그 두 가지가 정 확히 맞아 떨어지거나 우리 마음의 시간이 저 시계에 쫓기지 않을 때, 우리가 행복하다고 느낀다는 거죠. 역시 연륜은 무 시할 수 없다니까요. 아무리 생각해도 이 집에서의 저 같아 요. 아버님도 그렇죠?

가정부는 노인에게 동의를 구하듯 쳐다본다.
노인은 일어나 새 담배를 찾아온다. 그런 노인을 가정부는 바라 본다.

가정부 저는 어렸을 때 담배를 왜 피나 했어요. 담배는 단순한 인간 의 호기심에 시작하는 거라고 생각했죠. 그리고 그 호기심

조차 이기지 못하는 인간이 과연 다른 어떤 것을 이길 수 있으며 주체적인 인간이라고 할 수 있을까 하면서 흡연자들을 하찮게 봤죠.

노인은 담배를 꺼내다 다시 집어넣는다.

가정부　근데 담배를 피는 것이 혼자만의 시간이라는 것을 일을 하면서 깨달았어요. 계속 사람 속에 있으니까 오롯이 자신만의 시간이 필요한 거죠. 그래서 밖에 나가서 쓰읍 하면서 오롯이 자신만의 시간을 느끼고 후 하면서 자신만의 생각을 정리하는 거죠. 그 순간 사람들은 우리의 시간이 저 똑딱거리는 시계에 지고 있지 않다는 것을 느끼는 거예요.

노인은 다시 담배를 꺼내 문다. 가정부는 그것을 모른다.

가정부　근데 일단 그것보다 우선은 건강인 거죠. 그래서 사실 노인들이 담배를 피는 건 아직도 이해가 안 돼요. 그들은 일도 안 하고, 가족들은 각자 자신의 일을 하러 나가면 집에 혼자 있으니까 혼자만의 시간이 충분히 확보가 되니까 말이죠. 사실 그때 담배를 피는 건 죽음을 향한 길밖에 더 되겠어요.

노인은 물었던 담배를 옆쪽으로 던진다. 가정부는 그것을 모른다.

가정부　저는 이제 일을 해야겠어요. 빵 좀 드세요. 오늘 같은 날에 혼자 있는 건 슬픈 일이지만 그래도 오늘 같은 날은 잘 먹어야 해요.

가정부는 자신이 쓴 접시와 찻잔을 들고 퇴장한다.

노인은 가정부가 완전히 나갈 때까지 기다린 후 던졌던 담배를 다시 가져온다.

담배를 피우려 하지만 라이터에 기름이 없다.

노인은 다시 의자에 앉아 한참 동안 멍하니 있는다.

노인   참… 길다….

노인은 집을 한 번 둘러본다.

노인   집에 가고 싶다.

똑똑똑.

전에 가정부가 했던 노크 소리와 다르다.

노인은 천천히 고개를 문 쪽으로 돌린다.

똑똑똑.

노인   예, 앞에다 두고 가세요.

똑똑똑.

노인   누구지.

똑똑똑.

노인   누구시죠…? 이럴 때 누가 좀 도와줬으면 하는데….

노인은 물끄러미 한참을 가정부가 퇴장한 곳을 바라본다.

노인   아무도 안 계시죠?

청소기 돌아가는 소리가 들린다.
노인은 천천히 걸어간다.

노인   네… 이 집엔 저만 있대요….

문이 열리고 군인과 소년이 서 있다.

군인   접니다.

그들은 서로를 바라보고 있다.

군인   너무 오랜만이죠.

사이.

노인   그래… 아들을 두었었지.
소년   할아버지!
군인   시간이 오래 되었으니까요. 여전히 이곳에 계실 줄 알았습니다.
노인   기다렸으니까.

사이.

군인   들어가도 될까요.
노인   언제든지.

군인은 집안을 돌아보고 다시 노인을 바라본다.

군인   잘 지내셨습니까.
노인   … 기다렸다.
군인   잠시 둘러봐도 괜찮겠습니까?
노인   마음껏.

군인은 거실을 거닐다 방으로 이어진 문으로 나간다.
무대 위엔 노인과 소년만이 남아있다.
노인은 의자로 가서 앉아 소년을 물끄러미 한참을 바라본다.
소년은 그런 노인을 바라보다가 이내 창문으로 다가가 창밖을 본
다. 그리고 창문을 열려고 하는 순간, 군인이 다시 들어온다.

군인   집이 꽤 넓군요.

노인은 자신이 앉아있는 자리 주변을 둘러본다.

노인   집은 넓지.
소년   아빠! 여기에 아빠 있어!!

군인과 노인 모두 소년이 들고 있는 신문 쪽으로 가서 신문을

본다.
군인이 표창장을 받은 모습이 신문에 실려 있다.

노인   5년 전이야. 네가 진급을 한 것도, 내가 이곳에 온 것도….

가정부가 구시렁거리며 등장한다.

노인   저 안쪽이 내 방인데….
가정부   5년이네요 제가 이곳에 있어 오늘 같은 날 본가에 못 간 지. 아버님을 보호해 주고 일을 덜어줄 사람이 없으니 원….

가정부는 군인과 소년을 인식한다.
가정부는 노인이 앉아있는 흔들의자에 다가가 앞뒤로 움직인다.

가정부   안녕하세요. 두 분이 제발 아버님의 가족 분들이시면 좋겠네요. 그럴 일이 없겠죠. 5년 동안 코빼기도 안 비춘 양반들이 갑자기 이렇게 등장하실 일이 없죠. 무슨 연유로 여기에 오셨죠? 뭐, 명절이라고 위문품이라도 전달해 주시려고 오신 건가요? 그런 거면 사양하겠습니다. 보시다시피 저희 아주 잘 살고 있으니까요.

사이.

군인   아들입니다. 이쪽은 손자고요.
소년   안녕하세요!

사이.

가정부   마실 것 좀 내올게요.

가정부는 찻잔을 가져온다.

군인   식사 준비를 해주실 수 있을까요.
가정부   아마 지금이 12시 무렵일 겁니다…! 그럼 얘기하고 계세요!
소년   어? 저도 같이 갈래요!
가정부   그러렴.

가정부, 소년 퇴장.

노인   잘 지냈냐….
군인   아버지는….
노인   아들이 많이 컸구나….

군인은 바닥에 버려진 담배를 발견한다.

노인   … 시간이 필요했다.

군인은 그 담배를 핀다.

군인   모두가 그렇죠.

그때 무대 밖에서 유리잔이 깨지는 소리가 들려온다.

가정부와 소년이 같이 등장한다.

가정부   그래, 우리 여기서 기다리고 있을까?

가정부 퇴장.
소년은 풀이 죽어 보인다.

군인   뭐했니.

소년   아니 그냥 저는 이것저것 둘러보다가….

군인   가만히 앉아 있어라.

소년   하지만 심심한 걸요….

노인   그래. 그동안 혼자였잖니. (소년에게) 너 하고 싶은 대로 돌아
다녀도 괜찮다.

군인   아버지.

노인   오랜만이잖니. 아니, 처음이잖니.

군인은 소년 곁에 있는 의자에 앉는다.

소년   할아버지 여기서 이상한 냄새 나지 않아요?

사이.

가정부 식사 준비를 하며 등장.

가정부   아휴 연락 좀 하고 오시면 좋았을 텐데….

군인   했습니다.

침묵.

가정부 너무 갑작스레 오셔서 준비가 하나도 안 되어 있어서 그렇
죠….

군인 괜찮습니다.

노인, 군인, 소년은 밥을 먹기 시작한다.

가정부 좀 자주 오시고 그러셨으면 좋았을 텐데. 아버님도 이제야
식사를 잘 하시네요. 항상 잘 안 드시거든요.

가정부는 의자에 앉는다.

가정부 하긴 일이 많이 바쁘시죠. 이 아래까지 신경 쓰시긴 힘들 거
예요. 5년 만이라고 했나요? 저는 여기에 있으면 참 좋던데,
이 집 참 좋지 않아요?

군인 1년 만입니다.

가정부 아닐 걸요. 분명 1년은 더 되었어요.

군인 정확히 1년입니다.

가정부 정확히 1년마다 전화를 하신 거죠.

군인 네.

가정부 하하 그래요.

가정부는 거실에 걸린 시계를 바라본다.

가정부 시계가 좀 느린 것 같네.

군인은 가정부의 손을 내치고 옷매무새를 정돈한다.

소년　아빠! 저 밥 다 먹고 놀러가도 돼요?

군인　어디를.

소년　요기 앞에요. 여긴 빌딩이 없어요! 저희가 살던 곳은 창문밖에 못 보잖아요.

군인　(가정부를 보며) 혹시 같이 가주실 수 있을까요.

소년　아빠 저 다 컸어요..

가정부　그래요. (소년에게) 잘 찾아올 수 있지? 동네를 돌아보는데 그리 오래 걸리지 않을 거야.

군인　아직은 어렵습니다.

가정부　이 아이가요?

군인　네. 그럼 부탁하겠습니다.

가정부　(소년에게) 그러자구나.

군인은 식사를 마친다.

군인　상 치워 주시죠.

가정부　커피 가져다 드릴게요.

군인　괜찮습니다.

소년　아버지. 저 혼자 나가면 안 되요?

군인　같이 나가거라.

노인　할아버지랑 같이 가자.

군인　날이 많이 춥습니다, 아버지.

가정부는 상을 치운다.

노인   이제라도 고맙다.

군인   너무 오래 걸려서 죄송합니다.

사이.

소년   할아버지 보고 싶었어요.

노인은 손짓으로 소년을 부른다.

소년은 할아버지에게 다가가려 하는데 가정부가 찻잔을 들고 돌아온다.

소년은 자리로 돌아간다.

가정부   커피가 싫다고 하시길래 차를 내왔어요. 이건 맘에 들었으면 좋겠네요.

소년은 가정부에게 다가간다.

소년   아주머니! 우리 이제 나가요!

가정부는 소년이 오는 곳의 반대편으로 간다.

가정부   오랜만에 오셨는데 집안일은 저에게 맡기고 가족끼리 즐거운 시간을 보내는 게 어떠시겠어요?

군인   아이를 좀 부탁드리겠습니다.

가정부   가자.

소년과 가정부 퇴장.

군인   여긴 어떠세요.
노인   똑같아.
군인   그래도 누군가 있는 게 나으실 겁니다.
노인   똑같아.

침묵.

노인   아주 멋있어 보이는구나.
군인   만나 뵈니 좋습니다.
노인   가끔 생각은 했니.
군인   그러곤 했죠.
노인   잊은 줄만 알았는데….
군인   꽤나 힘든 시간 속에 살았습니다.
노인   너의 시간은 국가의 시간이니까.
군인   동시에 가족의 시간입니다.

사이.

군인   아이가 많이 컸죠.
노인   어멈은 잘 있냐?
군인   못 들으셨습니까?

사이.

노인 아이가 많이 컸구나….
군인 자주 오겠습니다.

노인은 일어나서 앨범을 가져오려 한다. 군인은 그것을 저지하고, 앨범 근처로 간다.

노인 내가 갈 수 있다.

군인은 앨범을 집는다.

군인 아직도 가지고 계시군요.

노인은 다시 천천히 자리에 앉고 군인은 앨범을 가져온다.

노인 너도 저 아이만 같을 때가 있었지.
군인 혼자가 싫었죠.
노인 지금은 아니더냐.
군인 의무이니까요.

노인은 천천히 앨범을 보기 시작한다.
군인은 유리병에 새로운 차를 탄다.

군인 사람을 한 명 더 들이려 합니다.

노인은 앨범을 넘긴다. 군인은 찻잔과 함께 돌아온다.

군인   나이도 들어가시고 한 명은 부족합니다.

          노인은 앨범을 넘긴다.

군인   차를 한 잔 하시겠습니까.

          군인은 찻잔을 하나 더 가지러 간다.

노인   난 한 번도 혼자인 적이 없다.
군인   그럴 순 없으니까요.

          침묵.

군인   선임의 부모님께서 갑작스레 상을 당하셨더군요. 아버지도
          그렇게 될 수 있다는 생각이 들었습니다.

          군인은 찻잔을 가지고 돌아온다.
          노인은 앨범을 넘긴다.

군인   저 대신 매일 같이 있을 사람이 필요할 겁니다.

          노인은 앨범을 넘긴다.

군인   지금 있는 가정부는 만족하시죠. 꽤나 아버지를 잘 보살피는
          것으로 보입니다만….

노인은 앨범을 넘긴다.

군인　지금처럼 아버님이 편하게 여기실 분으로 붙이겠습니다.

사이.

노인　부정적이기만 하다고 생각하냐.
군인　무엇을 말입니까.
노인　반드시 같이 있어야 하는 것이냐.
군인　무슨 말씀이십니까.

노인은 앨범을 덮고 가져다 놓으려 한다.
군인은 그것을 저지하고 자신이 가져다 놓는다.
노인은 다시 천천히 앉는다.

노인　내가 왜 여기까지 왔다고 생각하냐?
군인　한적한 것과 홀로 있는 것은 다릅니다.
노인　조금 춥구나.
군인　차를 드시지요.

군인은 잔을 노인 곁으로 더 밀어 둔다.

군인　군대에 있는 내내 제 시간을 찾으려 했습니다. 하지만 그럴
　　　필요가 없었습니다.

노인은 일어나서 덮을 것을 찾으려 한다.

군인은 그것을 저지한다.

노인   뭐가 필요한지 아는 거냐⋯?

군인은 자신의 재킷을 덮어 주고 노인을 자리에 앉힌다. 그리고 말을 잇는다.

군인   개인은 단체에 속할 때 비로소 의미가 있다는 것을 알았습니다.

사이.

군인   담배를 배웠습니다. 제 시간을 찾기 위해서.

노인은 군인의 재킷에서 담배를 찾는다.
노인은 담뱃갑에서 담배를 뺀다.

군인   또한 단체에 속하기 위해서.

노인은 담배를 다시 집어넣는다.

노인   왜 그랬냐⋯.
군인   의무이니까요.

침묵.

똑똑똑.

가정부 저예요~~!

노인은 가만히 있는 채 군인이 일어선다.

똑똑똑.

군인은 문을 열어준다. 노인은 크게 숨을 내뱉는다.

소년 다녀왔습니다!!

가정부 아휴 날이 많이 풀렸네. 왜 이렇게 더운지. 아드님은 대체 몇 살이실까? 전혀 어린 것 같지 않아요. 아마 여기 있는 다른 누구에 비해서도 말이죠.

군인 그렇군요.

소년 할아버지, 우리 같이 나가요!

가정부 맞아요, 아버님. 오늘 비가 올 것 같았는데 하늘이 아주 맑더라구요. 딱 걸어 다니기 좋은 날씨에요. 아드님과 손자 분과 같이 나갔다 오세요. 저는 청소를 하고 있을게요.

소년 맞아요, 할아버지. 밖엔 날씨도 좋고 담배 냄새도 안 나요.

노인은 천천히 일어난다.

군인 그럴 힘이 없으실 겁니다. 그런 나이이니까요.

가정부 이렇게 일어나셨는데 무슨….

노인은 천천히 다시 앉는다.

군인　　저녁은 17시경 준비해 주시면 됩니다. 아버지는 항상 그러셨
　　　　으니까요. 그리고 아이가 씻는 것 좀 도와주시죠.

소년　　저 혼자 씻을 수 있어요.

가정부　그래요. (소년에게) 아까 혼자 손을 씻고 나오지 않았었니?

군인　　아직은 어렵니다.

가정부　그렇다고 하시네.

노인　　내가 하마.

군인　　편히 계십쇼, 아버지. 아들아.

소년　　네….

가정부와 소년 퇴장.
군인의 전화가 울린다.

군인　　잠시 통화하고 오겠습니다, 아버지.

군인 퇴장.

노인은 자신의 옷과 주변 냄새를 맡는다. 그리고 현관문을 한 번
쳐다본다.
노인은 천천히 일어나서 집 안의 창문을 열고 마지막에 연 창문 앞
에서 한참을 서 있는다.

노인　　집에 가고 싶구나.

그 순간 군인이 들어온다.

군인   사람을 구했습니다.

노인은 의자 쪽으로 다가가 앉는다.
군인은 집 안의 창문을 모두 닫는다.

노인   환기 좀 해야 하지 않겠냐.
군인   날이 춥습니다.
노인   애를 위해서야.

사이.

군인   아버지를 위해서입니다.

침묵.
가정부 등장.

가정부   아드님은 잠들었어요. 집은 좀 편안하세요? 불편하신 것은
없고요? 필요하신 건요?
군인   사람을 구했습니다.
가정부   어디에요?
군인   이곳 말입니다.
가정부   아 가족 분이요?
군인   어쩌면.

침묵.

가정부　저는 어디로 가면 되나요.
군인　그대로 계시면 됩니다.
가정부　셋이 되는 건가요.
군인　아마도 그럴 겁니다.
가정부　부족하다고 생각하시는 건가요.
군인　아마도 더 편하실 겁니다.
가정부　이곳은 조용해요.

사이.

군인　혼자 계시더군요.
가정부　일을 했죠.
군인　그래서 셋이 되어야 한다는 겁니다!
가정부　제 일이 아니었죠. 두 분이 오기 전까진.

침묵.

가정부　아버님은 괜찮다고 하셨나요.
군인　아버지는 필요하실 겁니다.

침묵.

가정부　지금도 셋입니다.
군인　항상 이렇지만은 않을 겁니다.

가정부   마치 어제도 계셨던 것 같군요.

사이.

군인   마치 가족처럼 말씀하시는군요.

침묵.
그때, 잠에서 깬 소년 등장.
사이.

노인   집에 가고 싶다….
소년   같이 가요, 할아버지.

사이.

노인   다 돌아가라.

사이.

노인   아니다. 내가 느린 거야 내가….

노인은 천천히 퇴장한다.
밖에선 개 짖는 소리가 들린다.

소년   아빠, 배고파요.
군인   아직 15시다.

소년	아주머니 배고파요.
가정부	그렇다고 하네요.
군인	뭐가 말입니까.
가정부	아니에요. 이 집이 참 좋다고요.
군인	네?
가정부	이 집이 참 좋다고요.
군인	알아듣게 좀 말씀해주시겠습니까?

사이.

가정부	청소를 좀 해야겠어요.
군인	항상 지금쯤 하시나요?

가정부는 거실에 나와 있는 물건들을 제자리로 가져다 두기 시작한다.

가정부	무엇을 말이죠?
군인	청소 말입니다.

가정부는 신문지를 집는다.

가정부	명절날 귀성길 한산 문제….
가정부	왜 사람들은 이걸 문제라고 하는지 모르겠어요.

가정부는 신문지를 내려놓는다.

가정부   너무 시끄러운 것도 문제일 텐데 말이에요.

소년   아빠, 우리 집에 언제 가요?

가정부   그러게.

군인   네?

가정부   지금 3시라구요.

사이.

가정부   언제 시간이 이렇게 됐지?

가정부는 퇴장한다.
밖에서 개 짖는 소리가 들린다. 전보다 크다.

소년   아빠, 배고프지 않아요?.

개 짖는 소리가 들리고 군인은 가만히 서 있다.

소년   아빠, 나 너무 배고파요. 밥 먹으면 안돼요?

개 짖는 소리가 들리고 군인은 걷기 시작한다.

소년   아빠, 집에 가고 싶어요.

개 짖는 소리가 들리고 군인은 벗어 놓았던 코트를 다시 입고 자신
의 옷매무새를 정돈한다.

소년	우리 집에 가요.

개 짖는 소리가 들리고 군인은 다시 돌아선다.

소년	집에 언제 가요?
소년	아빠.
군인	닥쳐!

가정부가 뛰어 들어온다.

가정부	아버님이 사라지셨어요!

개 짖는 소리만 들린다.
암전.

개 짖는 소리가 잦아들고 서서히 무대에 조명이 들어온다.
집 안의 창문이 모두 열려 있고 군인은 그 창문들을 닫기 시작
한다.

가정부	돌아오시겠죠.
군인	나갔다 오겠습니다.
가정부	그러세요.
군인	조금만 더 기다려 보겠습니다.
가정부	그러세요.
군인	혼자 계시면 안 된단 말입니다!
가정부	그러게요.

군인	일부러 그러십니까?
가정부	그럴 리가요.
소년	할아버지는….
군인	걱정하지 말거라. 아무 일 없을 거다.
가정부	그 말을 하려던 게 아닌 것 같은데….
군인	네?
가정부	그 말뜻이 아닌 것 같은데요.
군인	다시 말씀하시겠습니까?

사이.

소년	집에 가고 싶다고 하셨어요.
가정부	무슨 말이니?
소년	아니에요.
군인	아까 왜 창문을 열었었냐.
소년	그렇게 하고 싶었으니까요.
군인	지금 너희 할아버지가 사라지셨다.

침묵.

군인	모셔와야겠습니다. 따라 오거라.
소년	조금만 더 이따가요.
군인	나오거라.
소년	돌아오실 거예요.
가정부	그래요. 돌아오실 거라니까요. 차라도 한 잔 하시며 기다리는 것 어때요?

군인	지금 아버지가 사라지셨습니다.
가정부	처음이네요.
군인	모르셨습니까.
가정부	오늘 알았어요.

사이.

가정부	그나저나 이번 명절은 한가하신가 봐요. 매번 못 오신다 하셨는데 이렇게 오신 거 보니.

가정부는 물을 따른다.

가정부	좀 앉아 계세요.

가정부는 물을 천천히 마신다.

가정부	그러게 아까 손자 분과 같이 나가시면 좋았을 것을….
군인	저도 이 아이와 같을 때가 있었습니다. 자유롭고 싶고 구속받고 싶지 않았습니다. 내 개인의 삶, 시간 그것들이 가장 중요했습니다.

소년은 물을 마신다. 빈 잔이 남는다.

군인	그래서 그것들을 갈망했고 추구했고 좇았습니다.

사이.

소년   물 좀 드릴까요?

군인은 책장으로 이동한다.

군인   하지만 그렇게 될수록 그것들은 더 멀리 도망쳤고 끝내 사라 져 버렸습니다.

소년은 빈 잔을 든다.

소년   물 좀 드세요.

군인   사라져 버렸지. 내가 사라지게 한 거야. 내 시간을 찾을수록 내 시간이 없어져가는 현실과 마주했으니까.

가정부   그러시겠죠.

소년은 마치 물을 마시려는 듯 빈 잔을 들어 올리지만 물이 없는 것을 알고 잔을 바라본다.
군인은 자신의 손목을 본다.

군인   그리고 무의미한 나와 마주했습니다.

소년은 유리잔을 떨어트린다.

가정부   저는 이 집이 참 좋아요.

침묵.

소년	왜요?
가정부	응?
소년	이 집은 어떻죠?
가정부	피곤한가 보구나.

가정부는 부엌으로 간다.

가정부	차를 마시면 나아질 거야.

가정부는 소년에게 차를 가져다준다.

소년	이 집은 뭐가 다른데요?

가정부는 소년에게 준 차를 마신다.
소년은 책장 쪽으로 가서 자신의 아버지가 실린 신문을 다시 본다.

소년	5년이죠.
군인	5년 전이지.
소년	어머니는 어디 계시죠?
군인	잊으라고 했다.
소년	할아버지는 어디 계시죠?

소년은 앨범이 있는 책장 쪽으로 간다.

군인	그만해라.

소년   아버지는 어디 계시죠?

소년은 앨범에 꽂힌 사진을 한 장씩 꺼내기 시작한다.

군인   이대로 보고만 계실 겁니까. 애를 어떻게 좀 해보세요.
가정부   냅둬요.
군인   나보고 어떡하라는 겁니까.
가정부   어떻게 하라고 한 적 없어요.

사이.

가정부   난 이 집이 좋을 뿐이에요.
소년   지금이 몇 시일까요.
군인   15시, 아니 그것보단 좀 더 지났으니까… 그러니까….
소년   4시에요.

사이.

소년   나갔다 올게요.

소년은 걸어 나간다.

가정부   아버님은 안 나가시나 보죠?

사이.

군인은 아들을 따라 문 밖으로 나간다.
이제 지저분한 집과 가정부만 남았다.
가정부는 방 한켠에서 담배를 꺼내 피운다.
한동안 시계 초침 소리만 들린다.

가정부 다른 사람이었으면 정말 진작에 그만뒀을 거라니까요.

가정부 나니까. 나라서.

가정부 나만 이 집을 사랑하니까.

가정부 이렇게 조용하고, 한적하고, 아무도 없는 곳에서 일하는 거 쉽지 않거든요. 아주 조용하잖아요. 이 집은. 항상 조용하죠. 윗집, 옆집 아무도 없으니까요.

시계 가는 소리만 들린다.
가정부는 시계를 본다.

가정부 이제야 좀 맞는 것 같아요. 그렇죠?

사이.

가정부 그나저나 다들 어디 가신 걸까. 오실 때가 됐는데….

똑똑똑.
노크 소리가 들린다.

가정부 네, 앞에 두고 가세요.

똑똑똑.

노크 소리가 들린다.

가정부는 담배를 황급히 끄고 향수를 뿌리고 청소기를 켠다.

가정부 어머 벌써 오셨어요?

가정부는 문을 연다. 청소기는 저 멀리서 돌아가고 있다.

가정부 청소기 소리 때문에 안 들렸지 뭐예요. 어디 갔다 오신 거
예요?

문 앞엔 노인이 있다. 그리고 젊은 부부가 노인 뒤로 튀어나온다.

젊은 부인 어머 우리가 아주 잘 찾아온 모양인데요?

젊은 남편 그러게. 아주 한방에 찾은 것 같아. 역시 우리 부인!

젊은 부인 다 우리 훌륭한 당신 덕분이죠!

젊은 남편 거 참 쑥스럽게. 고마워요 부인.

가정부 어서 들어오세요.

노인이 들어온다.

젊은 남편 안 그러셔도 되는데.

노인이 들어오자마자 가정부는 문을 닫는다.

젊은 부인 또 성의를 사양할 순 없죠. 그렇죠 여보?

젊은 부부가 닫히는 문을 밀고 들어온다.

젊은 부인 아니 글쎄 우리 남편이랑 같이 우리집 강아지를 찾으려고 밖
을 좀 다니고 있는데 댁 아버님께서 잠옷만 입고 돌아다니셔
서 무슨 일이에요? 어디 사세요? 이렇게 여쭤봤지. 그랬더
니 뭐라고 답하셨더라….

젊은 남편 집에 가고 싶다고 하셨지

젊은 부인 그래 그런 말이었어요. 계속 집에 가고 싶다라는 말씀만 하
시길래. 그럼 집에 가세요 집이 어디에요 집을 잃어버렸어
요? 하니까 또 계속 뭐라고 하셨죠 여보?

젊은 남편 계속 집에 가고 싶다고 하셨지

젊은 부인 오는 길에도 계속 뭐라고 하셨는데….

젊은 남편 집에 가고 싶다.

젊은 부인 그래서 아버님을 여기 이 집까지 모셔온 거죠. 그저 이웃인
우리가 꼭 해야 할 일이니까요

사이.

가정부 네. 아버님 좀 쉬어야 하지 않겠어요?

젊은 부인 이 동네로 오신 지 얼마 안 되셨나 봐요. 저희는 괜찮은데 혹
시 동네 지리 좀 알려드릴까요? 저희 남편이 길 하나는 끝내
주게 잘 찾거든요.

가정부 5년 됐어요.

젊은 부인 그나저나 이 집 너무 예쁘네요. 아버님, 따님이 솜씨가 너무
좋으시다.

가정부 가정부입니다.

사이.

가정부 차 좀 드시겠어요?

젊은 부인 어휴 괜찮아요. 여보, 그렇게 서 있지 말고 잠시 앉아요.

젊은 남편 아니야 괜찮아. 난 서 있는 게 편하더라. 당신 편히 앉아요.

가정부 앉아 계세요.

젊은 남편 아휴 괜찮아요. 곧 나갈 거예요.

가정부 집이 좀 지저분하죠. 방금 청소 중이었거든요.

젊은 남편 아니에요. 가정부치고 훌륭하신 걸요.

가정부 … 고맙네요.

젊은 부인 근데 정말 이 집 잘 꾸미셨다. 아버님 혼자 하시긴 힘드셨을 테고, 아주머님께서 이 집을 엄청 아끼나 보다. 그렇죠 아버님?

젊은 남편 그러게. 근데 여보. 이 집 너무 익숙하지 않아?

가정부는 청소기를 돌리기 시작한다.

젊은 남편 바닥, 벽지, 책장 다 어디서 본 것 같아.

가정부 아버님도 참… 왜 그러셨어요… 놀랐잖아요.

노인은 자신의 신발의 끈을 푼다.

젊은 부인 당신도 참… 사람 사는 가정집이 그럼 다 거기서 거기죠 뭐.

청소기 돌아가는 소리만 들린다.

가정부　그냥 나가고 싶으시면 나갔다 오겠다 하고 다녀오면 되시지. 누가 그걸 막아요… 꼭 그렇게 힘들게 창문으로 나가셔야 했어요?

노인은 신발을 벗는다.

젊은 남편　이 집은 주로 누가 사용하나요?

가정부　나이를 생각하셔야죠, 아버님. 그러다 큰일이라도 나면 어떡하려고.

노인은 그 신발을 자기 방으로 가져간다.

젊은 부인　그만 둬요. 당신 친구분들 중에 비슷한 분이 있었나 보죠.

청소기 돌아가는 소리만 들린다.

젊은 남편　집에서 꼭 살아본 것만 같단 말이지.

노인이 다시 거실로 나와 의자에 앉는다. 가정부는 청소기를 제자리에 가져다 놓고 돌아온다.

가정부　차를 내어드릴게요.

가정부는 부엌으로 가서 차를 탄다.

젊은 부인　근데 이 집 향이 참 좋네요. 우리가 도시에서 살 때 항상 마시던 차 향기와 아주 비슷해요. 그때 있던 가정부가 항상 이 차를 가져다줬었거든요. 그 가정부는 요새 뭐하고 지낼까요. 갑자기 홀연히 사라졌었잖아요.

가정부는 차를 버린다.

젊은 부인 그 친구 우리가 참 잘해줬었는데 왜 사라졌을까요. 혼자 일하는 것이 아무래도 마음에 걸려서 우리 둘 중에 한 명이 항상 같이 있었는데 말이에요. 그 친구에게 이런 저런 얘기도 참 많이 했었는데.

가정부 차가 다 떨어졌네요.

젊은 남편 괜찮아요. 우리 곧 나가봐야 하거든요.

젊은 부인 우리도 이사온 지 적어도 5년은 되었을 텐데 어떻게 한 번도 못 봤던 것 같네. 그렇죠, 여보?

젊은 남편 그렇지. 우리가 도시에 있던 것이 5년 전이었으니까. 그래 5년 전이야.

가정부 댁이 여기서 멀리 있나 보네요.

젊은 남편 5년 전에 우리는 이 집과 비슷한 곳에 살고 있었어요. 도시에서 말이죠. 저 의자, 서랍장, 찻잔들 전부 다….

젊은 부인 아직도 그 생각 중이에요?

가정부 곧 아드님과 손자분이 오실 것 같네요. 시간도 벌써 이렇게 되었으니 식사 준비도 해야겠네요.

젊은 부인 저녁 준비 중이셨구나. 저희도 아직 저녁 못 먹었는데 같이 식사하는 거 어때요?

젊은 남편 그래요, 이웃끼리! 이러라고 우리가 오늘 아버님과 만났나 보네요. 뭐 필요한 거 있어요?

가정부는 시계를 본다.

가정부　좀 늦으실 것 같네요.

가정부는 물을 잔에 따라서 가져온다.

젊은 남편　저 찻잔! 저거 당신이 좋아하던 찻잔이잖아요. 우리 집에 있었던 거랑 똑같은데?

젊은 부인　오 그렇네요. 마치 5년 전으로 돌아간 것 같네요. 우리 정말 닮았네요!

가정부　지금 무슨 말을 하시는 거죠?

노인은 신문을 든다.

젊은 부인　여기 오시기 전에 혹시 어디 계셨었나요?

젊은 남편　반가워서 그래요. 꼭 찾고 싶었던 것을 찾은 것처럼 말이죠!

가정부　아니요. 난 당신네들 처음 봤어요. 여기에 내가 사는 동안 한 번도 마주친 적이 없다고요. 저희 아버님한테 여쭤 보시지도 않고 대뜸 집으로 모시고 오고 이제는 나를 아는 것 같다고요?

가정부는 물을 따라 마신다.

가정부　그렇게 말을 걸며 다가오면 제가 '아 그러세요? 앞으로 잘 지내요 우리' 하면서 반겨줄 것이라고 생각했나 보죠? 그렇다면 크게 잘못 생각하셨네요. 지금 굉장히 실례를 저지르고 있다는 것만 알아두세요.

가정부　난 당신네들 같은 사람들을 아주 잘 알아요.

가정부는 벽시계를 본다.

가정부　우리도 사례는 다 한 것 같으니 이제 가주셨으면 합니다. 아버님도 쉬고 싶어 하시네요. 그렇죠?

가정부　난 당신네들 몰라요.

사이.

젊은 부인　앞으로도 종종 놀러 올게요. 누이 좋고.

젊은 남편　매부 좋고.

그때 문이 벌컥 열린다. 군인과 소년이 들어온다.

노인은 황급히 신문을 내려놓고 눈을 감는다.

가정부　꽤나 늦으셨군요.

군인　안 계세요. 안 계십니다! 이 동네를 전부 다 뒤져도 아버님을 봤다는 사람이 한 명도 없단 말입니다.

가정부　주무세요.

노인의 흔들의자가 흔들리고 있다.

젊은 부인　안녕하세요. 이 윗집 사는 사람들이에요.

가정부　뭐라고요?

젊은 부인 안녕하시냐고요.

가정부 아니. 똑같이 말해봐요.

젊은 남편 아니.

가정부 아니. 아까랑 똑같이 말해 보라고요!

젊은 부인 안녕하세요. 이 윗집 사는… .

가정부 윗집이라뇨? 여긴 저희 집뿐이에요.

젊은 부인 네? 아, 일하러 오늘 여기 처음 오셨나 보군요. 이 건물이 얼마나 높은데요.

군인 그런데 여긴 무슨 일로 오셨습니까?

젊은 남편 우리집 강아지를 찾으러 다니다가 아버님께서 길을 잃은 것 같아서 모셔왔어요.

젊은 부인 어머 우리 개… 우리 개를 잃어버렸어요!!

가정부 네. 아까 말씀하셨어요.

젊은 부인 그런데 왜 알려주지를 않으셨어요. 우리 강아지 어떡해요.

가정부 나도 잠시 잊었네요.

소년은 시계를 본다.

군인 강아지를 어쩌다 잃어버렸습니까?

젊은 부인 모르겠어요… 그 어느 집보다 우린 우리 애한테 참 잘했단 말이에요. 밥도 제때 주고 잘 재워줬는데.

군인 평소 성격이 어떻습니까?

젊은 부인 우리 남편을 참 잘 따랐어요. 내가 질투가 날 정도였어요

젊은 남편 맞아요, 날 참 좋아했어요.

가정부 똑같네.

군인 언제쯤 사라졌습니까?

젊은 남편 그게 언제였더라….

젊은 부인 얼마 안 됐을 거예요.

가정부 꽤나 오래 됐을 걸요.

군인 특징이 어떻게 됩니까?

젊은 남편 검은색이고… 여자애에요.

군인 더 자세히 말씀해주시겠습니까?

젊은 남편 크기는 이만하고….

군인 특별히 좋아하던 것이 있습니까?

젊은 부인 다른 아이들이랑 비슷했어요. 딱히 특별히 좋아하던 것이
라곤….

젊은 부인은 노인, 소년 그리고 가정부를 본다.

젊은 부인 종종 혼자 있는 것을 좋아했어요!

가정부 종종?

군인 뭐라고요?

가정부 꽤나 많이요.

소년은 노인을 바라본다. 노인은 앞만 바라보고 있다.

군인 정확히 말씀해주셔야 합니다.

젊은 남편 나도 그 아이가 그럴 때면 이해가 안됐어요. 가끔씩 우울해
하고 우리를 피했어요.

군인 항상 같이 있지 않았습니까!

젊은 부인 당연히 그렇진 않죠.

군인 정확히 말씀해주셔야 합니다!

젊은 부인 같이 있었을 거예요

군인 추측이 아니라 확신이어야 합니다! 혼자 있었기 때문에 집을 나간 것 아닙니까!

젊은 부인 네! 아니에요!

젊은 남편 당신네들이야 당신 아버지 혼자 됐다가 잃어버렸겠지만 우린 아니라고요.

젊은 부인 그리고 그 아버님 저희가 모셔왔고요. 어떻게 저희한테 이럴 수가 있어요?

가정부 그래서요.

젊은 부인 네?

가정부 여기에 얼마나 더 있을 건데요?

군인 혼자 있지 않았습니까!

가정부 반가워서 그런다고요? 내가 당신들을 아냐구요? 니들은 갑자기 굴러 들어와서 모든 것이 자기 것마냥 행동하는 그런 인간들이야!

젊은 부인 갑자기 왜 이러세요?

개 짖는 소리가 들린다.

젊은 부인 어머! 그만 가봐야겠어요! 애기야!!

젊은 남편 종종 놀러 올게요! 아니 가끔….

젊은 부부는 퇴장한다.

소년 어디로 가야 하나….

소년 왜 이래야 하나….

가정부는 거실에 나와 있는 찻잔을 전부 치우고 방으로 들어가 버린다.
군인은 분을 삭히려는 듯 자신의 옷 매무새를 정리한다.
소년은 손을 씻고 세수를 한다. 얼굴에 흘러내리는 물방울 때문인지 눈을 뜨지 못한 채 뭔가에 홀린 듯 집안을 돌아다닌다.
노인은 그런 소년을 바라보다 한숨을 내쉰다.
가정부는 돌아와 청소를 시작한다.
그리고 군인은 가정부를 가만히 지켜본다.

사이.

군인 아까 그 사람들 이름이 뭐였습니까?
가정부 몰라요.
군인 모르십니까?
가정부 이름은 말 안했으니까요.
군인 그럴 필요가 없었던 건 아닌가요?
가정부 5시에요. 벌써 시간이 이렇게 됐네. 식사는요? 시장하시죠?

군인은 자신의 옷을 정돈한다.

가정부 아버님. 큰일이라도 나면 어떡할 뻔했어요. 우리가 얼마나 걱정했는데요. 제 친구네 아버님도 갑자기 밖에 외출하셨다가 심장마비인가 뇌졸중인가 하여간 그거로 그냥 훅 쓰러지셨대요. 아버님은 걱정도 안 되세요??

군인은 바닥에 떨어져있는 책을 하나씩 주워 제자리에 둔다.

가정부　가족들도 오셨고 이렇게 좋은 날에 왜 갑자기 안 하던 행동을 하셨어요. 이곳은 참 좋아요. 조용하고 가족들도 찾아오고요. 저는 여기서 있는 게 좋아요. 절대 나가고 싶지 않아요.

군인은 가정부가 담배를 꺼냈던 곳에서 담배를 찾아 피운다.

군인　아무래도 한 명이 더 있어야 할 듯합니다.
가정부　창문을 닫아놔야겠네요.
군인　앞으론 그럴 일 없을 겁니다.
가정부　이전엔 그럴 일이 없었죠.

사이.

군인　무엇이 그렇게 두려우신 거죠?
가정부　물 한 잔 드릴까요?
군인　아니요. 괜찮습니다.

소년은 일어서 부엌으로 간다.

군인　앉아 있어라.

소년은 물을 따라 마신다.

군인　앉아 있으라 하지 않았냐!

소년은 창가 쪽으로 다가간다.

소년   날씨가 참 좋아요.

사이.

소년   할아버지는 어땠어요?

사이.

군인   모두가 싫어하는군요.
군인   모두가 받아들일 수 없어 하는군요!

사이.

군인   그래도 항상 그대로 있어야만 합니다. 바뀌는 것은 없습니다.

침묵.

가정부   청소를 해야겠어요.

사이.

군인   의자에 앉으시지요.
가정부   식사 하시겠어요?
군인   의자에 앉으시지요.
가정부   청소를 해야겠어요.
군인   가만히 앉아 계세요.

가정부　벌써 시간이 이렇게 됐네.

　　　　　가정부는 청소를 하기 시작한다.

군인　　부탁입니다. 제발 앉으세요.

　　　　　가정부는 청소를 한다.

가정부　시장하시면 말씀하세요.
군인　　앉아.
가정부　어휴. 집안에 발자국이 가득하군요.
군인　　가만히 앉으라고.

　　　　　가정부는 집안을 더욱 열심히 닦는다.

군인　　앉으라고!

　　　　　가정부는 멈춰 서 있는다.

소년　　집에 가고 싶어요.
군인　　아무 일도 없다.
소년　　벌써 6시가 넘었어.
군인　　다시 말해라.
소년　　벌써 5시가 넘었어요.
군인　　똑바로 말해.
소년　　집에 가고 싶어요.

군인	그만해라.
소년	집에,
군인	멈춰라.
소년	가고,
군인	조용히 해라!
소년	싫어요. 집에 가고 싶어요.
군인	닥치라고!
소년	집에!
노인	가고 싶구나.

군인은 화난 채 밖에 나간다.
가정부는 다시 청소를 시작한다. 그녀의 걸레질로 인해 책상이 흔들린다.
한 번의 총소리가 들린다.
모두가 멈춘다.
잠시 뒤 군인이 다시 등장한다.

군인	매일, 같은 사람들 속에서 같은 시간을 보내는 것은 당연한 일입니다. 아무도 그것에 반기를 들지 않았고 아무도 의문을 품지 않았습니다.
군인	그것은 당연했으니까요.
군인	방금 밖에서 검은 강아지 한 마리가 두 발로 서서 저를 맞이하더군요. 두 발로 서서! 앉지 않은 채로, 서서! 그대로 저를 바라 보더군요!
소년	집에 가요 우리.
군인	아마도 그 강아지도 어딘가에서 벗어나 혼자 뛰쳐나온 것이

겠죠. 그곳의 시간을 견딜 수 없어서 도망친 것이겠죠.

청소기가 돌아가는 소리가 크게 들린다.

군인   그래서 죽였습니다.

청소기가 멈춘다.

군인   혼자 있는 개새끼는 지나가는 쓰레기 더미와 다를 바가 없으
         니까요.

소년은 옷을 다시 허겁지겁 챙겨 입는다. 그리고 앨범에서 빠져 나
와 있는 사진들을 아무렇게나 앨범에 꽂아 챙기려 한다.

소년   아빠 우리 집에 가요.

아무렇게나 꽂은 사진 무더기가 앨범에서 떨어진다.

소년   집에 가야 해요. 집에 갈 시간이에요.

소년은 그 사진들을 다시 줍는다. 하지만 다시 사진들이 떨어지고
그것을 줍다 앨범이 떨어지는 것이 반복된다.
소년은 집에 가야한다는 말을 반복하며 책장 속 남은 앨범들과 바
닥에 떨어진 사진과 앨범을 주우려 한다.

가정부   얘야. 방금 청소 다 했잖니. 남의 집에 와서 먼지 일으키면

되겠니.

소년은 계속 사진과 앨범을 주우려 한다.
군인은 소년에게 다가가 머리를 쓰다듬는다.
소년은 행동을 멈춘다.

군인   집에 가서 얘기하자.

침묵.

노인   여기엔 무슨 일로 온 것이냐.
군인   혼자 계시니까요.
가정부   전 이 집이 참 좋았는데.
노인   참… 길다….

노인은 소년에게 다가간다.

노인   할아버지랑 같이 놀러 가자. 먼저 나가 있거라.

노인은 소년을 밖으로 보내고 총을 들고 다시 거실로 돌아온다.
노인은 그 총으로 군인과 가정부를 쏜다.
그리고 노인은 천천히 의자에 기대어 앉는다.
담뱃갑을 집어 담배를 꺼내려다 말고 책상 위에 놓는다.

노인   집에 가자.

노인은 총구를 자신의 얼굴에 갖다 댄다.

노인은 방아쇠를 당긴다.

총알이 없다.

암전.

— 막.

작가의 말 | 김현수

'인간이 혼자 있기에 집단에 속하려 하는 것일까, 집단이 있기에 한 인간에게 개인적인 시간을 필요하게 하는 것일까.'

어딘가에 소속되고 싶었다. 더 이상 혼자만의 시간을 보내고 싶지 않았다. 새로운 공동체가 생기고 처음 보는 사람들과 마주 했을 때, 마냥 행복할 줄 알았다. 하지만 시간이 지날수록 다시금 나 혼자만의 시간을 찾고 외로움을 느끼고 우울해하고 있었다. 이 모순적인 상황에 대해서 사유해보기 시작했다.

그리고 결국 나는 이 딜레마 같은 상황은 내가 생을 마감하는 순간에야 극복할 수 있는 것이라고 생각했다.

뮤지컬 샤갈

전순열 지음

Scale
총 12곡의 노래로 구성된
80여 분 길이의 단막 뮤지컬

등장인물

이동준, 샤갈 : 30대 후반의 무명 화가. 근근이 아르바이트로 생계를 유지하다 늦은 밤 우연히 샤갈 그림 전시회장에 들어가 큐레이터를 만나게 된다.
큐레이터, 벨라 : 30대 초반의 프로페셔널이 느껴지는 큐레이터. 동준에게 샤갈의 그림과 이야기를 소개한다.
빅토르 : 샤갈의 가장 오래된 친구이자 든든한 버팀목. 그와 함께 수많은 일을 겪으며 함께 성장해 간다.
이 밖에 동준엄마, 소장, 경비직원

일러두기

- 본 대본은 백지에서 시작된 순수 창작물입니다.
- 본 대본은 샤갈의 일생에서 모티브를 얻어 창작된 '허구의 이야기' 입니다.
- 본 대본의 등장인물 샤갈, 벨라, 빅토르는 실제 인물을 그대로 고증 재현하지 않았습니다.
- 본 대본은 독회공연을 거쳐 충분히 수정, 보완될 수 있습니다.

#1 Prologue

M1 일상

동준은 무거운 그림 도구 가방을 챙겨 일터로 향한다.

> **동준**
> *지금 나는 무얼 하고 있을까*
> *지금 나는 어딜 향해 가는가*
> *오늘도 나는 같은 물음 속에*
> *그렇게 같은 걸음을 걷네*
>
> *현실과 이상 사이 그 어딘가*
> *애매한 그 자리를 맴도는 나*
> *오늘도 난 같은 자리에 서서*
> *그렇게 같은 걸음을 걷네*

무대 한 쪽에 동준의 어머니가 등장해 그에게 전화를 한다.
동준이 전화를 받는다.

엄마	(소리친다) 이동준!
동준	아휴, 다 들려요 엄마.
엄마	이번 추석에는 내려 올 거지?
동준	나 구정 때 가면 안 될까? 요즘 일이 너무 바빠서.

엄마	아니, 뭐 번듯한 직장도 아니면서 대체 뭘 하길래 명절에 집엘 안 와?
동준	진짜 나 바쁘다고요. 끊어요 엄마.
엄마	내일모레면 마흔인데 아직 장가갈 생각도 안하고. 그러니까 내가 옆집에 연수 한 번 만나보라니까. 그냥 눈 달리고 입 달리면 그만이지. 대체 언제까지….
동준	엄마, 나 나중에 전화 할게요. 끊어요! (끊는다)
엄마	동준아! 동준아! 에휴, 이놈의 자식을 그냥.

지금 나는 무얼 보고 있을까
지금 내가 서 있는 곳 어딘가
오늘도 나는 같은 고민 속에
그렇게 같은 걸음을 걷네

이것도 저것도 아닌 무언가
반복된 생각만이 가득하고
오늘도 난 같은 자리에 서서
그렇게 같은 걸음을 걷네

무대 한 쪽에 건설업체 소장이 등장해 동준에게 전화를 한다.
동준 전화를 받는다.

소장	(소리친다) 이동준 씨!
동준	아휴, 다 들려요 소장님.
소장	동준 씨 하는 일이 정확히 뭡니까?
동준	그야 건물 짓는 동안 앞에 가려 둔 벽에다 그림 그리는 거잖

아요.

소장 그걸 잘 아는 사람이 그런 식으로 일을 합니까?

동준 뭐가 문제라도….

소장 지난번 망원동 현장이요. 무슨 색칠을 하다 만 것처럼 그렇게.

동준 그거 잘 칠한 건데.

소장 그림에 성의가 없다고 여기저기에서 난리에요.

동준 아니, 어차피 미술관도 아니고 사람들이 길 가다 서서 보는 것도 아니고요.

소장 이동준 씨, 진짜 화가 맞아요? 이번 추석 때까지 제대로 안 해 놓으면 앞으로 일 같이 못 합니다! 아셨죠? (끊는다)

동준 소장님! 소장님! 아, 진짜.

> 똑같은 색깔의 하루
> 똑같은 모양의 시간
> 어느새 익숙해져 버린
> 쳇바퀴 속 내 모습
>
> 반복된 실패 속에 잃어버린
> 내 꿈은 지금 어디에 있는가
> 오늘도 난 같은 자리에 서서
> 그렇게 같은 걸음을 걷네
> 그렇게 같은 시간을 걷네

#2 야간 전시회

늦은 시간 집으로 돌아가는 퇴근길. 문이 닫힌 갤러리 앞을 지나가는 동준. 잠시 멈춰 서 걸려있는 배너를 바라본다.

동준　　색채의 마술사 마르크 샤갈.

동준은 얼룩덜룩 물감이 묻은 자신의 가방을 들어본다.

동준　　하아. 색채의 마술사는 개뿔.

동준이 갤러리를 지나는데, 갑자기 안쪽에서 불이 켜진다.

M1a 야간전시 (Instrument)

동준　　끝난 거 아니었어?

동준이 창문으로 다가가 안쪽을 살펴본다.

동준　　야간전시 같은 건가?

조심스레 손잡이에 손을 대자 문이 열린다.
천천히 안으로 들어간 동준은 묘한 분위기를 느낀다. 이내 한 그림

〈바이올리니스트〉, 1911년作

앞에 선다.

동준이 그림을 보고 있을 때 한 여인이 다가와 옆에 선다.

여자　바이올리니스트.

동준　아, 깜짝이야.

여자　1911년 작품.

동준　죄송해요, 그냥 문이 좀 열려 있길래.

여자　아니에요. 오늘만 시범적으로 야간 전시를 하고 있거든요.

동준　10시가 넘어서까지요?

여자　요즘 사람들 퇴근시간 맞추려면 어쩔 수 없죠.

동준　근데 여기 저밖에 없는 거 같은데.

여자　말씀드렸잖아요. 시.범.적. 운영이라고.

동준　아, 네. 그럼 안녕히 계세요. (나가려고 한다)

여자　그림 그리시나 봐요.

동준　네?

여자　그 가방.

동준　(잠시) 아, 네. 뭐 그냥.

여자　전문적인 화가는 아닌 것 같고.

동준, 여자를 쳐다본다.

여자　진짜 화가는 그림도구를 그렇게 함부로 쑤셔 넣진 않거든요.

동준　여기 큐레이터쯤 되시는 모양인데, 잘난 척하고 싶으시면 다른 상대를 찾아보시죠.

여자　네?

동준 전 그냥 여기 우연히 들어온 것뿐이고, 그림에는 별 관심이
     없어요. 게다가 하루 종일 그림만 그렸더니… 아니 일만 했
     더니 몸이 상당히, 아주, 진짜, 피곤하거든요? 그러니까 다
     른 사람을 기다리시던지 아니면 그냥 일찍 퇴근하시죠, 어
     차피 명절이라 다들 집에 일찍 들어갈 텐데.

     여자는 동준이 말하는 동안 문 쪽으로 걸어간다.

동준 지금 제 말 듣고 있는 거죠?
여자 안 되겠는데요?
동준 뭐가요.
여자 집에 못 가겠다고요.
동준 그럼 안녕히 계세요, 전 갈 테니까.
여자 그쪽이요.
동준 뭐가요.
여자 집에 못 가겠다고요.
동준 제가요?
여자 네.
동준 왜요?
여자 문이 잠겼으니까요.
동준 뭐라고요?

     불이 꺼진 듯 조명이 조금 어두워진다.
     동준은 놀라 문을 확인하지만 굳게 잠겨 있다.

동준 아, 뭐야. 이거 어떻게 좀 해 봐요.

여자	뭘요?
동준	경비실에 연락을 하시던지 누굴 부르시던지.
여자	지금 제가 핸드폰이 없어서요.
동준	가져 오시면 되잖아요.
여자	사무실 문도 잠겼을 거예요 자동으로.
동준	내 꺼도 지금 꺼졌는데. 아, 진짜 오늘 하루 종일 되는 일이 없냐. 아니 안에 사람이 있는지 확인도 안 해보고 문을 잠그면 어떡합니까?
여자	아마 오늘 야간전시 일정이 전달되지 않은 거 같아요.

동준은 구석으로 가서 앉는다.
여자도 반대편 의자에 가서 앉는다.

동준	왜 이렇게 침착하세요? 걱정 안 돼요? 생판 모르는 남자랑 밤새 갇히게 생겼는데.
여자	사방에 CCTV가 있는데 뭐 별일이야 있겠어요? 그만큼 멍청해 보이지도 않고.
동준	뭐라고요?

여자는 CCTV를 손으로 가리킨다.
남자는 한숨을 쉬며 다시 자리에 앉는다.

여자	너무 걱정하지 마세요. 경비 직원분들 두 시간마다 순찰 도니까, (시계를 보며) 한 시간 사십 분 후면 나갈 수 있겠네요.
동준	한 시간 사십 분이요?
여자	그림 좀 보고 계실래요?

동준   됐습니다.

둘은 멀찍이 앉아있다.

여자   그림은 언제부터 그리셨어요?

동준   (잠시) 한 20년쯤 됐나.

여자   와, 진짜 오래 되셨네요. 여기 샤갈도 꽤 어렸을 때부터 그림을 그렸거든요.

동준   근데 누구는 이렇게 세계적인 화가가 됐고 누구는 뭐 이런 신세가 됐고. 결국엔 너무나 다른 인생이네요. 아님, 어차피 성공할 인생은 정해져 있거나.

여자는 일어나 샤갈의 그림 앞으로 간다.

M2 비테브스크

여자   그쪽 인생은 어떤 데요?

동준   글쎄요. 이렇게 잘 풀린 샤갈이랑은 너무나도 다르겠죠.

여자
여기 이 빨강, 파랑, 초록
이 모든 건 그의 인생
자신의 삶을 녹여 그린
하얀 캔버스 위의 일생
그 목소리를 들어봐

여기 이 빛과 색과 질감
이 모든 건 그의 고통
그 무엇 하나 버려선 안 되는
소중한 기억을
그 마음속을 느껴봐

여자   샤갈은 원래 바이올리니스트가 꿈이었어요. 물론 이루진 못했지만. 그렇다고 그걸 또 버린 건 아니에요. 이 그림 속의 바이올린이 바로 그 꿈이거든요.

현실과 이상이 있다면
그 사이에 뭘 선택할까
끊임없는 고민 속에
끊임없는 후회 속에

여기 이 빨강, 파랑, 초록
이 빛과 색과 질감
그 무엇 하나 버릴 수 없는
소중한 고민의 흔적

동준이 무대 한켠에 오르며 샤갈로 분한다.

여자   벨라루스의 작은 도시 비테브스크. 샤갈은 그 중에서도 유태인 빈민촌에서 태어났어요. 그는 훗날 자신의 고향에 대해 이렇게 회고 했죠. '이상하고 슬프고 지루한 장소'.

#3 비테브스크

무대 한켠에서 유대식 모자를 쓰고 쉐마를 외우는 샤갈 아버지의
목소리가 들린다.
그 안 샤갈은 자신의 방 안에서 조용히 창문 밖에 밤하늘을 올려다
보며 그림을 그리고 있다.

아버지   (눈을 감고 쉐마를 외운다) 이스라엘아 들으라 우리 하나님 여
         호와는 오직 유일한 여호와이시니 너는 마음을 다하고 뜻을
         다하고 힘을 다하여 네 하나님 여호와를 사랑하라. 오늘 내
         가 네게 명하는 이 말씀을 너는 마음에 새기고 네 자녀에게
         부지런히 가르치며 또 그것을 네 손목에 매어 기호를 삼으
         라. 아멘.

기도를 마친 아버지가 눈을 뜬다.

아버지   샤갈.

샤갈은 급히 그림 도구를 숨긴다. 아버지가 들어온다.

아버지   샤갈.
샤갈   네, 아버지.
아버지   뭘 하고 있었길래 불러도 대답이 없어?
샤갈   아, 하늘을 좀 보고 있었어요.

아버지	저녁기도 시간은 끝났는데 왜.
샤갈	….
아버지	하나님은 저 위에 계시는 게 아니다. 네 마음속에 계시는 거야.

아버지는 샤갈의 손에 까맣게 묻어있는 연필 자국을 본다.

아버지	기도하기 전에는 깨끗이 손을 씻고. 그래야 정결한 마음으로….
샤갈	기도한 거 아니에요.
아버지	뭐?
샤갈	기도 시간은 끝났잖아요.
아버지	그럼 하늘을 보면서 뭘 하고 있었니?
샤갈	그냥 보고 있었어요. 하늘은 그냥 보고만 있어도 너무 좋거든요.

사이.

아버지	샤갈.
샤갈	네, 아버지.
아버지	네 엄마한테 얘기 들었다. 미술 아카데미 등록하는데 돈이 필요하다고.
샤갈	네.
아버지	네가 어렸을 때부터 그림이고 음악이고 관심이 많았다는 거 잘 안다. 하지만 그건 다 하나님을 찬양하기 위한 도구일 뿐이지 결코 직업이 될 수는 없어.

샤갈   하지만 아버지 저는….

아버지   우리 집안은, 아니 우리 유태인들은 하나님께 선택을 받은 민족이다. 아주 똑똑하고 지혜롭지. 난 네가 그 머리로 열심히 공부를 하면 분명히….

샤갈   전 그림을 그리고 싶어요.

아버지는 샤갈의 양 어깨를 잡는다.

아버지   그 잘난 미술 아카데미 비용이면 우리 집 2주치 식량 값은 될 거다! 설령 네가 화가가 된다 해도 절대 먹고 살 수 없어. 이놈의 가난은 영원히 계속될 거라고! 언제까지 그렇게 철없는 생각을 할 거야?

사이.

샤갈   (조용히) 아버지. 혹시 오늘 하늘 보신 적 있으세요?

M3 하늘과 별

(창밖을 가리키며) 저기 보세요. 달빛이랑 별빛이랑 너무 아름답죠? 저게 가만히 있는 거 같아도 계속 보고 있으면 움직이거든요. 빛이 일렁이면서 아주 오묘한 색을 내요.

아버지   샤갈.

샤갈   저걸 가만히 보고 있으면 마치 환상의 세계처럼 빨강, 파랑,

　　　　　초록….

아버지　(소리친다) 샤갈!

아버지는 조용히 샤갈의 머리에 안수하듯 손을 올린다.

아버지　내려와서 청어 다듬는 것 좀 도와 다오. 내일 아침에 배달해
　　　　　야 될 게 산더미처럼 쌓였구나.

샤갈　　….

아버지　지금 내려와서 도와줄 수 있겠니?

샤갈　　네.

아버지　그래, 기다리마.

아버지 나간다.

　　　　　　　　　　샤갈
　　　　　　　　　　조용히 밤하늘 바라보면
　　　　　　　　　　수많은 빛이 내게 말을 걸어
　　　　　　　　　　그 빛에 내가 대답하면
　　　　　　　　　　어느새 눈앞에 그려진 나의
　　　　　　　　　　또 다른 세상

　　　　　　　　　　가만히 창밖을 바라보면
　　　　　　　　　　수많은 색이 내게 속삭이고
　　　　　　　　　　그 색에 내가 대답하면
　　　　　　　　　　어느새 담겨진 나의 또 다른 나

저 하늘에 달과 별을
마음껏 감동하고 싶어
내 손과 마음, 자유롭게
저 하늘 담아내고 싶어

수많은 색이 내게 속삭이고
수많은 빛이 내게 말을 걸어오네
어느새 그려진 또 다른 세상
어느새 담겨진 또 다른 나

샤갈은 다시 동준으로 분한다.

여자   샤갈의 그림은 너무나 아름답고 평화로워 보이지만 사실 그는 두 번의 세계대전과 러시아 혁명을 겪었어요. 그런 어둠과 공포가 가득한 시기에 조용히 밤하늘을 올려다 본 거죠. 그리고 절망 가운데서 빛나고 있는 어떤 아름다움을 본 거예요.

동준   너무 철없는 거 아니에요?

여자   네?

동준   샤갈이요. 물론 그 나이 때면 충분히 그럴 수 있죠. 예민한 감성에 특별한 재능에. 거기다 주위 사람들의 칭찬까지 더해지면 현실과 이상이 마구 뒤섞이게 되거든요.

여자   그게 잘 못 된 건가요?

동준   이기적이잖아요. 샤갈이 거부한 현실의 무게를 가족들이 고스란히 떠안게 되는 건데.

여자   경험해 본 사람처럼 말씀하시네요.

〈시인 또는 세시 반〉, 1911년 作

동준　누구나 다 똑같죠. 인생은 두 가지 일의 반복이잖아요. 하고 싶은 걸 꿈꾸는 일, 그리고 그걸 포기하는 일.

여자　맞아요. 그런데 참 이상한 건 그걸 알면서도 계속 반복한다는 거죠.

사이.

동준은 일어나 옆에 걸린 그림을 본다.

동준　〈시인 또는 세시 반〉. 화풍이 뭔가 좀 달라졌는데요?

여자　정확하게 보셨어요. 그 뒤로 샤갈에게 아주 특별한 일이 일어났거든요. 드디어 답답했던 비테브스크를 떠나게 된 거죠.

#4 새로운 세계

샤갈의 친구 빅토르가 잔뜩 흥분한 채로 편지를 들고 들어온다.

빅토르 샤갈! 골데베르 변호사님께서 우릴 후원해 주시겠데! 드디어 우리 빼째르브루크에 갈 수 있게 됐어!

M4 새로운 세계

샤갈 (뛰어 들어오며) 정말이야 빅토르? 정말이야? 너 거짓말하면 진짜 죽는다!

빅토르 그래 인마! 날 죽여라 죽여!

빅토르는 골데베르 변호사의 편지를 샤갈에게 건넨다.

샤갈
그토록 기다려왔던
매일 밤 꿈을 꾸어 왔던
새로운 세계로 드디어 떠나

빅토르
이제는 벗어날 거야
지긋지긋한 바로 여기

새로운 세계가 우릴 기다려

샤갈
마음껏 저 하늘을 바라봐

빅토르
자유롭게 하늘을 그려봐

샤갈, 빅토르
새로운 세계로 드디어 떠나

기차의 기적소리가 상징적으로 들린다.
둘은 짐 가방을 가득 들고 어정쩡하게 기차 플랫폼에 서 있다.

샤갈　　(떨면서) 아, 나 완전 긴장 돼.
빅토르　(더 떨면서) 아오, 누가 비테브스크 촌놈 아니랄까봐.
샤갈　　너도 긴장한 거 같은데?
빅토르　무슨 소리 하는 거야? 나는 원래 도시가 익숙한 사람이야.
샤갈　　너 뻬째르부르크 가 봤어?
빅토르　나?
샤갈　　어.
빅토르　아니.

둘은 웃는다. 기차의 기적 소리.

역장　　(여자) (빨간 깃발을 흔들며) 기차 곧 출발합니다. 모두 탑승해

주시기 바랍니다.

둘은 기차에 오른다.

> **샤갈**
> 모든 게 어색하고 낯설지만
> 이 기분 왠지 절대 나쁘지 않아
> 과거의 나는 이곳에 남겨두고
> 새로운 나를 찾아 떠나는 거야
>
> 수많은 색이 내게 속삭이고
> 수많은 빛이 내게 말을 걸어
> 어느새 그려질 또 다른 세상
> 어느새 담겨질 또 다른 나

기차 기적소리.

역장   (여자) (빨간 깃발을 흔들며) 이번 역은 빼째르부르크역입니다.
모두 하차해 주시기 바랍니다!

둘은 기차에서 내린다.
빼째르부르크의 화려함에 압도되어 주위를 둘러본다.

> **샤갈**
> 내 꿈을 향한 첫 걸음
> 어색함이 두려움이 막막함이

내 마음 가득해

빅토르
내 꿈을 향한 첫 여행
낯설음이 긴장감이 복잡함이
내 머리 속에 가득해

샤갈, 빅토르
하지만 그 보다 더 커다란 건
설레임이 행복함이 자신감이
우리 가슴에 가득해

샤갈 이제 어디로 가지?
빅토르 뭐 어디든 상관없지. 여긴 빼째르부르크니까.

무대 한켠에 여자가 등장한다.

여자 샤갈과 빅토르는 새로운 삶을 시작했어요. 사진관 조수도 하고 간판 그리는 일도 하고. 그리고 1909년에는 무대미술 학교인 즈반체바에 입학하기도 했죠. 물론 쉽지 않은 생활 이었지만 그들은 그저 행복했어요. 하지만 예상치 못한 장 애물이 있었어요. 그들이 바로 유태인이라는 것. 어딜 가도 그들을 향한 차별의 시선을 피할 순 없었죠. 그렇게 빼째르 부르크는 어느새 그들에게 또 다른 비테브스크가 되어 버린 거예요.

몇 년 후, 빼째르부르크의 작은 셋방.
샤갈이 그림을 그리고 있고 빅토르가 그를 바라본다.

빅토르 난 네가 좀 더 자유로웠으면 좋겠어.

샤갈 난 지금도 충분히 자유로워.

빅토르 하지만 네 그림은 달라진 게 없잖아. 몇 년째.

샤갈 그림이 꼭 달라져야 돼?

빅토르 아니 내 말은, 네가 여기에 온 이유를 생각해 보라고.

샤갈 ….

빅토르 언제까지 사람들 눈치나 보면서 살 순 없어. 우리가 유태인 이라는 건 절대 변하지 않으니까. 그게 현실이니까.

샤갈 그래서, 다시 돌아가자고?

빅토르 아니. (잠시) 파리로 가.

샤갈 파리?

빅토르 거기엔 엄청난 사람들이 많데. 네가 상상하지도 못한 세계를 그리는 사람들. 거기 가면 여기처럼 눈치 볼 일 없고 네 그림 을 알아 봐줄 사람들도 생길 거고.

샤갈 야, 거기 가는 게 어디 쉽냐? 여기보다 돈도 훨씬 많이 든다 고.

빅토르는 편지 한 장을 꺼낸다.

샤갈 뭐야?

빅토르 골데베르 변호사님께서 널 후원해 주시겠대.

샤갈 진짜? 정말? 우리 파리로 갈 수 있는 거야?

샤갈은 무언가 이상함을 느낀다.

샤갈   날 후원해 주시겠다고? 우리가… 아니라?

빅토르   응.

샤갈   나만?

빅토르   ….

샤갈   너는?

빅토르   사정이 좀 생기셨나봐. 그래서 앞으로 우리 두 사람 다 후원은 좀 힘들겠다고.

샤갈   야, 그걸 왜 너 혼자 결정하는 건데. 내가 어떻게 너 없이 파리로 가! 넌 이제 앞으로 뭐 할 건데?

빅토르   현실로 돌아가는 거지 뭐.

M5 새로운 세계 rep.

처음 이곳에 왔을 때 기억나? 우리 그 지긋지긋한 현실에서 여기 이상의 세계로 왔잖아. 그런데 지금 생각해 보니까 빼째르부르크나 비테브스크나 크게 다를 것도 없네. 하지만 샤갈. 이상이 깨져서 현실이 되면 또 다른 이상을 찾아 가면 되는 거야. 네가 그걸 증명해 줬으면 좋겠어. 네가, 아니 우리가 옳았다는 걸.

빅토르는 샤갈에게 손을 내민다.
잠시 빅토르의 눈을 바라본 샤갈은 그의 손을 잡는다.
기차의 기적소리가 상징적으로 들린다.

샤갈은 한결 가벼워진 짐 가방으로 들고 기차 플랫폼에 선다.
역장의 빨간 깃발이 흔들리자 샤갈은 기차 위로 오른다.

빅토르
모든 게 어색하고 낯설지만
이 기분 절대 나쁘지 않아
과거의 너는 이곳에 남겨두고
새로운 너를 찾아 떠나는 거야

수많은 색이 네게 속삭이고
수많이 빛이 네게 말을 걸어
어느새 그려질 또 다른 세상
어느새 담겨질 또 다른 너

네 마음껏 하늘을 바라봐
자유롭게 하늘을 그려봐
새로운 세계가 너를 기다려

#5 파리의 개미집

갤러리, 동준은 조용히 의자에 앉아 있다.

여자 샤갈은 여전히 철이 없는 거겠죠? 누군가 대신 그 현실을 떠안게 됐으니까.

동준 아니, 억울하지도 않나? 왜 자기가 희생하면서까지 샤갈의 꿈을 돕냐고요.

여자 그게 빅토르가 선택한 이상 아닐까요?

동준 네?

여자 그가 정말 현실을 선택했다고 생각하세요?

동준 꿈을 포기하고 다시 고향으로 돌아갔으니까 당연히 그렇죠.

여자 빅토르는 그 현실에 주저앉은 게 아니라 거기서 새로운 이상을 찾으려고 했어요. 그래서 후원자에게 편지를 써서 샤갈을 파리로 보낸 거고요. 그는 현실을 선택했으면서도 동시에 이상을 선택한 거죠 샤갈을 통해 자신의 꿈을 이루길 기대하면서.

동준 ….

여자 적어도 그쪽을 사랑해 주는 사람들은 다 그럴 것 같지 않아요? 가족들이나, 친구들이나 혹은 이성친구나.

동준 (잠시) 뭐, 아마도요.

무대 한켠 비테브스크, 밝은 표정의 빅토르가 샤갈에게 편지를 쓴다.

빅토르   친애하는 친구 샤갈에게.

M6 파리의 개미집

여자   고향으로 돌아간 빅토르 그리고 파리로 간 샤갈. 두 사람의 행보는 달랐지만 그 안에서 또 다시 새로운 삶이 시작 됐어요.

> **빅토르**
> *네가 있는 거기 파리는 살기 어때*
> *화려한 불빛 근사한 조명*
> *우리가 상상한 환상의 도시*
> *그곳에서 그려질 너의 세상*
>
> **샤갈**
> *네가 있는 거기 비테브스크*
> *그리운 고향 보고 싶은 너*
> *우리가 상상한 환상의 도시*
> *이곳에서 그리는 나의 세상*

빅토르가 긴장하는 표정으로 전화를 한다.
전화벨이 울리자 샤갈이 받는다.

빅토르   샤갈, 샤갈! 들려?
샤갈   빅토르!

빅토르　오, 샤갈!

샤갈　오, 빅토르! 드디어 비테브스크에도 전화가 생긴 거야?

빅토르　야 너 파리지엥이라고 여기 무시하는 거야?

샤갈　마을 어르신들 이런 거 관심도 없을 텐데.

빅토르　여기서 내가 할 수 있는 것들은 해야지.

샤갈　진짜 너 대단하다 빅토르!

빅토르　미술 공부는 잘 돼가지? 거기 얘기 좀 해줘 봐!

샤갈　개미집!

빅토르　개미집?

샤갈
백 개가 넘는 스튜디오
가난한 예술가들의 거처
모두가 자유롭게 뒤섞인
여기는 파리의 개미집

수많은 시도 도전정신
새로운 예술 탄생하는 이곳
가난하고 배고프지만
이곳에서 나는 행복해

빅토르
그곳에서 그려질 너의 세상

샤갈
이곳에서 그리는 나의 세상

샤갈, 빅토르
우리가 상상한 환상의 도시

두 사람은 마치 한 공간에 있는 듯 전화기를 내려놓고 신나게 얘기
한다.

샤갈   그게 다가 아니야. 루브르나 전위 미술관에 가면….

> **샤갈**
> *인상파, 야수파, 입체파, 오르피즘*
> *상상을 뛰어 넘는 새로운 세계로*

> **빅토르**
> *인상파, 야수파, 샤갈파, 빅토르즘*
> *그들을 뛰어 넘는 또 다른 세계*

> **샤갈**
> *중력을 거스르고 규칙을 던져버려*
> *눈이 아닌 마음으로 보는 세상*

> **빅토르**
> *세상을 거스르고 자신을 믿는 거야*
> *눈이 아닌 마음으로 보는 세상*

> **샤갈, 빅토르**
> *네(내) 마음껏 하늘을 바라봐*

> *자유롭게 하늘을 그려봐*
> *새로운 세계가 너를(나를) 기다려*
> *새로운 세계*

샤갈 그리고 나 이름도 바꿨어.

빅토르 뭐라고?

샤갈 마르크 샤갈. 파리 식 이름이야.

빅토르 오, 멋지다. 마르크 샤갈. 나 이제 가봐야 될 것 같아. 우리 나중에 또 전화하자!

샤갈 그래, 또 전화할게!

둘은 전화를 끊는다.

여자 당시 샤갈은 청어를 세 토막 내서 아침엔 머리, 점심엔 꼬리, 저녁엔 몸통을 나눠서 먹었다고 해요. 게다가, 한 벌밖에 없는 옷에 물감이 튈까봐 항상 알몸으로 그림을 그렸다는 얘기도 있고. 하지만 이 모든 건 샤갈에게 고통이 아니라 예술성을 폭발하게 하는 기폭제가 된 거죠.

샤갈이 빅토르에게 전화를 건다.
전화벨 소리.

빅토르 샤갈?

샤갈 빅토르, 나 이번 가을 살롱에 출품하기로 했어.

빅토르 진짜? 축하해 샤갈! 드디어 데뷔하는 거야?

샤갈 근데 아직 그림은 그리지도 못했어.

빅토르	왜? 그동안 그려둔 것도 많잖아.
샤갈	뭔가 더 기발하고 신선한 게 필요해. 고흐, 고갱, 마티스를 뛰어넘는 나만의….
빅토르	빼쩨르부르크에서 그린 건 어때?
샤갈	야, 너무 촌스러워.
빅토르	그럼, 우리 어릴 때 비테브스크에서 그린 건?
샤갈	빅토르, 나 장난할 기분 아냐. 너는 촌놈이라 여기 파리를 잘 몰라서 그러는데 그런 그림은 여기서 창피나 당한다고!

사이.

샤갈	미안해. 내가 요즘 좀 예민해서.

M7a 하늘과 별 rep. (연주곡)

빅토르	샤갈. 난 네가 정말 자랑스러워. 네 그림은 충분히 화려하고 세련되고 기교가 넘쳐. 하지만 분명히 너만의 아름다움이 있어. 따뜻하고 부드럽고 때로는 괴상하거든 (웃는다). 조용히 하늘의 소리를 들어봐. 그 빛과 그 색에 대답해 봐. 그게 바로 너만의 그림이야. 그게 바로 너만의 세상이라고.

빅토르 나간다. 여자는 〈나와 마을〉그림 앞에 선다.

여자	1912년 샤갈은 처음으로 이 〈나와 마을〉을 포함한 세 점의 그림을 살롱에 출품했어요. 그의 모든 걸 담아낸 이 환상적

〈나와 마을〉, 1912년 作

이고 기이한 화풍은 당시 파리의 미술가와 비평가들 사이에서 충분한 인상을 주고도 남았죠. 그는 그렇게 조금씩 자신의 이름을 세상에 알리기 시작했어요. 그런데….

커다란 사이렌 소리가 울린다.

동준 1차 세계대전.
여자 맞아요. 샤갈에게 또 다른 시련이 시작된 거죠.

#6 벨라

동준	샤갈은 참 억울할 것 같아요.
여자	왜요?
동준	이렇게 꿈을 방해하는 것들이 자기의 실수나, 잘못 때문에 생긴 게 아니라 어찌 할 수 없는 것들이잖아요.
여자	가난한 집에서 태어나고, 게다가 유태인, 심지어 전쟁까지.
동준	맞아요. 이 모든 조건들은 결코 샤갈이 선택한 게 아니니까. 사실 이 정도면 거의 정해져 있는 운명이죠. 마치 희랍비극의 주인공처럼.
여자	운명에 대항해 봤자 상처만 받게 되고.
동준	그렇죠.
여자	동준 씨도 그래요?
동준	(잠시) 제 이름은 어떻게 아셨어요?
여자	저에게는 특별한 능력이 있거든요.
동준	네?
여자	뻥이고요, 거기 가방에 써 있길래.
동준	아, 뭐야.
여자	동준 씨도 그런 운명에 상처를 받아 본 적 있어요?
동준	이렇게 멋진 갤러리에 큐레이터라는 번듯한 자리까지. 아마 그쪽은 이해하기 힘들겠지만 대부분 사람들은 그런 운명에 익숙하거든요. 내 나이쯤 되면 이제 원망할 것도 없고 그냥 인정하고 사는 거죠.

동준은 그림 도구가 든 자신의 낡은 가방을 바라본다.

M7b 정해진 운명 (Instrument)

한 발은 현실에, 한 발은 이상에 발을 담그고 있는 거예요. 그러다 뭔 일이 날라치면 어디든 빨리 발 뺄 수 있게. 그럼 상처를 좀 덜 받거든. 그 중간에서 그렇게 오도가도 못 하는 거예요. 아주 애매하게. (잠시) 그러고 보니 샤갈도 그랬겠네, 나처럼.

동준은 샤갈의 그림을 바라본다.
무대 한켠 빅토르가 샤갈에게 편지를 쓴다.
샤갈은 그의 편지를 읽는다.
잠시 뒤, 샤갈은 짐을 챙겨 파리를 떠나 비테브스크로 향한다.
(이 모습은 아래 빅토르의 편지 대사와 함께 이루어진다)

빅토르 친애하는 친구 마르크 샤갈에게. 샤갈, 전쟁 때문인지 몇 주째 전화가 불통이야. 계속 연락이 안 돼서 나도 너희 가족들도 너무 걱정이 많아. 그러니까 편지 받는 대로 꼭 답장해 주길 바란다. (멀리 대포소리) 사실 이쪽 사정도 그렇게 좋지는 않아. 하루에도 몇 번씩 군대가 지나가고 벌써 몇몇 마을 사람들은 동쪽으로 떠났어. 네가 있는 파리도 마찬가지겠지? 그리고, 네 동생 올가가 다음 주에 결혼을 해. 그래서 올 수 있다면 꼭 왔으면 좋겠다. (멀리 대포소리) 전쟁 중에도 여전히 사랑은 있는 거야. 절망 중에도 여전히 희망은 있는 거야.

친구 빅토르가.

기차의 기적소리가 상징적으로 들린다.
비테브스크. 샤갈이 가방을 풀고 옷을 갈아입고 있다.

벨라   (들어오며) 올가!
샤갈   으악!

바지를 갈아입던 샤갈이 놀라 넘어진다.

벨라   어머, 어떻게 죄송해요! 괜찮으세요?
샤갈   빨리 나가세요!
벨라   제가 좀 도와 드릴까요?
샤갈   아이, 진짜!

샤갈은 급히 그림으로 하체를 가린다.
묘하게 그림과 어우러진 모습이 우스꽝스럽다.
그 모습에 벨라는 웃음이 터진다.

샤갈   뭐가 그렇게 웃겨요?
벨라   아하하… 죄송해요 그림이랑 묘하게 어울려서 하하하.
샤갈   (하체를 가린 그림을 확인하고) 알겠으니까 빨리 나가시라고요!
벨라   네, 죄송합니다! 여기 올가가 있는 줄 알고. 진짜 죄송합니다.

벨라 나가다가 다시 멈춘다. 샤갈은 다시 급히 하체를 가린다.

샤갈	또 왜요!
벨라	근데… 누구세요?
샤갈	저 올가 오빱니다. 원래 이 방의 주인이요!
벨라	아, 모이셰 샤갈!
샤갈	아뇨, 마르크 샤갈! 마.르.크.
벨라	마르크?
샤갈	파리식 이름이죠.
벨라	얘기 많이 들었어요. 파리에서 유명한 화가라고 하던데, 진짜예요?
샤갈	뭐, 전혀 거짓말은 아니죠.
벨라	(샤갈의 하체를 가린 그림을 보며) 그럼 이 그림도 직접… 품. (웃음이 터진다)
샤갈	아, 빨리 나가세요!
벨라	네, 죄송합니다.

밸라 나가다가 샤갈의 바지를 집어 든다.

벨라	이거 가져다 드릴까요?

벨라는 샤갈에게 걸어가다 샤갈의 짐 가방에 발이 걸려 넘어진다. 샤갈은 그림을 놓고 급히 달려간다.

샤갈	괜찮으세요? 아니 그러니까 그냥 가시라니까.
빅토르	(들어오며) 샤갈.

빅토르는 바지를 벗고 벨라 앞에 앉아있는 샤갈을 본다.

벨라의 손에는 샤갈의 바지가 들려있다.
셋은 잠시 말이 없다.

빅토르　오늘은 샤갈 네 동생이자 벨라 네 친구의 결혼식이야. 너희
　　　　들의 욕정은 오늘, 지금 꼭 이래야만 했을까?
벨라　　(샤갈에게) 전 벨라, 벨라 로젠펠트예요.

벨라는 웃으면서 나간다.

샤갈　　아냐, 네가 생각하는 그런 거 아냐. 그런 거 상상하지 마.
빅토르　물론 충분히 매력적인 여자야.
샤갈　　나 옷 갈아입는데 갑자기 들어와서는….
빅토르　밝고, 예쁘고, 귀엽고, 춤도 잘 추고….
샤갈　　진짜 아니라고!
빅토르　알겠으니까 이제 그 바지 좀 입어 줄래?

샤갈은 바지를 들어 본다.
아래층에서 흥겨운 유대식 왈츠 음악이 시작된다.

M8 비테브스크 왈츠

빅토르　무도회 시작했나 보다.
샤갈　　근데, 아까 그 여자 누구라고? 벨….
빅토르　벨라 로젠펠트, 기억 안 나? 우리 어렸을 때 같이 성가대도
　　　　했었잖아. 올가랑 친구기도 하고.

샤갈 아, 그 주근깨 벨라 로젠펠트!

빅토르 맞아. 우리가 엄청 놀려서 걔 만날 울고 그랬잖아.

샤갈 아….

빅토르 나 먼저 내려간다. 너도 혼자 춤추기 싫으면 빨리 내려와. 남들이 다 채 간다고.

샤갈 응, 그래.

샤갈은 거울을 보며 몸을 단장한다.

> **샤갈**
> 자꾸만 생각나는 그 미소
> 짧은 순간 강렬하게 다가온
> 구름 사이 빛을 내는 태양이
> 조금씩 내 마음에 스며들어
>
> 반대쪽 무대, 벨라가 거울을 보며 몸을 단장한다.
>
> **벨라**
> 자꾸만 생각나는 그 얼굴
> 짧은 순간 분명하게 다가온
> 어둔 밤을 밝혀 주는 달빛이
> 조금씩 내 마음에 스며들어
>
> 둘은 아래층으로 내려온다.

샤갈

어색함이 두려움이 막막함이
내 마음에 가득해

벨라

낯설음이 긴장감이 복잡함이
내 머리에 가득해

서로를 발견하고, 천천히 다가선다.

샤갈, 벨라

하지만 그보다 더 커다란 건
설레임이 행복함이 자신감이
나의 가슴에 가득해

샤갈 (손을 내밀며) 같이 춤추실래요, mademoiselle?

벨라 merci beaucoup.

두 사람은 아름다운 음악과 함께 왈츠를 춘다. 무대 한켠에 빅토르가 선다.

빅토르 뭐라고? 결혼? 아니, 무슨 만난 지 한 달도 안 돼서 결혼이야?

샤갈 나는 확신이 있어.

빅토르 벨라, 너희 아버지는 변호사 사위를 원하시잖아. 그런데 샤갈은 완전 가난한 화가라고. 너 정말 괜찮겠어?

벨라　　나도 확신이 있어.

빅토르　샤갈, 너 다시 파리로 안 갈 거야? 그림은 어떡하고?

샤갈　　여기서도 충분히 그릴 수 있어.

빅토르　하아, 난 모르겠다. 어쨌든 축하해!

빅토르 나간다.
둘은 왈츠를 멈추고 서로를 바라본다.

벨라
하늘과 별, 그 아름다움을
함께 감동할 수 있다면

샤갈
내 손과 마음, 그 아름다움을
함께 담아 낼 수 있다면

샤갈, 벨라
수많은 색이 우릴 바라보고
수많은 빛이 우릴 감싸 안아
어느새 그려질 또 다른 세상
어느새 담겨질 또 다른 나

샤갈과 벨라 나간다.

#7 러시아 혁명

M9a 소비에트 랩소디 (Instrument)

비테브스크 마을 광장.
팔에 빨간색 띠를 두른 빅토르가 소비에트 깃발을 세우고 그 옆에
선다.

빅토르   친애하는 비테브스크 동지 여러분. 이제 새로운 세상이 열
렸습니다. (깃발을 가리키며) 소비에트는 우리 같은 농민과 평
민들로 이루어진 가장 이상적인 사회주의 정부입니다. 모두
혁명에 동참해 주십시오. 모두 레닌 동지와 함께해 주십시
오. 더 이상의 가난과, 차별과, 고통은 없습니다. 오직 소비
에트의 빨간 깃발만이 우리를 신세계로 인도할 수 있습니다!

광장을 지나던 벨라가 빅토르의 연설을 듣는다.

벨라   빅토르!
빅토르   벨라.
벨라   와, 너 멋지다. 뭔가 대단해 보여.
빅토르   내가 아니라 우리 소비에트가 대단한 거야.

빅토르는 선전물을 벨라에게 건넨다.

벨라	이게 뭐야?
빅토르	우리가 몰랐던 신세계. 엊그제 도시에 있는 소비에트 장교가 왔었거든. 곧 여기에도 군인들을 보낼 거래.
벨라	전쟁을 한다는 거야?
빅토르	아냐. 소비에트는 평화적인 정부야. (갑자기 소리친다) 빵과 평화! 하지만 그런 혁명을 위해서는 많은 사람들의 지지가 필요해. 그리고 그때까지 당원을 많이 모으면 나한테도 한 자리 내준다고 했어. (불안해하며) 샤갈은? 샤갈은 어디 있어? 대답을 들어야 되는데.
벨라	빅토르 너 괜찮아?
빅토르	(더욱 불안해하며) 여기 비테브스크를 바꾸려면 샤갈의 재능이 필요해. 샤갈이….
벨라	빅토르!
빅토르	어?
벨라	너 괜찮은 거 맞지?
빅토르	(잠시) 이다. 이다는 잘 크고 있어?
벨라	응. 빅토르 삼촌 보고싶대.

빅토르 뛰어 나간다.
벨라는 선전물을 바라본다.
샤갈과 벨라의 집.

샤갈	벨라.
벨라	응.
샤갈	무슨 일 있었어?
벨라	아, 아까 광장에서 빅토르 봤거든. (선전물을 건넨다)

샤갈	(선전물을 읽는다)
벨라	뭔가 좋아지고 있는 거 맞지? 세상이 너무 어지럽게 돌아가고 있어.
샤갈	난 걜 믿어. 절망 속에서 희망을 보는 친구거든.
벨라	빅토르가 찾던데. 무슨 대답을 들어야 한다고.
샤갈	아… 좋은 기회가 있대. 내 재능을 여기 인민들을 위해 쓸 수 있다고.
벨라	(잠시) 나도 걜 믿지만… 이번엔 좀 신중했으면 좋겠어.

바깥에서 빅토르의 목소리가 들린다.

빅토르	샤갈, 샤갈!
샤갈	빅토르!
벨라	어서 와 빅토르.
빅토르	우리 이다 공주님은?
벨라	지금 자고 있어. 깨면 말해줄게.
빅토르	그래, 많이 컷겠다.
벨라	차 좀 내 올까? 얘기들 하고 있어.
빅토르	고마워, 벨라.

벨라 나간다.

샤갈	요즘 너무 열정적인 거 아냐? 아깐 광장에서 연설도 했다며?
빅토르	세상이 변하고 있어 샤갈. 우리가 꿈꿨던 이상적인 세계로.
샤갈	맞아, 정말 그랬으면 좋겠다.

빅토르 아니, 이미 변했어. 더 이상 가난하다고 무시 받을 일도, 유태인이라고 차별 받을 일도 없을 거야.

샤갈 진짜 그런 세상이 올까?

빅토르 확신을 좀 가져봐. 그래서 말인데, 너 생각해 봤어? 미술지도 인민위원.

M9 소비에트 랩소디

샤갈 미술지도 인민위원?

빅토르 그래. 우리 소비에트는 평민들의 문화 예술 교육에 관심이 많거든. 이건 기회야 샤갈. 일생일대의 기회라고.

샤갈 빅토르….

빅토르
문화와 예술은 모두의 권리
신께서 주신 공평한 선물
더 이상 판도라의 상자가 아냐
인민이 누리는 최고의 기쁨

샤갈
여기에 저기에 걸리는 그림
사람들 모두 즐기는 예술
예술은 누군가의 전유물이 아니야
모두가 누리는 최고의 행복

빅토르
그토록 기다려왔던

샤갈
매일 밤 꿈을 꿔왔던

샤갈, 빅토르
새로운 세계가 여기에 있어
우리의 눈앞에 있어

빅토르 우리 예술학교도 세우자. 학생들도 가르치고 당에도 좋은 그림을 그려주고. 가진 재능만큼 인정받는 거. 얼마나 공평하고 이상적이야?

샤갈 그래, 네 말이 맞아. 솔직히 난 사회주의고 마르크스고 잘은 모르지만….

빅토르 몰라도 돼 샤갈. 넌 그냥 이다랑 벨라만 생각해.

샤갈 (잠시) 그래, 나 해볼 게. 나 하고 싶어 빅토르.

빅토르 잘 생각했어. 샤갈 동지.

빅토르는 샤갈과 악수를 하고 나간다.
무대 한켠 벨라는 여자로 분해 자리해 있다.

여자 벨라는 빅토르가 말한 이상세계가 샤갈이 꿈꾸는 세계와는 다르다는 것을 알고 있었어요.

샤갈 아니. 빅토르와 나는 같은 꿈을 꾸고 있어. 벨라도 겪어봐서 알잖아. 그동안 우리가 얼마나 절망적이었는지.

여자　　벨라에게 중요한 건 그런 이상세계가 아니라 오직 샤갈이었
　　　　죠. 벨라는 그가 자유롭길 원했어요.

샤갈　　진정한 자유를 누리려고 이러는 거잖아. 생각해봐, 내가 원
　　　　하는 그림도 실컷 그릴 수 있고 당신도, 이다도 더 나은 삶을
　　　　살 수 있다고.

여자　　결국 벨라는 샤갈을 설득하지 못했죠.

샤갈　　고마워 벨라. 절대로 당신을 실망 시킬 일은 없을 거야.

여자　　하지만 시간이 갈수록 샤갈의 기대는 조금씩 무너졌어요.

　　　　샤갈이 그림을 그리고 있다.
　　　　빅토르가 들어온다.

빅토르　　샤갈, 내 인내심도 여기까지야.

샤갈　　빅토르.

빅토르　　(이젤을 넘어뜨리며) 더 이상 이런 그림은 안 된다고 했지!

샤갈　　너 지금 뭐하는 짓이야?

빅토르　　너야말로 지금 뭐하는 짓인데? 다 같이 죽으려고 작정했어?

빅토르
희미한 색깔, 왜곡된 모양
인민을 홀리는 너만의 세계
너의 그 고집이 모두를 죽여
인민의 정신을 모조리 죽여

샤갈
분명한 색깔, 정확한 모양

상상을 죽이는 건조한 세계
잘못된 생각이 모두를 죽여
인간의 정신을 모조리 죽여

빅토르
있는 그대로, 사실 그대로
눈에 보이는 그대로의 세상

샤갈
좀 더 다르게, 좀 더 특별히
내 안에 느껴진 마음속의 세상

샤갈, 빅토르
너의 그 세계가 모두를 죽여

샤갈   너 왜 이렇게 변했어? 이게 네가 원하던 세상이야?
빅토르 우리가 봐야 할 건 진짜 현실이야. 네 그림 같은 그런 환상이
아니라고.
샤갈   대체 현실이라는 게 뭔데?
빅토르 중력을 거스를 수 없어. 하늘을 날 수도 없어. 새가 사람보다
클 수도 없어. 그게 바로 현실이야!

샤갈
저 하늘에 달과 별 바라봐
그 아름다움 함께 느껴봐

빅토르
더 이상 하늘 따윈 보지 마
달과 별 우리의 세상 아니야

빅토르
있는 그대로, 사실 그대로

샤갈
좀 더 다르게, 좀 더 특별히

빅토르
눈에 보이는 그대로의 세상

샤갈
내 안에 느껴진 마음속의 세상

샤갈, 빅토르
너의 그 세계가 모두를 죽여

빅토르   다 너를 위해서야 샤갈. 벨라를 위해서고, 이다를 위해서야.
내일 다시 올게.

빅토르 나간다. 샤갈은 덩그러니 쓰러져 있는 이젤을 쳐다본다.

#8 안녕 벨라

M10 비테브스크 rep.

샤갈
여기 이 빨강, 파랑, 초록
이 모든 건 나의 인생
내 모든 삶을 녹여 그린
하얀 캔버스 위의 일생
내 목소리를 들어봐

여기 이 빛과 색과 질감
이 모든 건 나의 고통
그 무엇 하나 버려선 안 되는
소중한 기억을
내 마음속을 느껴봐

현실과 이상 사이 그 어딘가
애매한 그 자리를 맴도는 나
오늘도 난 같은 자리에 서서
그렇게 같은 걸음을 걷네

끊임없는 고민 속에
끊임없는 후회 속에

> 여기 이 빨강, 파랑, 초록
> 여기 이 빛과 색과 질감
> 그 무엇 하나 버릴 수 없는
> 소중한 나만의 흔적

여자 결국 샤갈은 벨라와 함께 비테브스크를 떠났어요. 안정적이고 미래가 보장된 삶과, 자신이 추구하는 그림과의 충돌. 현실과 이상 사이에서 결국 이상을 선택한 거죠. 그렇게 샤갈은 독일로, 프랑스로 그리고 미국으로 새로운 세상을 향해 떠났어요.

동준 글쎄요. 전 그렇게 생각하지 않는데요?

여자 네?

동준 샤갈이 정말 이상을 선택했다고 생각하세요?

여자 세상을 철저히 사실적으로 바라보는 소비에트와 샤갈의 충돌은 누가 봐도 당연한 거죠. 물론 벨라도 이미 알고 있었고요.

동준 그 사람도 평범한 사람이에요.

여자 네?

동준 그의 선택은 철저히 현실적이었다고요. 아니, 그보다 더한 본능적인 선택인 거죠.

여자 본능이라고요?

동준 빅토르가 말해요. 새로운 세상에서 네 그림은 아무짝에도 쓸모가 없다고. 근데 그건 단순히 그림의 문제가 아니거든요. 두려움이죠. 앞으로 다가올 세상에서 나라는 존재는 아무짝에도 쓸모없을지도 모른 다는 지극히 원초적인 두려움. 근데 이상을 위해 현실을 버렸다? 아니에요. 여기저기 필사적으로 찾아다닌 거죠, 자기 그림을 인정해줄 곳을 찾아서. 그건 이상이 아니라 지극히 현실이에요. 살기 위한 처절한 몸부림이라고요.

여자   샤갈의 마음을 아주 잘 알고 계시네요.

동준   네, 아주 잘 알죠.

여자   그럼 저 낡은 가방이 동준 씨에게는 그 생존인가요? 동준 씨의 그림이 아니, 동준 씨라는 존재가 세상에서 필요 없을지도 모른다는 그 두려움으로부터….

동준   적당히 좀 하시죠. 저에 대해서 뭘 안다고.

여자   적어도 화가라는 건 알죠. 샤갈의 마음을 이해할 정도라면.

동준   네, 맞습니다. 저 화가 맞아요. 근데 아세요? 샤갈이 멋진 그림을 그리는 동안 저는 공사판 가림막에 대충 색이나 칠하고요, 사람들이 샤갈의 그림을 보고 감탄하는 동안에 제 그림은 아무도 봐 주는 사람 없이 무시만 당한다는 거. 그래도 우리가 같은 화가라고 생각하세요?

여자   샤갈도 처음부터 주목 받진 못 했죠.

동준   그래서 끝까지 꿈을 포기하지 마라, 지금 뭐 그런 교훈을 주고 싶은 거예요?

여자   이동준 씨.

사이렌 소리가 울린다.
이내 라디오에서 히틀러의 연설소리가 들린다.
조명 바뀌면 미국.
샤갈은 불안한 마음으로 라디오를 듣고 있다.

벨라   샤갈.

샤갈   ….

벨라   라디오 꺼.

샤갈   ….

벨라   라디오 끄라니까!

벨라는 라디오의 코드를 뽑는다.

샤갈   다 끝났어. 전쟁도 다시 시작됐고 우리 유태인들도 더 이상 갈 곳이 없어.

벨라   약해 빠진 소리 하지 마, 이러려고 우리 미국까지 온 거 아니야.

샤갈   도망친 거잖아.

벨라   그래서 이렇게 폐인처럼 집에만 있겠다고?

샤갈   그럼, 맘 편히 그림이라도 그릴까?

벨라   당신 마음 나도 알아. 그동안 혁명이니 전쟁이니 이런 상황들이 다 우리 편이 아니라는 것도 잘 알아. 그래도….

샤갈   그래도 끝까지 꿈을 포기하지 마라! 지금 뭐 그런 교훈을 주고 싶은 거야? 자기 목숨 부지하기도 힘든 세상인데, 누가 그림 따위를 거들떠 보냐고!

벨라   (갑자기 두통이 온다) 아….

샤갈   괜찮아?

벨라   괜찮아. 그냥 신경성이야.

샤갈   (잠시) 미안해, 벨라.

M11 일상 rep.

벨라 샤갈. 나한테, 아니 사람들한테 필요한 건 이 끔찍한 세상에서 아름다움을 보는 거야. 당신의 그림처럼.

벨라 나간다.

샤갈 나… 대체 뭘 그려야 될지 모르겠어.

> **샤갈**
> *깊고 커다란 늪에 빠진 듯*
> *서서히 가라앉는 나의 마음*
> *빠져 나오려 발버둥 쳐봐도*
> *점점 더 가라앉는 나의 세계*
>
> **벨라**
> *높고 단단한 벽에 막힌 듯*
> *조금씩 짓눌리는 나의 마음*
> *넘어 서려고 아무리 뛰어도*
> *상처만 늘어가는 나의 세계*
>
> **샤갈, 벨라**
> *지금 나는 무얼 하고 있을까*
> *지금 나는 어딜 향해 가는가*
> *오늘도 나는 같은 물음 속에*
> *그렇게 같은 걸음을 걷네*

빅토르

크고 무거운 돌에 눌린 듯
어디도 갈수 없는 나의 마음
던져 버리려 온 힘을 다해도
눈물만 가득 차는 나의 세계

샤갈

현실과 이상 사이 그 어딘가

벨라

애매한 그 자리를 맴도는 나

빅토르

오늘도 난 같은 자리에 서서

셋은 각자의 공간에서 같은 마음을 노래한다.

샤갈, 벨라, 빅토르

그렇게 같은 걸음을 걷네
지금 나는 무얼 하고 있을까
지금 나는 어딜 향해 가는가
오늘도 나는 같은 물음 속에
그렇게 같은 걸음을 걷네

현실과 이상 사이 그 어딘가
애매한 그 자리를 맴도는 나

오늘도 난 같은 자리에 서서

그렇게 같은 걸음을 걷네

그렇게 같은 시간을 걷네

벨라가 갑자기 쓰러진다.
샤갈이 놀라 벨라에게 달려간다.

샤갈   벨라! 벨라! 일어나봐 벨라!

빅토르의 공간. 멀리 전투기가 날아와 폭탄이 터지는 소리,
빅토르는 비명을 지르며 주저앉는다.
빠른 암전.
어둠 속에서 조용히 벨라의 죽음을 추모하는 진혼곡이 연주된다.

M12a 비테브스크 레퀴엠

#9 하늘과 별

다시 무대 밝아지면 1년 후, 미국.
샤갈은 벨라의 무덤 앞에서 꽃을 올려놓는다.
무대 한켠에 여자가 앉아 있다.

여자   1944년 9월, 벨라는 급성 바이러스 염증으로 세상을 떠났어
요. 자신의 유일한 뮤즈이자, 사랑이었던 벨라의 죽음은 샤
갈의 시간을 멈추게 했죠. 그의 수많은 그림들 속에 벨라는
여전히 존재했지만 더 이상 그는 그녀의 목소리를 들을 수
없었어요.

무대 한쪽에서 목발을 짚은 빅토르가 들어온다.
빅토르는 조용히 꽃을 비석 위에 올린다.
둘은 잠시 말이 없다.

빅토르   벌써 1주기네. 벨라가 떠난 지.
여자   샤갈은 그 후 1년 동안 붓을 잡지 못했죠. 벨라와 함께 시간
이 멈춘 듯이.
샤갈   벨라는 항상 내 작품 위를 맴돌았어. 그리고 내가 가야할 길
을 말해 주곤 했지.
빅토르   이제 다시 시작해야지. 언제까지 이러고 있을 수는 없잖아.
샤갈   붓을 들 수가 없어 빅토르. 들기가 겁나. 이런 기분 알아? 내
가 뭔갈 할 때마다 세상이 자꾸만 내 붓을 꺾어 버려. 처음부

터 그랬어. 내가 하늘을 보면서 꿈을 꿨던 그때부터, 그때부터 항상!

빅토르는 샤갈을 안아준다.

여자 가난, 유태인, 혁명, 두 번의 전쟁 그리고 벨라의 죽음까지. 샤갈은 자신이 그림을 그리는 것이 운명에 대항하는 일이라고 생각했어요. 그리고 그 끝에는 언제나 비극뿐이라고.

빅토르 샤갈. 내가 그때 폭격 속에서 겨우 다시 눈을 떴을 때, 가장 하고 싶은 게 뭐였는지 알아?

샤갈 그 와중에 하고 싶은 게 있었어?

빅토르 그냥 다시 눈을 감고 싶었어. 내 몸이, 내 상황이 내 모든 게 나보고 다시 눈을 감으라고 하더라. 뭐 하러 힘들게 버티고 있냐고.

M12 하늘과 별 rep.

그런데. 그럴 수가 없었어.

샤갈 왜? 그렇게 살고 싶었어?

빅토르 아니. 겨우 몸을 돌려서 누웠는데 그냥 밤하늘에 달이랑 별이 너무 아름다운 거야. 가만히 있는 거 같아도 계속 보고 있으니까 막 움직이더라. 빛이 일렁이면서 아주 오묘한 색을 내. 그래서 눈을 감을 수가 없었어.

샤갈 ….

빅토르 사람들한테 그때 내가 본 하늘을 그려줬으면 좋겠어. 내가 아니, 너와 벨라 우리 모두가 옳았다는 걸 네가 증명해 줬으면 좋겠어.

빅토르

조용히 밤하늘 바라보면

수많은 빛이 네게 말을 걸어

그 빛에 네가 대답하면

어느새 눈앞에 그려진 너의

또 다른 세상

샤갈

가만히 창밖을 바라보면

수많은 색이 내게 속삭이고

그 색에 내가 대답하면

어느새 담겨진 나의 또 다른 나

빅토르, 샤갈

저 하늘에 달과 별을

마음껏 감동하고 싶어

내 손과 마음, 자유롭게

저 하늘 담아내고 싶어

빅토르

수많은 색이 네게 속삭이고

〈과거로의 찬사〉 1944년 作

샤갈
수많은 빛이 내게 말을 걸어오네

빅토르, 샤갈
어느새 그려진 또 다른 세상
어느새 담겨진 또 다른 너(나)

빅토르 조용히 나간다.
동준 샤갈의 그림을 멍하게 바라보고 있다.
무대 한쪽에 경비직원이 들어온다.

경비직원 저기요! 저기요!
동준 아, 네. 이제야 오셨네요.
경비직원 아니, 여긴 어떻게 들어 오셨어요?
동준 아까 잠깐 들어왔다가 문이 잠겨 버린 거예요. 그런데 곧 있으면 순찰오신다고 기다리자고 하셔서 여기 큐레이터 분이… 어디 가셨지?
경비직원 큐레이터요?
동준 네, 오늘 무슨 야간전시 한다고. 늦게까지 계시더라고요.
경비직원 야간전시라뇨. 저희는 그런 거 없는데.
동준 네? 아니 뭐 오늘만 특별히 시범적으로 운영한다고….

M12a 야간전시 (Instrument)

동준 (안쪽으로 들어가며) 저기요! 저기요!

경비직원 어딜 또 들어가요. 여기 따로 큐레이터도 없고 야간전시도 없어요. 빨리 나가세요 빨리!

동준 아, CCTV. CCTV 보면 되잖아요, 분명히….

경비직원 CCTV 보고 온 거예요. 혼자 막 돌아다니면서 그림 보길래. 자꾸 이러시면 신고합니다. 빨리 나가세요 빨리!

경비직원은 동준의 등을 밀어 내보낸다.
빈 무대, 음악과 함께 샤갈의 그림들이 밝게 빛이 난다.
서서히 암전.

#10 Epilogue

M13 일상 rep.

무대 밝아지면 동준이 벽에 그림을 그리고 있다.

이전과는 조금은 다른 느낌의 그림.

지나가던 행인들이 잠시 멈춰서 그의 그림을 보기도 하고 몇몇 사람들은 핸드폰을 꺼내 사진을 찍기도 한다.

전화벨 소리가 울린다.

엄마　(소리친다) 이동준!

동준　아휴, 다 들려요 엄마.

엄마　그래서 이번 추석에 내려 온다고, 안 온다고?

동준　갈 게요. 내려갈 게요 엄마.

엄마　그래?

동준　지금 나 일하니까 일단 끊어요.

엄마　그럼 이번에 연수 한 번 만나 본다고, 안 만나 본다고?

동준　아, 나 아직 생각 없다니까.

엄마　일단 한 번 만나보라니까. 그냥 눈 달리고 입 달리면 그만이지. 대체 언제까지….

동준　엄마, 나 전화 온다. 나중에 다시 걸게요 끊어요.

엄마　동준아! 동준아! 에휴, 이놈의 자식을 그냥.

반대쪽 무대에 소장이 등장한다.

소장   (소리친다) 이동준 씨!

동준   아휴, 다 들려요 소장님.

소장   아니, 지난번 망원동 현장이요. 그냥 색만 더 칠해주면 되는
        건데….

동준   그거 잘 칠한 건데.

소장   그림이 아주 예술이라고 여기저기에서 난리에요. 사람이 날
        아 다니고 거꾸로 매달리고 막 뭔가 자유롭게.

동준   네?

소장   무슨 미술관 온 것처럼 사람들이 길 가다 서서 본다니까. 사
        진 찍어서 어디 막 올리기도 하고. 어쨌든 이동준 씨 진짜 화
        가 맞네. 앞으로 쭉 같이 일합시다! 아셨죠?

동준   네, 소장님.

                          동준
                  또 다른 색깔의 하루
                  또 다른 모양의 시간
                  조금씩 새로워져 가는
                  일상 속의 내 모습

                  현실과 이상 사이 그 어딘가
                  애매한 그 자리를 맴돌던 나
                  하지만 그 안에 숨겨져 있던
                  또 다른 꿈을 찾아서 걷네
                  또 다른 나를 찾아서 걷네

동준은 그림 도구 가방을 챙겨 나간다.

음악과 함께 동준의 그림이 밝게 빛이 난다.

서서히 암전.

– The End

작가의 말 | 전순열

늦은 밤 아르바이트 퇴근길, 동준은 우연히 불 켜진 미술관 앞을 지납니다. '색채의 마술사 마르크 샤갈'. 이끌리듯 들어간 그곳에서 그는 의문의 큐레이터를 만나게 되고 둘은 결국 문이 잠긴 미술관에 갇히고 맙니다. 불평도 잠시 동준은 샤갈의 그림 하나하나에 숨겨진 그의 인생 여정에 빠져들게 되고 조금씩 자신의 삶을 그의 그림에 비추어 보기 시작합니다.

작품 속 동준은 20여 년을 무명화가로 보냅니다. 꿈과 열정 가득했던 첫 마음의 자리에는 어느새 긴 시간이 안겨준 열등감과 패배의식이 자리 잡고 있으며 현실과 이상 사이 그 애매한 자리에서 오늘도 여전히 헤매고 있습니다. 그리고 그 자리는 비단 동준만이 아닌 우리에게도 익숙한 자리일지도 모릅니다. 사회가 정해 둔 생애주기, 만약 지금 우리가 그 궤도 밖에 서 있다면 우리는 이미 뒤쳐지거나 혹은 실패한 인생을 살고 있는 것일까요? 또는 인생의 통과의례를 멋지게 넘지 못한다고 해서 우리에게 그 다음의 삶은 없는 것일까요? 지극히 평범한 남자 동준의 특별한 그날 밤의 이야기는 어쩌면 우리에게 그 물음에 대한 힌트를 주는 듯합니다. 화려한 색채 속에 가려진 샤갈의 치열한 삶의 단면, 그 삶을 통해 지금 우리가 선 자리 역시 또 하나의 온전한 궤도가 될 수 있음에 확신을 갖기를 희망합니다.

봄우레 치는 날,
붉은 꽃은 피고

(A flower under thunderstorm)

김현수 지음

등장인물

아내
남편
의원 / 아들
노파 / 아녀자3
아녀자 1, 2

노파, 아녀자들, 그리고 의원은 그 특성을 살린 탈을 쓰고 등장한다.

무대

덧대어 바른 흙이 두드러지는 아내의 집, 방안으로 들어가는 문과 그 너머로 언덕길 구부러진다.
마당 안쪽으로는 마른 잎사귀들, 지푸라기, 조그만 돌조각들이 널려있다.
집으로 드나드는 길 한쪽에 물웅덩이,
한쪽 처마 밑에는 낙숫물 받을 쇠그릇이 놓여있다.

1장

새벽안개 속 불규칙하게 들리는 물소리.
그 사이에 섞이는 풍경소리.
창호지 뒤에 누운 사람, 뒤척이는 그림자 비친다.

아녀자들 노래.

가야한다 가야한다
울음 울며 태어나
울음 울며 가야한다
세상 모든 빗방울
훔치고 닦아 다시 흘러
이번 생에 가진 슬픔
두 눈 가득 쏟아낼 제
가야한다 가야한다

방 안에 누워있던 그림자 천천히 일어나 방문을 연다.
배부른 아내, 허리에 손 짚고 걸어 나온다.
또 다른 배부른 여인들 들어온다.

흰 옷에 붉은 천을 쓴 여인, 들어온다.
모두 붉은 천 여인을 바라본다.
여인, 아내에게 다가간다. 붉은 천을 벗어 들어올린다.

그제야 드러나는 노파 모습.

아내는 붉은 천을 들춘다.

드러나는 칼.

아내, 노파를 바라본다.

노파, 아내한테 칼을 쥐어주고 돌아선다.

여인들도 품에서 칼을 꺼낸다.

아내는 제 손의 칼을 바라보고 주위를 둘러본다.

여인들, 각각 칼을 부러뜨린다.

일제히 사라지는 여인들과 노파.

아내, 초조한 듯 빠르게 칼을 집 뒤로 숨긴다.

간헐적으로 들리는 물소리, 그 속도로 걷히는 안개.

천천히 나와 방문 앞에 걸터앉는 아내.

지금까지 모두 꿈인 듯 음악 소리 사라지면,

열리는 방문.

남편, 하품을 하며 나온다.

남편　　왜?

아내　　꿈….

남편　　왜?

아내　　칼….

남편　　칼?

코웃음 치는 남편.

아내　　그게….

남편　　물!

아내, 얼른 물을 떠다 준다.

아내   불길해서….
남편   불길하긴. (웃으며) 좋은 꿈이야.

남편, 아내 말 듣지 않고 임신한 배에 귀를 댄다.
웃는다.

남편   신!

아내, 뒤뚱뒤뚱 남편 신을 가져다 놓는다.
쇠그릇에 떨어지는 물소리.

남편   더 자. 꿈 없이.

고개 끄덕이는 아내.
남편, 지게 짊어지고 나간다.
그 모습 바라보는 아내, 흐뭇한 미소, 그러나 아직도 불길한 꿈.
떨어지는 물소리.

2장

마을 어귀, 장승 앞.

쟁반에 물그릇 하나 놓고 두 손 모아 비는 아내.

바람 소리, 곧이어 번개 치는 하늘.

아내, 하늘을 올려다보며 불길한 기분에 휩싸인다.

그 주변으로 성큼 다가서는 장옷 쓴 아녀자들.

쏟아지는 빗소리.

아내, 아녀자들 눈치에 서둘러 쟁반과 물그릇 챙겨 돌아선다.

아내를 막아서는 아녀자1.

아내, 방향 바꾸는데, 이 역시 막아서는 아녀자2.

재차 방향을 바꾸다 배를 마치 칼에 찔린 듯 산통 느끼는 아내,

쟁반과 물그릇 떨어뜨리며 배를 움켜쥔다.

소리 없이 웃는 아녀자들.

산통에 고통스러워하며 아녀자들을 올려다보는 아내.

더욱 거세지는 산통.

이를 보고 웃는 얼굴로 수군거리는 아녀자들.

또 다시 하늘을 가르는 번개, 이윽고 천둥소리.

아내, 다리를 벌린 채 누워 비명 내지르고,

아녀자들, 더욱 거칠게 웃으며 손가락질 한다.

아녀자1 첫째는.

아녀자2 태어나자마자.

아녀자1,2,3 죽었대.

아녀자2　둘째는.

아녀자3　뱃속에서.

아녀자1,2,3　죽었대.

아녀자3　내 아들도.

아녀자2　우리 남편, 우리 아들!

아녀자1　사내 하나 남은 이 마을에.

아녀자1,2,3　저년 혼자!

아녀자1,2,3　남편에, 핏덩이까지!

　　　아녀자들, 큰소리로 웃는다.

　　　그 소리 지우듯 찢어지는 아내 비명.

　　　지게 짊어진 남편, 지팡이로 아녀자들 물리치며 뛰어 들어온다.

　　　놀란 아녀자들, 두어 걸음 뒤로 피한다.

　　　천둥소리.

　　　남편, 지게와 지팡이 내려놓고 아내 이마의 땀을 닦아준다.

　　　아내, 마지막 비명, 그 앞에 무릎 꿇고 앉아 아기를 받는 남편.

　　　번개!

　　　쿵! 소리와 함께 부러지는 장승.

　　　아녀자들, 놀란 듯 장승을 쳐다본다.

　　　아내와 남편도 부러진 장승을 쳐다본다.

　　　잠시 후 들리는 아이 우렁찬 울음.

　　　남편, 아기를 받아 기색을 살피며 아내 품에 안겨준다.

　　　웃는 아녀자들.

아녀자1　하늘도!

아녀자2　그래, 하늘도!

남편   그만! 물러가! 요망한 것들! 어서!

아녀자들, 조소 띈 얼굴로 뒷걸음질 쳐 사라진다.
아내, 아기를 안아 어르고 남편, 웃옷을 벗어 비를 가려준다.
천천히 개이는 하늘.
아기를 보며 웃는, 순박한 아내와 남편.
새소리, 아름다운 꽃들.
그 사이로 아내와 남편, 퇴장하면,
부러진 장승 옆에 나타나는 노파.

노파   거짓이 강이 되어 흐르면 진실은 눈이 멀지니!

부러진 장승이 툭 떨어진다.
암전.

3장

산 속.
땀에 흠뻑 젖어 나무를 패는 남편.
한쪽에 그림자처럼 나타나는 아녀자1.

아녀자1 사실은.

남편, 못들은 척 나무를 팬다.
다른 한쪽에 모습을 드러내는 아녀자2.

아녀자2 들어봐. 사실은.

남편, 아녀자2를 쏘아보고 이내 외면, 다시 나무를 팬다.
또 다른 한쪽에 아녀자3.

아녀자3 정말 몰랐어?
아녀자1,2,3 사실은! 사실은! 사실은!

남편, 도끼를 나무에 찍어놓고, 돌아서며 외친다.

남편 닥쳐! 이 요망한 것들! 그 입, 다물어!

순식간에 모습을 감추는 아녀자들.

이윽고 한쪽에 모여 느리게 얼굴만 일렬로 재차 드러낸다.

아녀자1,2,3 우린!
아녀자1 니 편이야!
아녀자2 널 위해서!
아녀자3 몰랐어?
아녀자1,2,3 그러니까 사실은….

남편, 아녀자들 얘기에 귀 기울인다.

남편 아니야!
아녀자1 아니긴!
남편 절대! 결코!
아녀자3 과연?
남편 그럴 리 없어!
아녀자2 니 편이야, 우린!
아녀자1,2,3 그러니까 사실은!

남편, 어느새 붉어진 얼굴로 노기를 띠고 있다.
그 주변에 몰려 속삭이며 킬킬거리는 아녀자들.
남편, 그 소리 들으며 참다 참다 소리 지른다.
그 소리에 놀란 아녀자들, 움츠러든다.
남편, 잰걸음으로 퇴장.
뜻대로 된 듯 미소 짓는 아녀자들.

4장

아내, 보에 싼 아기를 하늘 높이 치켜들고 좋아한다.
들어서는 남편, 거칠게 숨을 내쉰다.

아내   (반갑게) 벌써?

남편, 아내를 외면한다.
이상한 낌새를 느낀 아내, 다시 웃으며 남편한테 다가선다.
아기를 남편한테 보여주며,

아내   당신 말이 맞았나 봐!
남편   무슨 말?
아내   그 꿈.
남편   불길한?

아내, 애써 웃으며 아기를 남편한테 건네려 한다.
남편, 외면한다.

아내   무슨 일 있어?
남편   무슨 일?
아내   없어?
남편   그러니까.
아내   뭐가?

남편 무슨 일 없었냐고?

아내, 남편의 노기 띤 표정에 뒷걸음질 친다.

남편 말해!
아내 도대체 뭘?
남편 말해! 말, 말해!

남편, 아내 품에서 아기를 뺏아 던질 듯 치켜든다.
아내, 비명 지르며 남편 손에서 아기를 뺏는다.
남편, 아내를 노려보다 밖으로 뛰쳐나간다.

아기와 아내뿐인 집, 그 주변에 얼굴을 드러내는 아녀자들, 킬킬거린다.
조명 바뀌고,
무대에 세워지는 대문.
아내와 아기를 중앙에 두고, 주변을 에워싸는 아녀자들, 대문에 붉은 글씨가 적힌 한지를 척척 붙인다.

아녀자1,2,3 사실이지?
아내 무슨 얘기에요?
아녀자1,2,3 소문! 소문이 사실이지?
아내 무슨 소문?

아녀자들 웃는 소리에 아내, 고통스러워한다.
경기를 일으키듯 우는 아기 울음.

아내, 다급하게 아기 이마를 짚는다.

아녀자1 불덩이네!
아녀자2 애가, 애가 (킬킬 웃는)
아녀자3 불덩이야!

아내, 아기를 달래며 어쩔 줄 몰라 하다, 퇴장한다.

5장

무대 뒤쪽으로 마치 산길을 뛰어가는 듯, 아기를 안은 아내 모습의
종이인형, 실루엣 산등성을 넘어간다. 가다가 넘어지고, 다시 일어
나 힘겹게 가는데,
그 앞쪽 무대에 술병을 들고 비틀거리며 들어서는 남편.
등 뒤로 3개의 문짝이 일어서고,
그 문 뒤에서 아녀자들, 모습을 드러낸다.

아녀자1 괜찮아.
아녀자2 괜찮아.
아녀자3 우리가 있잖아.
남편   난!

아녀자들, 문에 붉은 글씨 적은 한지를 척척 붙인다.

남편   오랫동안 난!
아녀자1,2,3 괜찮아.
남편   내 꿈은!
아녀자1   다시.
아녀자2   다시.
아녀자3   시작해, 다시.
아녀자1,2,3 그러면 돼.

남편, 술을 마시며 괴로워한다.
붉은 글씨가 덕지덕지 붙은 문을 한쪽에 포개 세우는 아녀자들.
남편, 퇴장하고, 그와 동시에 들어서는 아내.

아내   우리 애가 아파요! 누가 좀 도와주세요! 우리 애가! 의원님!
의원님!

의원, 포개 놓은 문 뒤에서 등장.
아내, 품에서 쟁반과 물그릇, 그리고 머리에 비녀를 꺼내 놓는다.

아내   의원님 제발.

의원, 아내가 꺼내놓은 물건을 보고 코웃음 치며 돌아선다.
아내, 망설이다 손가락에서 가락지를 빼 내놓고,

아내   우선 이거라도. 의원님 제발.

흘끔 보고 외면하는 의원.
그의 바짓가랑이를 잡는 아내.
아기 울음소리 더욱 커진다.

아내   제발, 제발, 의원님, 제발!

의원, 음흉한 표정으로 허리 숙여 아내 치마를 들치다 재빠르게 놓
고 돌아선다.
이에 의원의 의중을 알아차린 아내.

더욱 거세게 경기를 일으키며 우는 아기.

의원, 슬며시 아내를 내려다보고, 포개진 문 뒤로 들어가며 손짓으로 아내를 유인한다.

아내, 우는 아기를 달래며 망설인다.

갑자기 숨넘어가는, 위태로운 아기 울음.

아내, 포개진 문 뒤로 들어간다.

무대 뒤쪽에 술병 들고 거칠게 숨을 쉬며 노려보는 남편.

양 옆, 낮게 머리통을 치켜들고 함께 보는 아녀자들.

아녀자1,2,3　저 봐! 맞지?

남편, 술병을 들이붓는다.

아녀자1,2,3　사내면! 사내라면!

아녀자1, 남편 손에서 술병을 부드럽게 뺏고, 아녀자2, 남편 그 손에 칼을 쥐어준다.

남편과 아녀자들, 어둠 속으로 사라진다.

6장

곧 이어 포개진 거칠게 쓰러지며, 그 뒤에서 앉은 자세로 다급히
물러나는 의원.
그 앞에 분노 가득한, 칼 쥔 남편.
아기 울음소리.
아내 쫓아와 남편을 말린다.
모습은 드러내지 않고 소리만 들리는 아녀자들.

아녀자1,2,3 강이 흘러 굽이굽이!
거짓에 강이 굽이굽이!
눈이 먼 진실!

겁에 질린 의원,

의원 오해야! 맥을 짚은 것일 뿐, 오해야!
아녀자1,2,3 피 냄새, 피 냄새!

남편, 칼을 치켜들어 의원을 향해 내리친다.
칼이 지나간 의원 어깨에 붉은 천이 떨어진다.

의원 오해야! 곡해야! 지금 치료 않으면 한쪽 눈이 멀어!

남편을 막아서는 아내.

아내   여보! 애가 죽어가! 여보!

남편, 아내를 향해 칼을 휘두른다.
칼이 지나간 아내의 팔뚝에 붉은 천이 떨어진다.

아내   애부터 살려야지! 애부터!
의원   난 아무 잘못 없어! 난 의원이야!

남편, 의원 복부에 칼을 찌른다.
의원 복부에서 쏟아지는 붉은 천.
남편, 이내 쓰러진 문 뒤, 보에 싸인 아기를 노려본다.

아내   안 돼! 안 돼!

아내, 소리 지르며 남편을 향해 달려든다.
아내의 비명.
이윽고 남편, 배에서 붉은 천을 쏟으며 쓰러진다.

아녀자1,2,3   피 냄새! 온통 진동하는 피 냄새! 피 냄새 나는 진실!

남편과 의원, 쓰러진 그 앞에 바들바들 떨며 붉은 천을 쥔 아내,
눈물로 범벅이 된 모습으로 돌아서서 객석을 바라본다.

아내   우리 아기, 불쌍한 우리 아기. 한쪽 눈이 결국 멀어버린, 불
쌍한 우리 아기.

아녀자들, 그 뒤로 나타나,

아녀자들 노래.

가야한다 가야한다
울음 울며 태어나
울음 삼켜 가야한다
세상 모든 빗방울
훔치고 닦아 다시 흘러
이번 생에 가진 슬픔
두 눈 가득 쏟아낼 제
울지 않고 가야한다

아녀자들, 노래하며 쓰러진 의원과 남편을 인도하여 퇴장시키고,
홀로 남은 아내한테 다가오는 노파, 아내 머리에 흰머리 쪽진 가발
을 씌워주고,
아녀자1, 지팡이를 쥐어준다.
아녀자2는 아내 다른 손에 붉은 천을 묶어준다.

노파 독창.

가야한다 가야한다
울음 울며 태어나
울음 삼켜 가야한다
세상 모든 빗방울

무대 뒤쪽에 장성한 아들, 한쪽 눈에 검은 천으로 안대를 한 모습
으로 등장.
늙어버린 아내 옆에 다가선다.
엄마를 측은하게 쳐다보는 아들.
엄마 손에 붉은 천을 쥐고 앞으로 나아간다.
아내, 아들에 이끌려 천천히 쫓아간다.
아들, 원을 그리며 무대를 돌아 걸어가고,
그 뒤를 천천히 지팡이로 타박타박 따라가는 아내 아니, 엄마.

훔치고 닦아 다시 흘러
이번 생에 가진 슬픔
두 눈 가득 쏟아낼 제
울지 않고 가야한다

— 막.

작가의 말 | 김현수

작의

나 혼자 비바람이 치는 고립된 섬에 갇혀있다. 출구는 없는데 모든 곳이 입구가 되어 모두 나에게 다가온다. 그들은 내 일부를 죽이길 강요한다. 그런데 모두가 자신의 일부를 죽이고 살고 있다. 그것을 뒤늦게야 깨달은 나는 그 사실을 조금만 더 일찍 알았더라면 다른 선택을 했을까.

주제

현재 우리는 수많은 일상 공개 현실에 노출되어 있다.

타인의 시선, 보이지 않는 강요에 의한 삶. 그 타인들 역시 시선과 강요 속에 놓여있다.

이로 인한 피폐한 결말, 그 농도를 보고 싶다.

테니스 공을 찢어라

김희진 지음

등장인물

재은 : 50세, 산부인과 의사이자 희원의 엄마
수진 : 여고 2학년, 희원이 전학 간 학교의 같은 반 학생
희원 : 여고 2학년, 재은의 딸

무대

텅 빈 무대 기반, 진료실에 있을 듯한 테이블과 의자 몇 개가 놓여있다.
이 진료실 공간은 때로는 시공간을 넘어 제2, 제3의 공간으로 변용된다.

파도 소리

희원 무섭지 않아?

수진 뭐가?

희원 숨만 못 쉬어도 죽는다는 게.

수진 숨을 왜 못 쉬어.

희원 물에선 못 쉬잖아. 내가 물에 빠지면 구하러 올 거야?

수진 아니. (웃는) 장난이야, 당연히 구하러 가지.

희원 바다에 빠지면?

수진 바다는 물 아니냐?

희원 … 절벽이어도?

수진 절벽이어도.

희원 오오, 물살이 짱 빠르고 소용돌이치는데?

수진 아, 구한다고.

희원 아니, 진짜로. 너가 죽을 수 있는데도 구할 거야?

수진 나 수영 겁나 잘해, 괜찮아.

희원 내가 살려고 너를 누르면 어떡해. 너가 죽을 수도 있잖아. 사람들 구하려다가 같이 죽는 경우 못 봤어? 내 근처에 오지도 못하고, 같이 죽을 수도 있어.

수진 다른 구조 요원 없냐, 근데?

희원 응, 없어.

수진 근데 너 물에 왜 빠졌는데?

희원 아니, 구할 거냐고 말거냐고.

수진 구할게.

희원　아니, 구하지 마.

수진　어떻게 하라고.

희원　너 살아야지.

수진　둘 다 살 수도 있잖아, 같이.

희원　아까 못 들었어? 폭풍우에 절벽이고 소용돌이친다고.

수진　왜 이렇게 진지해 근데… 내가 너 죽는 거 보고 어떻게 사냐?

희원　둘이 죽으면, 우리 죽는 거 봐주는 사람, 아무도 없어.

조명 변화.
진료실인 듯 재은, 수진의 대화가 펼쳐진다.

재은　들어오세요.

수진, 들어와 의자에 앉는다.

재은　배가 언제부터 어떻게 아프셨어요?

재은, 대답 없는 수진을 바라본다.

수진　애 지우려고.

재은　인공 임신 중절 수술. 불법인거 아시죠? 임산부의 선택이라는 사익보다, 태아의 생명권, 공익이 더 중요해요. 헌법에 명시되어있듯 생명권은 인간의 존엄과 관련한 것이고, 가능성을 지닌 생명체는 마땅히 보호받아야 합니다.

수진　선생님, 저는.

재은　꼭 해야 하는 거 알아요. 다 그렇게 이야기해요. 저는 양심을 가진 시민이고 엄숙한 의료행위를 하는 의사에요. 그런 수술, 진행 안합니다. '나는 생명이 수태된 때로부터 지상의 것으로 소중히 여긴다.' 그게 의사에요.

수진   … 박수치면 돼요?

재은, 수진을 의아하게 쳐다본다.

수진   딸이 저 같은 상황이어도 그렇게 말할 수 있어요? 딸한테도 생명 어쩌고 하면서 낳으라고 할 수 있냐고요?

재은, 차트를 밀어놓고 컴퓨터 화면을 바라본다.
수진, 재은에게 다가가 재은의 한 쪽 신발 끈을 푼다.
재은, 수진을 본다.

수진   안 하면, 그냥 안 한다고 하면 되지. 생명이 수태된 때로부터 지상의… 그거 누가 얘기한 거예요? 옛날 사람이 말한 거죠?

수진 퇴장.
조명 변화.
재은과 수진 장면에서 재은과 희원으로 전환된다.
희원, 재은의 자리에 앉아 테니스공을 팅기고 있다. 책상 위 물건들이 헝클어져 있다.
재은, 들어온다.
외투를 벗어 옷걸이에 걸고 가운을 입는다.

희원   어, 왔어?

재은   밥은?

희원   엄마랑 먹으려고 왔는데.

재은   전화하지.

희원   서프라이즈 하려고 했지.

재은, 희원 쪽으로 다가간다.

희원, 테니스공을 책상에 놓는다.

재은 앉을 자리를 마련해주듯 다리를 벌린다. 고갯짓으로 자신의 앞을 가리킨다. 앞으로 다가온 재은의 허리를 잡고 자신 앞에 앉힌다. 끌어안는다.

재은, 희원이 앉은 의자에 앉아 헝클어진 물건들을 정리한다.

희원, 재은의 등에 뺨을 기대고 들숨과 날숨, 동작에 따른 움직임을 느낀다.

재은   집에 불고기 해놨어. 집 가서 밥 먹어, 사먹지 말고.

희원   여긴 사먹을 데도 없어… 우리 김치 다 먹었나?

재은   아직 있을 걸?

희원   김치가 점점 말라, 맨날 국물만 비벼먹어서.

재은   너가 나 따라 해서 그래.

희원   엄마가 날 따라한 거지.

재은   내가 너보다 살아도 20년은 더 살았거든?

희원   … 다음에 태어나면, 엄마가 앉아있는 의자로 태어날래.

재은   왜?

희원   엄마 계속 안아주려고.

재은   … 집 가서 밥 먹어 얼른.

희원   엄마는 내 거니까. 계속 붙어있어야지.

재은, 정리하던 것을 멈춘다.

희원, 재은의 머리카락을 만진다. 재은의 손을 잡는다. 손을 자신 쪽으로 끌어당기며 고개를 내민다.

희원 어? 엄마, 칼로 또 손 이렇게 했지?

재은 이거? 아니야.

재은, 손을 가운 주머니에 넣는다.

희원 재은 씨, 다 티 나요. 요즘 왜 그래, 다시?

재은 아니라니까… 학교는 어때? 너 서울말 쓴다고 애들이 괴롭히거나.

희원 안 그래, 괜찮아.

재은 엄마가 미안해. 너가 이런 데까지,

희원 엄마 잘못 아니야.

재은 이명은?

희원 괜찮아.

재은 운동도 규칙적으로 하라고 말씀하시던데… 너 테니스 잘했잖아,

희원 그거 하면 다른 생각은 안 드니까. 나는 그냥, 선생님이 만족할 때까지 한 거야.

재은 여기 할 만한 데 있는지 알아볼게.

희원 못할 것 같아.

재은 왜?

희원 선생님, 없을 거야… 갈게.

희원, 옆으로 고개를 내밀면,
재은 먼저 일어나고 희원도 일어난다.

재은 벌써 가?
희원 이제 2시야.
재은 더 있어도 돼. 어차피 환자도 별로 없을 텐데.
희원 뭘 별로 없어… 갈게요.

희원, 진료실을 나간다.
재은, 희원이 나간 쪽을 바라본다. 테니스공을 튕겨본다. 테니스공
을 쳐다보다 책상 위에 놓는다.
그때, 수진과 희원이 가면을 써서 다른 인물로 분하여 등장한다.

인물1 저거 걸그룹 픽미러브 멤버, 낙태해준 그 의사 아니야?
인물2 맞는 것 같은데? 딸내미 여기 여고 다닌다며.
인물1 맞네. 으으 살인자 극혐, 손을 잘라버려야 돼.
인물2 더 이상 그런 수술 못하게!
인물1 그치, 애비 없이 둘이 산다며?
인물2 그래, 근데 의사가 손까지 없어봐, 대박.

조명 변화와 함께 다시 자신의 의식을 찾은 재은.

재은 들어오세요.

수진, 들어온다.

수진 해주세요. 선생님이 해줬다는 거 알고 왔어요. 기사에 나왔던 거. 정지 먹었던 거 선생님이잖아요.

재은, 한숨 쉰다.

수진 선생님 이 동네 되게 작아요. 여기 사람들이 걸그룹 걔 낙태해준 거 알면, 그 기사 속에 의사가 선생님인 거 알면 어떻게 될 거 같아요?

재은 어떻게 되는데요?

수진 살인자 취급하겠죠. 더 무서운 건 소문이구요. 이런 데 사는 어른들, 모르는 건 많아도 아는 건 확실하게 믿으니까. 선생님, 수술만 해주면 아무 일도 안 생겨요.

재은 나가는 문 저쪽이야, 가서 마음껏 떠들고 다녀.

수진 네?

재은 아는 거 다 얘기하든 말든, 알아서 하시라고.

조명 변화.
두 개의 서로 다른 시공간이 병렬 배치된 듯, 한쪽에서는 재은과 수진, 다른 한쪽에서는 희원과 재은의 대화가 교차되며 이어진다.

희원 진짜야. 화장실에서 수군거리다 날 힐끗거렸어.

재은 누가 들어오니까 그냥 본 거겠지.

희원 아니야, 벌레 보듯이. 안에 들어가서 문을 닫았는데, 걔들이 그때부터 물을 트는 거야. 지네 하는 얘기 나 못 듣게 하려고.

재은 우연히 그런 거야. 엄마 양치할 때 물 틀어놓잖아… 일부러

이사 온 거잖아, 아무도 모르는 데로.

희원 사람들이 어디까지 찾아낼 수 있을까? 다 알아낼까?

재은 희원아, 절대 못 찾아내, 누구도.

조명 변화.

수진 어… 그니까 저도 원래 누구 협박하고 그런 사람 아닌데. 선생님, 애가 얼마나 간절하면 이러겠어요? 너무 덥고, 물만 먹어도 토할 것 같고. 아까부터 계속 배가 아픈 게.

재은 보호자는 알고?

수진 아니요.

재은 주변에 임신 사실을 아는 사람은?

수진 없어요.

재은 오늘 그럼 같이 온 사람도?

수진 없다고요.

재은 지금 몇 주째에요?

수진 8주요. 지금 바로 할 수 있죠?

재은 바로 해달라고 하세요. 요즘 어느 병원에서 한다고 할지는 모르겠지만.

수진 이 동네에 병원이 몇이나 돼요? 터미널 앞에 있는 산부인과 거기 안 가본 거 아니에요.

재은 조금 더 나가서 찾아보면.

수진 거기서 초음파 받았어요. 받자마자 바로 말했어요, 지울 수 없냐고. 근데 남자친구 동의를 받아오래요, 벌레 보듯이 쳐다보면서. 어차피 불법인데 무슨 동의가 필요해요. 그러니까… 해주세요.

재은   나는 안 합니다.

수진   애도 지금 정상은 아닐 거예요. 안 좋다는 건 다했어요. 소용
      없다는데 사후피임약도 먹고. 애가 기형일 거예요, 그러면
      되는 거잖아요?

      수진, 약을 꺼내 물 없이 삼킨다.

수진   진짜 기형 맞아요.
재은   그렇다고 바로 해줄 수 있는 것도 아니에요.

      핸드폰 알람이 울린다.
      희원, 알람이 울리자마자 끄고 약을 꺼내 먹는다. 불안에 떠는
      표정.

희원   엄마 오는데 길에 지렁이가 죽어있었어.
재은   응. 요 며칠 비 왔잖아. 학교는 어땠어, 괜찮았어?
희원   애네들, 왜 여기 죽어있을까?
재은   비 왔으니까, 지렁이가 밖으로 나온,
희원   경고하려는 거야. 너도 이렇게 죽을 수 있다.
재은   그게 무슨 말이야.
희원   어떻게 걸그룹 걔, 수술 해준 거, 엄마가 했다는 거, 엄마 딸
      이 나인 것까지 알아냈을까? 늘 어떻게 그런 게 가능할까 생
      각했어.
재은   희원아, 그 일은,

      재은, 테니스공을 집어 들고 공에 난 선을 손끝으로 따라간다.

전화 음성.

(음성) 신고가 여러 차례 있었습니다. 형식적으로 조사하고 끝냈지만 또 접수되면 그땐 우리도 어쩔 수 없어요. 압수수색입니다. 그게 어떤 건지… 아시죠?

재은 기자들이 본 거야. 걔가, 그 걸그룹 애가 현금 뽑고, 우리 병원으로 오는 걸. 신고해서 이쪽 반응 살핀 거고. 차트들 기록들 모두 파쇄해서 버렸는데 그걸 일일이 다 맞춘 거야, 퍼즐처럼. 쓰레기봉투를 몇날 며칠을 뒤져서.

희원 거기에 내 이름, 진짜 없었던 거 맞아?

재은 그렇다니까! 간호사 언니들도 몰랐잖아. 본 사람, 아는 사람, 오로지 우리 둘뿐이야.

희원 딱 삼일 후였어. 걸그룹 걔 수술하고, 딱 삼일 후에 엄마가 나 수술했다고. 우리 둘이 밤늦게 병원을 나섰던 그 날도 분명 기자들이 어디서 잠복하고 있었을 거야.

재은 희원아, 기억 안나? 기사 터지고 우린, 우리가 할 수 있는 모든 걸 했어. 너가 길 가다가 계란이라도 맞을까봐, 남자처럼 머리 자르고 옷 입고 다녔잖아.

희원 그래도 다 알아봤잖아! 찾아냈잖아!

재은 엄마는 빨대 껍질도 길에 못 버렸어. 꼬투리 하나라도 잡힐까봐. 하라는 대로 다 했어. 반성하라고 하면 반성하고 사죄하라면 사죄하고. 다시는 그러지 않겠다,

희원 내가 한 거까지 찾아내서 엄마를 비난할 거야… 엄마, 미안해. 다 나 때문이야.

재은 희원아, 너만 안전할 수 있다면 엄마는 더한 것도 할 수 있어.

재은, 희원을 끌어안는다.
조명 변화와 함께 객석을 쳐다보고 일갈하는 수진.

수진   그렇게 죽이려고 애쓰다보니까, 이제는 애가 저를 죽이려는 것 같아요. 오늘 계속 배가 아픈 것도. 구역, 구토… 말은 쉽죠. 느끼는 거랑 달라요. 애 때문에, 내가 사라져요. 조금씩 자라나서. 나를 갉아먹는 거예요.

재은   요즘 불법이어서 전화로는 해준다, 안 해준다 이야기 안' 할 겁니다. 일단 초음파 받으러 오라고 하면, 해주는 곳일 수도 있으니까 가보시고. 톡으로 초대해서 병원 연결해준다는 브로커들, 돈 들고 나르니까 속지 마시고.

재은, 차트를 밀어놓고 주변을 정리한다.

수진   선생님 딸한테도 처음에 이랬어요?

재은, 수진을 쳐다본다.
수진은 다음의 대사를 하면서 무대 도구를 움직여 학교 수돗가로 장소를 바꾼다.

수진   선생님 딸 알아요, 그때도 제가 거기 있었어요. 체육 시간이 끝나고, 너무 더워서 손 씻는 데서 물을 마셨어요. 옆에 선생님 딸이 앉아 있길래, 슬쩍 쳐다봤죠. 물을 마셔도 더워서 얼굴을 한참 씻었어요. 근데 옆에 벌레가 기어가고 있길래, 손에 물을 받아서 벌레 쪽으로 이렇게.

수진, 두 손을 모아 물을 보내는 시늉을 한다.

수진 벌레가 물을 피해서 발을 빠르게 움직였는데, 갑자기 그 애가 절 붙잡고 흔드는 거예요.

희원, 자리에서 일어난다.

희원 너 어떻게 알았어? 어디서, 너, 어디서 알았어?

수진 (재은한테) 걔가 엄지로 눌렀던 쇄골과 어깨뼈 사이. 저는 그 눈빛에, 아니 힘에 눌려서 얼떨결에 말했어요.

수진 (희원한테) 인터넷, 인터넷에서 봤어.

수진 (재은한테) 선생님에 대해서 알고 있었어요. 기사에 나온 의사라는 거. 딸이 고등학생인 의사가, 왜 이런 시골로 오겠어요. 이런 데 무슨 교육이 있다고. 저는 닥치는 대로 알아보고 있었으니까, 그래서 걔가 선생님 딸인 것도 안 거죠. 근데 애 표정이… 이상했어요.

희원 누가 그랬는데? 누가 나더러 수술했다고, 그런 애라고 그랬는데? 누가?

수진 뭔 소리야?

희원 대충 눈치챘는데, 내 입으로 정확히 듣고 싶어? 그래?

수진 뭐래, 너네 엄마가 그 유명한.

희원 알아냈구나, 결국.

희원, 자리에 주저앉는다.

수진 그리고는 쓰러졌어요. 학교 애들은 '서울에서 온 애들은 잘 쓰러지나 보다. 나도 한번 쓰러져보고 싶다.' 그랬거든요. … 처음엔 몰랐어요. 신상 털린 게 힘들긴 한가 보다 했죠. … 근데 실랑이 하느라 물이 계속 틀어져 있었거든요. 잠그려고 보니까, 아까 그 벌레가 못 도망가고 물에 둥둥 떠 있더라구요. 그때 알았어요. 선생님이 딸도, 수술해줬다는 거.

과거의 희원과 재은.

희원   엄마, 인터넷에서 봤대.

재은   뭐를 봐?

희원   내가 낙태했다는 거.

재은   희원아, 아니야.

희원   이제 어떡하지?

재은   누가 뭐라고 했는데? 엄마한테 천천히 말해봐.

희원   내가 물어봤거든. 어떻게 알았냐?

재은   근데 걔가 봤대?

희원   응, 엄마가 해줬다고. 알아낸 거야, 그 사람들. 다 찾아낸 거야. '딸을 어떻게 키웠으면' 에서 시작해서, 또 무슨 말을 할까? '엄마가 생명을 얼마나 쉽게 생각하면 애까지 그러냐고'

재은   희원아, 제발!

희원   엄마가 다시 그런 얘기를 듣는다고 생각하면, 나는,

재은   너만 괜찮으면 아무 것도 아니야.

희원   매일 상상했어. 엄마가 사라지는 걸.

재은   그게 무슨 소리야.

희원   언제까지 버틸 수 있을지 모르잖아. 엄마도 사람인데….

재은 엄마는 너 보호자야.

희원 엄마가 내 보호자, 맞지… 내가 엄마의 보호자고.

희원의 희미한 미소에서 암전.
다시 밝아지면 희원이 있던 자리에 서 있는 수진.

수진 다 비밀로 할게요. 그러니까 수술, 해주세요.

재은, 차트를 본다.

재은 수진 씨. 수술이라는 거, 쉬운 일 아니에요… 몇 주라고 했죠?

수진 8주요.

재은 8주면 팔, 다리, 심장까지 생겼어요. 비슷한 처지에 사람들 많이 봤어요. 수술하고 나중에 찾아와 행패 부리는 사람도 있어요.

수진 안 해주면, 인터넷에 올릴 거예요.

수진, 핸드폰을 꺼낸다. 부들부들 떨며 타이핑을 하려다 멈춘다.

재은 이런다고 당신이 얻는 거, 아무것도 없어.

수진 대신 그쪽이 뭔가를 잃겠지.

재은 차분히 생각해봐.

수진 수십 번 이미 하고 또 했어.

재은 두 번의 기회란 건 없으니까.

수진 생각하는 시간만큼, 딱 그만큼 내일 더 힘들어.

재은   죄책감이 들 수도 있어.

수진   나 하나가 느끼는 죄책감. 그걸로 모두가 편하잖아.

재은   아이를 지우는 고통이 낳는 고통보다 더 커, 몸도 마음도.

수진   (격렬하게) 왜 생리를 안 하지, 왜 이렇게 더울까? 아니겠지, 아닐 거야. 임신 초기 증상 찾아보면 시발 다 내 이야기야. 그래도 생리하기 전이, 임신 초기랑 비슷하다니까, 그래, 곧 하려고 그러나보다, 미루고 미뤘는데. 견디다 못해 목도리로 얼굴 싸매고 약국 갔고, 내 눈으로 임신테스트기 확인했어. (운다) 끝인 줄 알았는데 시작이었어. 병원 찾아다니고, 내가 얼마나 비참한지 설명하고. '내가 이렇게 불쌍해요.' 하고 그 사람 선의를 기다리는 일…. 이제 선생님 차례예요. 말해 봐요, 왜 못해주는지.

재은   엄마가 된 걸 후회하는 사람은 단 한 명도 없으니까.

수진   태어난 아기가 후회할 거야. 지금도 자라는 뱃속에 애가!

재은   본인 결정보다 태아 생명이 더 중요하다잖아.

수진   생명 소중하죠. 저는 생명 아니에요? 의사면 나 같은 사람, 이상한 데서 수술 받다 감염되고, 죽게 내버려두면 안 되잖아. 사람 살리는 게 의사 맞죠? 그 신성하다는 의료행위가, 아프지 않게 해주는 거, 그거 맞잖아.

재은   의사도 직업이야.

수진   그럼 왜 선생님 대접 받아요? 선생님 대접해주는 데는 다 이유가 있는 거잖아. 저, 대접해주고 그런 거 나쁘게 생각 안 해요. 시골에서 대충 살려면 왜 여기까지 와서 이러겠어요. 나갈 거예요. '선생님들' 안으로 들어갈 거라고!

재은   협회 차원에서 '낙태수술 전면거부' 이렇게 강하게 나서지 않았으면, 나도 일 못했어.

수진	적어도 협회에서는 선생님 내치지 않은 거잖아요.
재은	피해받기 싫거든, 자기들 보호받으려고 그러는 거지.
수진	협회라는 게 그런 데니까. 여기도 협회 많아요, 수협부터 시작해서… 근데 여긴 아니에요. 제일 먼저인 게 질서에요.
재은	어디든 질서는 있어.
수진	그 질서가 나를 보호해주려고 있는 게 아니라고. 지금 어긋나면 안돼요. 그나마 조합장 아들 공부도 도와주고 하니까, 제가 학교장 추천 남은 한 자리도 받는 거예요. 지금 틀어지면, 계속 이 안에서 살아야 돼요. 저는 나가야 돼요! 아무도 건들 수 없는 전문직, 그거 되는 게 꿈이에요.
재은	아까 애가 너를 죽이는 것 같다고 했지? 8주면 심장 박동도 들리니까, 직접 들으면 생각이 달라질지도 몰라.
수진	내가 이 애 지켜주면, 그럼 나는 누가 보호해주는 데요? 선생님이 선생님 딸 보호해줬듯이 누군가는 나 보호해줘야 하잖아!

재은, 대답을 못한다.
희원, 진료실 안으로 들어온다.
재은, 일어나 희원에게 걸어간다.
테니스공 바닥으로 떨어진다.

재은	희원아.

희원의 두 손을 붙잡는다. 수포가 가득 한 것을 발견한다.
이후의 장면, 희원, 재은, 수진은 시공간 초월하여 주고받는 대화가
교차된다.

재은   너 손이 왜 이래?

수진   내가 이러는 거 아무도 몰라요.

희원   비가 와서 그런가봐.

재은   몸도 이래? 몸에도 났어?

희원   비가 와서 이렇게 됐나봐.

재은   병원 가야 되는데. 약 있을 거야.

재은, 서랍 쪽으로 향한다.

수진   국가고 뭐고, 애 난다고 하면 옆에 있어줄 거 같아요? 도와
       주지 못할 거면 방해하지나 말지.

희원, 자신의 두 손바닥을 들여다본다.
뭔가를 알아챈 것처럼, 책상 위 메스를 집는다.

수진   그러니까 내가 해결하겠다잖아.

메스를 이용해 수포 하나하나를 파내듯이 도려낸다. 손이 점점 붉
게 변한다.
재은, 약을 꺼내 희원이 있는 쪽을 돌아본다. 희원을 발견하고 달
려온다. 희원의 손에서 메스를 빼앗아 던진다. 희원의 두 손을 붙
잡고 얼굴을 쳐다본다.
희원, 손이 붙잡힌 채로도 수포를 뜯어내려 한다.

재은   왜 그래 도대체.

희원   살려고… 살려고.

수진	저는 최선을 다했거든요. 이게 시발 책임이 아니면 뭐에요?

재은, 희원의 뺨을 붙든다.
희원, 계속 손톱으로 수포를 뜯어낸다.

재은	엄마 보라고.
희원	다 뜯어내면 괜찮을 거야.
수진	내가 어떻게든 해보려고 하잖아요, 지금.

재은, 희원의 어깨를 붙잡고 흔든다.

재은	희원아, 엄마 여기 있잖아. 엄마 봐봐.
수진	얼마나 힘든지 알죠? 제가 왜 이러는지 알잖아요.
희원	다 됐어, 거의 다 됐어.
수진	그냥 나가서, 살고 싶다잖아.
재은	희원아 제발….

재은, 희원을 안음으로써 팔을 결박시킨다. 재은의 몸이 떨린다.

재은	다시 시작하자. 그러면 돼!
수진	어지간하면, 계속 있으려고 했겠죠, 나도. 여기 조합장 이름 한번은 들어봤죠? 그 사람 오고 나서 여기가 많이 나아졌거든요. 중국어선들 넘어오는 것도 막고, 어디서 지원금을 받아와서는 불법으로 설치해놓은 어망, 어구들도 싹 정리했어요. 여기서 그 사람은 성자예요, 고기도 잘 베풀고, 높은데다 이야기도 잘하고. 노친네가 끗발도 좋아. 여기 그 사람 도움

한번 안 받은 사람, 없어요. 나한테도 형편도 어려운데 기특하다면서 공부도 계속하게 해주고.

재은 엄마는 널 지킨다고 동네에서 가장 충실한 개가 되었어. 짖으라면 짖고, 구르라면 구르고⋯ 근데, 아무것도 달라진 게 없어. 엄마라는 사람이 딸을 지켜주지도 못하는 거야.

수진 이제는 그 사람이 뭘 해야겠다고 하면 다들 알아서 나서요. '살기 좋은 마을' 그게 되면 어디에 보탬이 되는지 몰라도 일단 하는 거야. 되면 플래카드 걸고, 마을 잔치도 하고. 그러면서 '우리가 한 마을 사람이다' 다시 느끼고.

재은, 팔을 푸르고 바닥에 앉는다.

희원 근육 모양대로 살이 갈라져있는 선생님의 팔, 다리⋯ 그 단단한 몸은 늘 나보다 높이 있었어. 나만 받아칠 수 있으면 테니스는 계속되는 거야. 키를 넘기는 로브든, 달려 나가야하는 드롭샷이든, 그 공을 받고 싶었어, 계속 반복하는 거야. 선생님이 '나쁘지 않네' 하는 마음이 들 때까지. 그게 언제인진 몰라. 굳은살이 배기고 물집이 터지고 피가 나면, 그때야 안정감이 들었어.

수진 밖에서 보면 이상해보일지 몰라도, 안에서는 당연해요. 여기 있으면 따라야 해요. 조합장이 원하는 대로. 근데 내가 이러는 게 알려지면, 무너지거든, 질서.

희원 아이싱을 해주거나 붕대를 감아주는 게 마지막이었고, 테이핑을 해주는 게 시작이었어. 전완근을 따라 팔목부터 팔꿈치까지 두 개, 팔꿈치부터 어깨까지 하나. 쇄골부터 날개 뼈까지 하나. 스트레칭으로 따뜻해진 숨을 내쉬면서 나는 기

다리는 거야. 가만히, 테이핑이 끝날 때까지. 이걸 끝내는 것
도 선생님이고 시작하는 것도 선생님이니까. 계속해서 리
드, 상대의 마음을 읽는 거야. 그래야 그 다음도 알 수 있
고… 공도 계속 튕겨 보낼 수 있으니까.

재은 엄마고 의사고, 아무것도 못하면서 고통 받는 사람들, 불안
하다 못해 쓰러지고 무너지는 거 방관한 거야.

수진 그 조합장 아들이 마을을 이끌어갈 차세대 지도자래요. 리더
죠, 리더. 아빠 따라서 잘도 웃고 다녀요, 여기저기 인사도
잘하고. 저는 이러고 있는데, 아무 일도 없는 것처럼….

희원 근데 없잖아. 나를 움직이던 사람. 무서웠어, 신이 나를 벌
하려나 보다. 엄마가 손가락질 받게 하는 것도 다, '차라리
내가 대신 받고 싶다' 라고 생각할 걸 아는 거야. 이젠 대놓
고 보여주는 거야. 엄마도 곧 없어질 거라고….

수진 선생님이랑 희원이, 여기서 계속 살 거 아니잖아요. 나도 이
게 여기 뜨기 전 마지막 시련이다, 그렇게 생각했어요. 그래
도 희망이란 게 있는지, 선생님이 여기로 왔잖아요.

재은, 바닥에 떨어져있던 테니스공을 들고 만지작거린다.
손에서 놓친다.

수진 지금 선생님이 안 되면, 나는 안 되는 거예요. 조합장은 아들
내미 위해서라면 뭐든 할 사람이니까. 마주칠 때마다 여기저
기 터치하면서 '늘 지켜보고 있다' 이야기 할 거고. 내가 피
하면, 주변에서 알아서 수군거리겠죠. '쟤는 도움 받을 땐
언제고 요즘 인사도 안 하더라' 그럴 때 '허허, 어리니까 그
럴 수 있죠.' 사람 좋은 척하다가 슬쩍 말을 흘리는 거예요.

'고기 박스가 빈다. 수진이가 바깥사람들 만나는 것 같더라'
그러면 여기가, 내 유배지에요.

재은, 수진을 본다.

재은 수진 씨, 나 같은 전문직 되는 게 꿈이라고 했죠? 진짜 내가
되고 싶어요? 내가 그 조합장이랑 다른 게 뭔데요?

수진, 온몸을 긁는다.

수진 피부 밑에 벌레가 사는 것 같아요. 갑자기 온몸이 가렵고, 뜨
겁고 그래요. 하루는 참다가 찬 물에 몸을 담궜는데 바로 토
했어요. 구토처럼… 벌레가 볼록, 하고 살 위로 튀어나올 거
예요. 아주 얇고 기다랗게. 그럼 천천히 끄집어낼 거예요. 중
간에 끊어지면 안 되니까.

재은 똑같아, 보고만 있는 거, 못 본 척하는 것도 다 똑같은 거라
고.

재은, 중얼거린다.

재은 나는 수술, 할 수 있으니까… 해주면 되는 거야. 내가 한다,
한다고.

재은, 일어나 책상 위 메스를 든다.
수진, 일어나 재은의 메스를 가로채고 테니스공을 집어 든다. 테니
스공을 가른다.

갈라진 반쪽이 바닥으로 떨어진다.

피가 나지만 멈추지 않고 손에 남은 반쪽의 테니스공을 계속 잘라 낸다.

테니스공 조각이 바닥에 하나 둘 떨어진다.

손에서 피가 떨어진다. (손끝에 붉은 천을 늘어뜨려도 좋다)

빗방울 떨어지는 소리.

수진, 신음 소리를 내며 메스와 테니스공을 놓치고 주저앉는다.

앉아있는 바닥을 내려다본다.

수진   선생님… 선생님! 저 피가….

재은, 수진에게 다가간다.

비 내리는 소리.

점점 커진다.

재은, 수진의 소매를 걷는다. 팔을 소독한 후 주사바늘을 꽂는다.

재은   진통제예요. 지금 환자분은 자연 유산의 과정을 겪고 있는 거예요. 내 말 무슨 말인지 알죠?

조명 변화, 진료실에 재은과 수진.

재은   안에 내용물도 다 긁어냈으니까 출혈이나 염증, 그런 거 걱정 안 해도 돼요.

재은, 자신의 손을 만지작거린다.

재은   수진아, 여기서 나가고 싶다고 그랬지? 내가 데리고 나가줄
       게….

       수진, 재은을 쳐다본다.

수진   선생님이 딸 수술해준 거, 비밀로 할게요.

       재은, 수진을 쳐다본다.

재은   그런 거 말고 그냥… 희원이 옆에 있어줘.
수진   ….

       수진, 일어나서 바닥에 떨어져 있던 테니스공 반쪽과 메스를 집어
       든다.
       무대를 가로질러 희원에게 다가간다.
       희원에게 메스와 테니스공 반쪽을 건넨다.
       희원, 쥐어준 메스를 보다 손에서 떨어트린다.
       테니스공을 (잘린 단면을 손바닥에 쥐고, 둥근 부분이 바닥을 향하
       게 하여) 튕겨보려 한다.
       테니스공은 몇 번 튕기지만 금세 잘린 단면이 바닥에 달라붙는다.
       희원, 바닥에 있는 테니스공을 한참 바라본다.
       재은, 바닥에 있는 테니스공 반쪽과 메스를 집어 든다. 테니스공을
       가른다.

       조명변화, 바닷가에서 수진과 희원의 대화 펼쳐진다.
       파도가 밀려오고 부서지는 소리.

무대 끝, 나란히 앉아있는 희원과 수진, 관객 쪽을 보고 있다.

희원   계속 볼 거야?
수진   저거 뭐라고 하지? 마지막에 생기는 거품.
희원   포말?
수진   응, 포말. 파도가 저렇게 무섭게 오는데… 끝은 다 거품이야.
희원   결국 사라지니까.
수진   어쩌면, 파도는 포말이 되려고 오는 거야. 뭘 때리고 부수
      고 무너뜨리려는 게 아니라.
희원   왜 포말이 되는 건데?
수진   … 끝에서 반짝거리고 싶어서?
희원   그럼 클수록 반짝거리고 싶은 거야?
수진   몰라. 근데, 그냥 포말을 보고 있으면 되지 않을까? 파도가
      덮칠 것만 생각하면, 보기도 전에 살이 베일 것만 같잖아.
희원   바람만 불어도 그래.
수진   그니까. 포말을 생각하면 돼…. 끝에서 반짝이는 순간. 근데
      밤에는 어떡하지?
희원   밤에?
수진   안 보이잖아, 깜깜하면.
희원   … 소리가 들리잖아. 끝에 다다르는 소리. 언제든지 계속 올
      거야, 파도는.

계속되는 파도 소리.

— 막.

낙태는 아직 불법이다. 구체적인 기준이 적용되지 않은 상태이나 국가는 죄로 규정한다. 생명경시풍조로 본다. 여성한테 문란함을 간접적으로 추궁한다. 한때 단체로 불임수술을 받아야 했고, 태아에서부터 남아가 아니라는 이유로 배제되었던 존재가 여성이었음을 언급하지 않더라도, 성관계부터 피임, 임신, 출산까지 국가의 개입이 없지 않다는 것이다. 이는 국가 근간에 가부장 이데올로기를 일면 강제한다는 증거다.

가부장 이데올로기는 여성에게 '주체'의 자리를 허용하지 않는다. 자기 결정권은 없다. 이데올로기 안에서, 가임기 여성은 인구분포에 따라 뽑아지는 수치일 뿐이다. 누구에 대한 통제이며 강요인가?

세 명의 등장인물이 있다. 엄마이자 산부인과 의사인 재은과 여고생 딸 희원, 그리고 희원과 같은 반인 수진.

의사 재은은 아이돌 그룹 중 하나를 낙태수술 해주었다. 같은 시기 딸 희원이의 낙태까지 진행했으나, 아이돌 수술 사실이 알려져 사회적으로 인격살인을 당했다. 이 과정에서 딸 희원은 격렬한 불안에 시달리며 스스로 죄인임을 자처하고, 엄마 재은은 딸과 함께 시골로 거처를 옮겨 재기에 힘쓴다. 과거를 지우고 낙태 반대자라는 가면을 쓰고 아무 일 없는 듯 지내는데, 희원의 학우 수진이 찾아와 낙태를 요구하며 파장이 인다.

재은은 정당한 대가를 치렀다 여기지만, 딸 희원과 같은 경험을 거쳐 정신적 고통에 사로잡혀 있는 수진을 보면서 죄책감을 느낀다. 재은 자신도 가해자임을 깨닫는다. 수진과의 대화에서 재은 자신도 가부장제 이데올로기를 강요하는 사회 권력과 다르지 않은 가해자임을 통감한다.

세 명의 인물은 낙태라는 소재로 마주한다. 그러나 낙태 문제는 사회적 시선이라는 본질로 자리가 바뀐다. 재은과 희원, 수진은 저마다 입장에 서서 마주한다. 강제로 작용하던 사회적 시선으로부터 탈출을 꿈꾼다. 불안은 안정으로, 걱정은 희망으로, 그러나 장담할 수 없는 미래가 그들 앞에 놓인다.

랩 뮤지컬 히폴리토스
on the beat

전순열 지음

강승우, 곽유신, 김율아, 김혜수
박정연, 이가흔, 이민선, 이혜진,
이　호, 장하영, 정재욱, 최이레,
탄 멜리사, 홍사빈 랩 작사

등장인물

폴 : 20대 초반의 남성. 3년 전 어머니를 잃었지만 1년도 채 안 되어 새
　　　엄마 패디를 만난다.

패디 : 30대 초반의 여성. 2년 전 아버지의 사업 파트너 테스만과 원치
　　　않는 정략결혼을 한다.

테스만 : 40대 중반의 남성으로 신흥 호텔재벌. 첫째 부인이 죽자 1년도
　　　안 되어 패디와 재혼한다.

사라 : 30대 중반의 여성으로 패디의 개인 비서이자 오랜 친구. 패디와
　　　자매처럼 지낸다.

알리 : 20대 초반의 여성. 폴과 오랜 친구이자 연인. 폴과 패디 사건으로
　　　혼란스러워 한다.

장루이 : 40대 중반의 남성. 테스만 가(家)의 전담 변호사로 패디의 사건
　　　을 서둘러 끝내려 한다.

이자벨 : 30대 후반의 여성 검사. 이번 패디 사건에 대해 오직 규정과 원
　　　칙에 따라 진행하려 한다.

코러스장 : 극 중 자유롭게 인물과 상황을 넘나들며 관객의 필요를 채워
　　　준다.

코러스들 : 주로 사회 소수자들로 구성. 극 중 상황의 암시나 인물의 정
　　　서 상태를 확장 표현한다.
　　　(드랙퀸, 트렌스젠더, 게이 커플 혹은 극단적 타투이스트 등등)

※ 폴, 패디, 코러스장을 제외한 모든 인물들은 코러스를 겸하는 멀티 역
할을 한다.

때와 장소

현대, 프랑스 파리.

일러두기

− 본 대본은 에우리피데스의 〈히폴리토스〉를 바탕으로 장 라신의 〈페드르〉, 줄스 다신 감독의 영화 〈페드라〉 그리고 유진 오닐의 〈느릅나무 밑의 욕망〉을 참고하여 대사와 인물의 배경, 정서 등을 참고한 각색본입니다.
− 대본 중 랩 가사의 일부는 참여 배우들이 직접 창작하였습니다.

#Prologue

어둠 속에서 전화 신호음이 들린다. 구급대원이 전화를 받으면 폴의 다급한 목소리가 들린다.
자신의 엄마가 손목을 그었으니 빨리 와달라는 폴.
정신없는 응급차의 사이렌소리가 어둠을 채우고 음악과 함께 서서히 무대가 밝아진다.

M1 Opening - Tragic Theme

코러스장
인간들의 고통이여, 가증스런 병이여
우린 대체 뭘 하고, 뭘 하지 말아야 하는가

코러스
인간들의 고통이여, 가증스런 병이여
우린 대체 뭘 하고, 뭘 하지 말아야 하는가

코러스장
인간들의 고통이여, 가증스런 병이여
우린 대체 뭘 하고, 뭘 하지 말아야 하는가

코러스

인간들의 고통이여, 가증스런 병이여
우린 대체 뭘 하고, 뭘 하지 말아야 하는가

코러스장

반짝하고 빛나는 그 무언가에 집착하는
우리
하지만 그건 그저 공허하기만 한 스토리
형체도 없는 무언가에
사로잡혀 정신없어 그런가 해
난 벌써 익숙해져 마치 무덤덤한
사람처럼 희미해져 앞길이 점점

코러스

인간들의 고통이여, 가증스런 병이여
우린 대체 뭘 하고, 뭘 하지 말아야 하는가

코러스장 (코러스)

공허한 이야기 속에 숨겨진 의미들
무엇이 옳고 그른지를 판단할 문제들
어지러운 세상 속 어리석은 사람의
빛나는 이야길 이제 들려주려 해

못 들은 척하소서 못 본 척하소서
하늘 앞에서 부끄러움 한 점도 없기를
그대가 가는 그 길이 맞는 것인지는

운명이란 단어론 형용할 수 없단 걸 알아

그래서 (어려운 거지)
한 치 앞길도 (못 내다보는 현실)
하지만 그냥 가면 돼
마음 가는대로 행동하고 그 대가를
달게만 받아

(쉽지는 않지) 마음대로 (절대 안 되는 현실)
그래도 너도 알잖아
그저 강물처럼 흐르는 대로 살아갈 거란
네 맘을

폴 (코러스)
일어선다 (천천히) 걷는다 (천천히)
바라본다 (천천히)
(어차피 고통은 네가 가진 숙명)

도망간다 (천천히) 마주한다 (천천히)
바라본다 (천천히)
(어차피 고통은 네가 가진 숙명)

무질서한 고통들이 형체로 굳어진 채
내 눈앞에 서 있어 (멈춤)
더러운 죄를 피해 몇 걸음 못 걸어
나를 다시 마주해 (멈춤)

나이기 전에 나 이기적인 나의 날
이게 나의 집 이게 나의 땅
이게 나의 나 이게 나
(어차피 고통은 내가 가진 숙명)

코러스장, 코러스
인간들의 고통이여, 가증스런 병이여
우린 대체 뭘 하고, 뭘 하지 말아야 하는가

폴
무질서한 고통들이 형체로 굳어진 채
내 눈앞에 서 있어

코러스장, 코러스
인간들의 고통이여, 가증스런 병이여
우린 대체 뭘 하고, 뭘 하지 말아야 하는가

폴
더러운 죄를 피해 몇 걸음 못 걸어
나를 다시 마주해

코러스장, 코러스
인간들의 고통이여, 가증스런 병이여
우린 대체 뭘 하고, 뭘 하지 말아야 하는가

폴

나이기 전에 나 이기적인 나의 날

이게 나의 집 이게 나의 땅

이게 나의 나 이게 나

코러스장, 코러스

어차피 고통은 네가 가진 숙명

어차피 고통은 네가 가진 숙명

폴

내 이름은 폴

#1 유치장

조명이 무대를 비추면 마치 악몽에서 깨어난 듯 의자에서 벌떡 일어나는 폴의 모습이 보인다. 변호사 장 루이가 서류 가방을 들고 들어와 불안해 보이는 폴을 바라본다.

루이   폴.

폴   아, 아저씨.

루이   괜찮아?

폴   (잠시) 네, 그냥 뭐.

루이   정말 괜찮은 거야?

폴   저 언제까지 여기 있어야 돼요?

루이   일단 재판까지는 가야 돼.

폴   저 빨리 나가게 해 주세요. 완성해야 될 그림이 있거든요.

루이   폴. 나 너희 집 변호만 벌써 15년째야. 그런데 이번 건 너무 크다. 생각보다 상황이 심각해.

폴   모네 좋아하세요?

루이   뭐?

폴   인상파 화가 끌로드 모네요. 그때 사람들은 그의 그림을 보고 순간적으로 포착한 대충 그린 그림이라고 조롱했거든요. 근데 그거 아세요? (루이에게 가까이 가서) 진짜 아름다움은 순간에 있다는 거.

루이   너 지금 무슨 소리 하는 거야?

폴은 조용히 자리에 앉는다.

루이   폴, 지금 불안하고 힘든 거 알아. 그런데 네가 솔직하게 말해야 내가 도와 줄 수 있어.

폴   절 도와 주시는 거 맞아요? 우리 아버지가 아니라?

루이   뭐?

폴   재판 길어질수록 아버지 호텔사업에 방해만 되니까.

루이   그래, 그것도 내가 할 일이고.

폴   그럼, 아빠를 위한 것도 아니네요. 그냥 아저씨를 위한 거지.

잠시. 루이가 패디의 유서 사본을 들어본다.

루이   네 엄마 편지 사본이야. 자살하기 전에 남긴 거.

폴   ….

루이   폴. 난 널 아주 어렸을 때부터 봐 왔어. 나도 네가 그런 끔찍한 일을 하리라곤 믿고 싶지 않다. 그런데 경찰이 믿는 게 문제지. 그래서 널 기소한 거고.

폴   ….

루이   너, 그날 밤 네 엄마 패디를….

폴   모네는 빛을 다루는데 아주 능숙했어요. 〈해돋이〉라는 작품 아세요? 가벼운 붓 터치로 모든 걸 표현했죠. 항구, 굴뚝, 연기, 그리고 물에 비친 그림자….

루이   폴, 정신 차리고 똑바로 대답해. (잠시) 그날 밤, 패디를 강제로….

M2 패디의 편지

무대 한켠에 테스만이 비춰진다. 그의 손에는 패디의 유서가 들려 있다.

폴   아저씨도 그 편지 내용 믿으시는 거예요? 제가… 제 어머니를요?

루이   가능성은 있지. 패디는… 네 새엄마니까.

테스만
'테스만에게' 정확히 써있는 내 이름
다시는 없을 줄 알았던 피 냄새 나는 비극
천천히 몇 번을 보고 또 봐도 믿고 싶지 않
은 더러운 비밀, 내 아들 폴 그리고 패디

폴   그거 진짜 맞아요?

루이   무슨 소리야?

폴   패디가, 아니 우리 어머니가 그렇게 썼을 리가 없어요.

이 편지가 부르짖는 끔찍한 그날 밤
재앙의 집에서 난 어디로 도망가야하나
더 참을 수도 형언할 수도 없는
고통에 또 고통이 온몸에 쌓여가는구나

루이   편지에 남겨진 지문, 그리고 글씨체 다 패디랑 일치한다.

폴   편지에 있는 내용은 다 가짜예요.

이 편지에서 난 어떤 노랠 들어야 하나

루이   강제적인 성관계가 아니라는 거지?
폴   네.

이 편지에서 난 어떤 노랠 들어야 하나

루이   네 말은 그럼… 일이 있긴 있었다는 거야?
폴   네?
루이   (폴의 어깨를 붙들고) 너… 네 새엄마 패디랑 관계를 한 거야?

테스만, 코러스장, 코러스
이 편지가 부르짖는 끔찍한 그날 밤
재앙의 집에서 난 어디로 도망가야하나
더 참을 수도 형언 할 수도 없는
고통에 또 고통이 온몸에 쌓여가는 구나

루이   어떻게 그런 짓을….
폴   그게 아니에요.
루이   그게 아니면.
폴   그러니까….
루이   폴.
폴   그, 그러니까….
루이   폴!
폴   어머니가 날 사랑했어요!
루이   뭐?

폴   어머니가 날 남자로 사랑했다고요.

루이   (잠시) 너 지금 무슨 소리하는 거야.

폴   패디가, 패디가 날 사랑했다고요.

패디

버티고 넘어지고 버티고 또 넘어져

이성의 길을 벗어나 난 어디로 헤매었었나

밀려오는 파도 같은 내 맘 나 어찌 견딜까

또 버티고 버티고 넘어져 파도에 휩쓸려

사람들이 사랑이라 부르는 건 대체 뭘까

그건 대체 뭘까

사라

그건 가장 달콤하고 가장 쓰라린 것

패디

그럼 내가 맛본 사랑은 쓰라린 사랑

사라

당신이 사랑하는 사람 테스만이 아닌가

사라, 코러스장, 코러스

당신이 사랑하는 사람 테스만이 아닌가

패디   아니, 폴.

테스만　(분노에 소리친다) 폴!

> **테스만, 루이, 사라, 코러스장, 코러스**
> *그대는 들었나 그대는 알아챘나*
> *그녀가 말하는 끔찍한 비극을*
> *그대는 들었나 그대는 알아챘나*
> *그녀가 말하는 끔찍한 비극을*
>
> **코러스장**
> *난 차라리 죽고 싶어 그런 사랑 느끼기 전에*
>
> **테스만, 루이, 사라, 코러스장, 코러스**
> *불행한 여인이여 이 무슨 고통인가*
> *당신은 끝장났어 파멸은 드러났어*

폴　어머니 개인비서 사라가 뭔가 알고 있을 거예요. 두 사람은 자매처럼 가까웠으니까.

루이는 급히 가방을 챙겨 나간다. 폴은 주저 앉는다.

#2 끔찍한 스캔들

거리에서 사람들이 패디의 자살과 관련된 소문을 주고 받는다. (혹은, 마치 인터넷 댓글을 다는 듯 키보드나 스마트폰을 두드린다) 알리는 노래 중 거리를 걸으며 이들의 수군거림을 듣는다.

M3 끔찍한 스캔들

코러스장
테스만, 그는 호텔 사업가
그리고 한 가정의 가장
바닥부터 시작했던 그의 꿈은
부와 명성으로 이뤄내 자수성가

하지만 힘겨운 그의 상황
부와 명성이 전부는 아닌가
그의 두 번째 아내 패디가
스스로 목숨을 끊었네

코러스A 그거 알아? 패디가 테스만의 두 번째 부인이라는 거.
코러스B 첫 번째 부인은 사고로 죽었다던데.
코러스C 재혼을 한 거지.
코러스D 1년도 채 안 돼서.

코러스들 1년도 채 안 돼서?

코러스D 아주 예쁘다던데.

코러스B 역시 돈이 최고라니까.

코러스E 근데 아들이 하나 있다던데?

          폴, 테스만의 하나뿐인 아들
          친엄말 잃은 슬픔에 가득
          패디에 대한 불편함이 있어
          도망치듯이 영국으로 유학을

          하지만 경영학 공분 뒷전
          그는 항상 그림이 그리고 싶어
          결국 테스만의 감시를 피해
          하고 싶은 그림만을 그려

코러스E 그 아들이 지금 잡혔다는 거야.

코러스B 왜? 패디는 자살한 거 아냐?

코러스A 그 자살한 이유가 아들 폴이랑 관련이 있대.

코러스들 설마 둘이?

코러스C 근데 확실한 거 맞아?

코러스A 알게 뭐야?

    다른 공간, 알리가 장 루이에게 전화를 한다.

알리 아빠. 폴이 지금 유치장에 있다고요?

루이 그래. 일이 그렇게 됐다.

알리	무슨 일인데요? 패디 아주머니가 자살한 게 폴이랑 무슨 상관이 있는데요?

알리　무슨 일인데요? 패디 아주머니가 자살한 게 폴이랑 무슨 상관이 있는데요?

루이　나도 아직 정확한 건 몰라. 폴이 알 수 없는 말만 늘어놔서.

알리　여기저기서 이상한 헛소문 도는 건 아시죠?

루이　….

알리　아빠!

루이　네가 폴을 얼마나 사랑하는지 알아. 나도 할 수 있는 건 다 해볼 거다.

　　　다른 공간, 검사 이자벨이 테스만에게 전화를 한다.

이자벨　안녕하세요. 저는 이번 재판에서 폴을 심문하게 될 이자벨 검사입니다.

테스만　아, 네 처음 뵙겠습니다. 근데 제 번호는 어떻게.

이자벨　이번 사건으로 충격이 크신가 봐요. 불필요한 행동까지 하시고.

테스만　네?

이자벨　따로 판사님 만나셨다는 얘기 들었습니다.

테스만　….

이자벨　이번 재판 있는 그대로, 사실 그대로 갈 겁니다 테스만 씨.
　　　(전화를 끊는다)

　　　　　　　코러스장
　　　　　　테스만 왕국의 끔찍한 스캔들
　　　　　　화려한 궁전 안 숨겨진 이야기
　　　　　　패디의 자살 그리고 남겨진 편지

코러스장, 코러스

편지가 가리킨 주인공 폴

그날 밤 그곳에 무슨 일 있었나?

그날 밤 그곳에 무슨 일 있었나?

코러스장

그날 밤 그곳에 무슨 일 있었나?

#3 과거, 폴의 집

패디가 자살한 그 다음날 밤. 아직도 피흘린 패디의 시체가 아직 눈에 선하다.
잠시 뒤, 손에 종이를 쥔 테스만이 들어온다.

폴　　　아버지.

　　　　사이.

폴　　　언제 돌아오셨어요?
테스만　….
폴　　　바로 병원으로 가신다고 들었는데.
테스만　폴.
폴　　　네, 아버지.
테스만　얼굴이 많이 안 좋구나.
폴　　　네, 아무래도.

　　　　사이.

테스만　너는 네 엄마 패디가 왜 자살한 것 같냐.
폴　　　네?
테스만　왜 스스로 손목을 그은 것 같냐고.
폴　　　잘 모르겠어요. 아까 낮에 경찰서에서 진술도 했고요.

테스만   일주일 전 만 해도 패디의 웃음소리가 가득했다 이 집안에.

폴   ….

테스만   몸이 좋지 않다고 했어. 그래서 이번 출장도 나 혼자 간 거고. 이럴 줄 알았으면 그냥 억지로라도 데려갈 걸 그랬다.

폴   아버지 잘못이 아니에요.

테스만   그럼 잘못한 사람이 따로 있다는 얘기냐?

         사이.

테스만   폴.

폴   네.

테스만   어제 일에 대해서… 내가 모르는 거라도….

폴   무슨 말씀이신지.

테스만   너랑 패디만 알고 있는 뭔가가 있었냐 말이다. 어젯밤에.

폴   글쎄요.

         테스만은 폴의 어깨를 잡고 그의 눈을 응시한다. 코러스들이 테스만의 마음을 얘기한다.

코러스들   폴, 난 네가 뭔가 숨기고 있다는 거 알아. 난 널 어릴 때부터 봐왔으니까. 넌 거짓말을 못 하는 아주 순진한 아이니까.

폴   아버지.

         테스만은 이내 폴을 놔주고 주머니에서 패디의 편지 사본을 들어 보인다.

테스만 네 엄마 패디의 옷 속에서 나온 편지다. "사랑하는 남편 테스만에게." 그래 나한테 남긴 편지야. 근데 이상하게도 이 편지를 건네주는 경찰이 잔뜩 긴장을 하더구나. 그때는 왜 그런 표정이었는지 알 수 없었지. 그리고 난 이 편지를 아주 소중히 열어봤다, 아주 소중히. 패디가 나한테 남긴 마지막 편지니까.

M4 테스만의 분노

폴 (불안한 듯) 거기에 어떤….

테스만 이 안에 모든 게 들어 있다. 내가 궁금했던 모든 게. 대체 패디가 왜 그랬는지. 대체 뭐가 괴로워서 그렇게 스스로 손목을 그었는지!

테스만은 폴의 가슴에 편지를 던진다. 무대 한켠 패디가 등장한다.

패디 사랑하는 나의 남편 테스만에게,

> **패디**
> *테스만 미안해 당신에겐 이런 날 용서해*
> *그래 이건 내게 최선의 선택*
> *망가져버린 내 마지막*
> *나 어떻게 설명할 수 있을까*
>
> *감당할 수가 없어 상처만 남은 내 모습*

망가져 무너져 내리는 내 자신
나 더는 볼 수가 없어

절대 씻지 못하겠지 절대 용서 못하겠지
이런 나의 상처, 죄악 끊어 낼 내 최선의
선택
나 이제 죽음으로 덮어

테스만   이 내용이 사실이냐?
폴   아버지…. (편지 내용의 충격에 말을 잇지 못한다)
테스만   네가 네 엄마를 강제로 더럽힌 게 맞아?
폴   아버지, 그게 아니라….

테스만
날 똑바로 보고 말해봐 진실
순진한 척하지 말고 토해내 너의 비밀
떨리는 손과 긴장한 눈빛이 그 편지를
증명해
내가 모를 거라 생각했겠지만 모든 게
분명해
넌 나를 속였네 역겨운 욕정에 미쳐
그녀를 죽였네 아니 우리 모두를 죽였네
나는 너에게 모든 걸 주었네 돈과 집과
모든 성공의 기반
다문 너의 입술을 벌리기 전에 너 똑바로
말해

폴　　　아버지. 이거 뭔가 잘못된 거예요.

테스만　그럼 말 해봐. 패디가 대체 왜 자살을 한 건지!

폴　　　저도 모르겠어요. 정말 모르겠다고요.

테스만　(폴의 멱살을 잡고) 복수하고 싶었냐? 아직도 네 친엄마가 죽은 게 나 때문이라고 생각해? 그래서 이런 끔찍한 짓을 한 거야? 네가 망쳤다. 네 더러운 욕정이 우리 모두를 망친 거야!

폴　　　(뿌리치며) 그럼 절 고발하세요! 저 편지 내용이 사실이길 그렇게 바라시면 절 감옥에 처 넣으시라고요!

사라가 들어온다.

사라　　회장님.

테스만　무슨 일이야?

사라　　경찰에서 연락이 왔습니다.

테스만　왜?

사라　　폴 도련님이요. 편지 내용 때문에 조사를 좀.

테스만　(한숨) 변호사한테 연락해.

사라　　네.

테스만　잠깐만.

사라　　네, 회장님.

테스만　이 편지에 대해 아는 거 있나?

사라　　저는 패디 대표님의 개인 비서로 사적인 생활에 대해서는 아는게 전혀 없습니다.

테스만　이게 사적인 내용인지는 어떻게 알았나?

사라　　(잠시) 제가 모르는 건 다 사적인 거니까요.

테스만   (잠시) 가봐.

사라   네.

사라 나간다. 테스만은 옷을 다시 갖춰 입는다.

테스만   네 여자친구 알리 얼굴은 볼 수 있겠냐.

폴   저 부끄러운 짓 한 적 없어요.

테스만   루이한테는 있는 그대로 말해라. 그래야 뭐든 수습할 수 있
으니까.

폴   아, 이번 계약 때문이에요? 하긴. 이런 패륜적인 스캔들이
알려지면 아버지 호텔사업에 치명적이니까.

M5 갈등

테스만은 폴을 잠시 쳐다보다 나간다. 노래 중 폴은 경찰서로 연행
되어 간다.

코러스장

끔찍한 그날 밤 그녀의 목소리
스스로 손목을 그어 그 피로 남겨둔 목소리
도대체 그날 밤 무슨 일 있었나
그날의 진실은 누구를 향하고 있는가

무대 한켠 각각 다른 공간에 알리와 사라가 보인다.

알리

여기 저기 들려오는 의심의 소리

나의 마음 조여오는 고통의 소리

눈을 감고 밀려오는 의심을 막아

귀를 막고 짓누르는 고통을 참아

사라

나 더는 말할 수가 없어,

나 더는 말해서도 안 돼

폴

무엇이 두려워 스스로 손목을 그었나

난 모르겠어, 정말 모르겠어

사라

나 더는 말할 수가 없어

나 더는 말해서도 안 돼

폴

그녀는 순결할 수 없는데도 순결해졌고

나는 순결할 수 있었지만 더럽혀졌네

코러스장, 코러스

끔찍한 그날 밤 그녀의 목소리

스스로 손목을 그어 그 피로 남겨둔 목소리

도대체 그날 밤 무슨 일 있었나

그날의 진실은 누구를 향하고 있는가

폴, 알리, 사라
나는 지금 어디로 가야 하나
내 마음이 아파 눈물이 나오려 해
나 자신과 마주 서서 나를 볼 수 있다면
내가 나를 위해 눈물 흘려 줄 텐데

코러스장, 코러스
너는 모든 걸 다 알고 있으면서도
그걸 어떻게 말해야 하는가

폴
나는 모든 걸 다 알고 있으면서도
그걸 어떻게 말해야 하는가

폴, 코러스장, 코러스 (모두가 폴이 되어)
나 더는 말할 수가 없어, 나 더는 말해서도
안 돼
그녀는 순결할 수 없는데도 순결해졌고
나는 순결할 수 있었지만 더럽혀졌네

#4 유치장

현재, 재판 하루 전. 알리가 폴을 찾아온다.

폴   알리.

알리 내일 재판이라며?

폴   어.

알리 얼굴이 왜 그 모양이야?

폴   ….

알리 야, 좀 당당하게 있어야지. 그런 표정이면 나라도 의심하겠
        다.

폴   여기는 어떻게 온 거야?

알리 아빠랑 같이 왔어. 지금은 밖에 계시고.

폴   미안해.

알리 됐고. 내일 재판이나 무사히 끝내.

폴   미안해 알리.

알리 뭐가 자꾸 미안하다는 건데.

폴   뭐가 됐든. 이런 상황이.

알리는 터지려는 눈물을 참는다.

알리 처음 봤을 때부터 뭔가 이상했어.

폴   뭐가?

알리 패디말야. 네가 처음 나 인사시켜 줄 때.

폴	무슨 일 있었어?
알리	네가 자리를 비웠을 때 자꾸만 물어 보시더라고.
패디	너 진심으로 폴을 사랑하니?
알리	그래서 물론 사랑한다고 했지. 그랬더니….
폴	그랬더니?
패디	그럼 폴은 너를 진심으로 사랑하니?
폴	뭐라고 대답했어?
알리	(잠시) 그건 네가 대답해 봐.
알리, 패디	너 나를 진심으로 사랑해?
폴	어?
알리, 패디	폴.
폴	(고개를 숙인다)
알리, 패디	폴.
폴	어.
알리, 패디	지금 나한테 필요한 건 확신이야. 너 나 진심으로 사랑하냐고.
폴	(잠시) 물론이지. 나 너 사랑해. 그래서 너무 미안해.

장 루이가 들어온다.

루이	알리.
알리	그 편지 내용이 대체 뭐길래 네가 재판까지 받는지 모르겠지만. 아니 솔직히 알고 싶지도 않지만, 나는 네가 어떤 애인지 잘 알아. 내일 재판 끝나면 넌 곧 풀려 날 거고 이번 겨울 끝나기 전에 우리 약속한 대로 스코틀랜드에 여행도 갈 거야.
루이	알리. 시간 됐다.

알리   그러니까 그런 표정으로 좀 있지 말라고.

        알리는 폴의 눈을 응시한다. 코러스들이 알리의 마음을 얘기한다.

코러스들   폴, 난 네가 뭔가 숨기고 있다는 거 알아. 난 널 어릴 때부터
        봐 왔으니까. 넌 거짓말을 못 하는 아주 순진한 아이니까.

        알리가 폴을 안으려고 하자 루이가 조용히 막아선다.

알리   아빠가 알아서 다 해주실 거야.
루이   그만 가자.
알리   그냥 있는 그대로 솔직하게 말하면 돼.

        장 루이가 알리 데리고 나간다. 과거의 패디와 현재의 폴이 중첩
        된다.

패디   그냥 솔직하게 말하지 그랬어. 어차피 알리도 나중에 다 알
        게 될 텐데.
폴   어떻게 말해야 될지 모르겠어.
패디   말이란 건 말야, 입을 벌리고 그저 속마음을 소리로 내기만
        하면 되는 거야. 사랑해. (웃는다) 참 쉽지?
폴   그럼 패디는 우리 아버지한테 솔직하게 말할 수 있다는 거
        야?
패디   (차가워지며) 난 말 안 할 건데. 애초에 말할 생각도 없었는
        데?
폴   그럼 우린 어떻게 되는 건데?

패디   둘 중 하나겠지 뭐. 살든지, 죽든지.

장 루이가 들어온다. 패디 사라진다.

루이   폴.
폴   알리는요?
루이   집에 보냈다.
폴   (잠시) 사라는 만나 보셨어요?
루이   안 그래도 그것 때문에.
폴   무슨 문제라도….
루이   사라가 잠적했다.
폴   네?
루이   이틀 전부터 사라를 봤다는 사람이 아무도 없어. 니스에 있
          는 가족들도 연락이 안 된다 하고.
폴   ….
루이   폴. 패디가 너를 아들이 아닌 남자로 사랑했다는 거. 그 끔찍
          한 사실을 증명해 줄 사람이 사라진 거다. 물론 그게 내가 그
          말을 믿는다는 소리는 아니지만.
폴   아버지한테 말씀하셨어요?
루이   아니. 나도 아직 사라를 만나 본 게 아니니까.

사이.

루이   폴. 마지막으로 묻는다. 너 그날 밤… 패디를 성폭행한 사실
          이 있어?
폴   아뇨. 아니라니까요.

루이	그럼, 관계가 있긴 있었어?
패디	폴, 마지막으로 나랑 같이 있어줘.
폴	아뇨.
루이	그럼, 둘이 같이 있긴 있었어? 한 공간에서 말야.
패디	폴, 문 좀 열어줘. 그냥 잠깐이면 돼.
폴	(잠시) 아뇨.

루이는 폴을 눈을 응시한다. 코러스들이 장 루이의 마음을 얘기한다.

코러스들	폴, 난 네가 뭔가 숨기고 있다는 거 알아. 난 널 어릴 때부터 봐 왔으니까. 넌 거짓말을 못 하는 아주 순진한 아이니까.
루이	폴, 이제부터 내 말 잘 들어. 방금 내가 물어 본 세 가지가 내일 재판에서 쟁점이 될 거다. 검사는 끈질기게 그걸 물고 늘어질 거야.
루이, 코러스들	그날 밤에 둘이 한 공간에 같이 있었는지. 성관계가 있었는지. 그리고 그게 강제적이었는지.
루이	패디는 평소에 수면제를 달고 살았어. 그리고 과도한 복용의 부작용은 정신착란으로 이어지기도 하지. 여기 그에 대한 의사의 소견서다. 이게 내일 재판에서 내가 할 수 있는 최선이야.
테스만	루이. 정말 이 방법밖엔 없겠나? 정녕 패디를 버리는 수밖에 없어?
폴	그러니까 아저씨 말은, 저희 어머니가 미쳐버린 나머지 저를 모함하는 편지를 쓰고 자살을 했다라는 거죠?
루이	네가 아무것도 한 게 없다는데, 그럼 패디가 미친 것밖에 더

있어?

테스만 하긴. 편지 내용이 사실이라면… 나는 모든 걸 잃게 되지. 지금까지 쌓아 둔….

폴 그 모든 게 무너질까봐, 아버지는 결국 어머니를 버리시겠다는 건가요?

루이 아니. 네 아버지는 널 지키기 위해 패디를 버리는 거야.

M6 끔직한 스캔들 rep.

테스만 그 편지 내용이 사실이든 아니든… 어쨌든 그놈은 내 아들이니까. 이번 재판 끝나면 당분간 영국에서 지낼 수 있게 자네가 조치 좀 취해주게. 난 그놈 얼굴 볼 자신이 없어.

코러스장
테스만 왕국의 끔찍한 스캔들
화려한 궁전 안 숨겨진 이야기
패디의 자살 그리고 남겨진 편지

코러스장, 코러스
편지가 가리킨 주인공 폴
그날 밤 그곳에 무슨 일 있었나?
그날 밤 그곳에 무슨 일 있었나?

코러스장
그날 밤 그곳에 무슨 일 있었나?

#5 법정 - 첫 번째 재판

법정을 여는 상징적인 판결봉 소리가 들린다.

무대에는 피고인 신분인 폴과 그의 변호사 장 루이 그리고 반대편에는 검사가 서 있고 가장 높은 곳 판사 자리에는 코러스장이 앉아 있다.

이미 재판은 한창 진행 중이며 폴은 며칠간의 육체적, 정신적 압박에 몹시 피로한 상태이다.

검사   피고에게 묻겠습니다. 죽은 패디는 피고에게 어떤 사람이었습니까?

폴   그렇게 가깝지는 않았어요. 그건 우리 아버지도 잘 알고 있죠.

검사   특별한 이유라도 있습니까?

루이   피고는 그저 패디를 새어머니로 인정하지 않았을 뿐입니다. 흔히 있는 일이죠.

코러스장   계속하세요.

검사   혹시 집에 다른 문제라도 있었습니까?

폴   네?

루이   판사님, 이번 사건과 무관한 사항입니다.

코러스장   인정합니다.

검사   네, 그럼 바로 묻겠습니다. 피고는 사건 당일 날 밤, 새 어머니 패디를 성폭행한 사실이 있습니까?

폴   아뇨, 그런 적 없습니다.

검사	정말 없습니까?
폴	정말 없습니다.
검사	사건 당일 죽은 패디의 옷 안에서 발견된 편지를 증거로 제출 합니다.

M7 첫 번째 재판

검사는 코러스장에게 편지를 제출한다.

코러스장, 코러스
끔찍한 그날 밤 그녀의 마지막 목소리
스스로 손목을 그어 그 피로 남겨둔 목소리
도대체 그날 밤 그곳에 무슨 일 있었나
그날의 진실은 누구를 향하고 있는가

검사	그날 밤 피고는 패디를 만난 적이 있습니까?
루이	같은 집에 사는데 당연히 마주쳤겠죠.
검사	제가 묻고 싶은 건, 그날 밤에 단둘이 있었냐는 겁니다.
폴	그때 아버지는 출장 중이셨고 사라는 퇴근 했으니까….
검사	집에는 두 사람만 있었다는 건가요?
루이	판사님, 검사는 지금 유리한 대답을 유도하고 있습니다.
판사	인정합니다.
검사	그럼, 그날 밤 피고는 뭘 하고 있었습니까?

코러스들이 마치 폴이 된 듯 그날의 상황을 노래할 때 폴과 패디가

그 장면을 재현한다.

코러스
창문엔 빗소리 하늘엔 초승달
그 어느 때보다 깜깜했던 그날
수업을 마치고 피곤한 몸 이끌고
밤늦게 들어와 소파에 누웠죠

패디   폴. 폴이니?

새하얀 그 얼굴, 차가운 목소리
마주치기 싫어 내 몸을 일으켜

패디   늦었네?
폴   이제 10시 좀 넘었는데요 뭐.
패디   우리, 얘기 좀 할까?
폴   오늘 좀 피곤해서요.
패디   잠깐이면 되는데.

내 코를 찌르는 달콤한 술 냄새
테이블 가득한 텅텅 빈 술병

패디   요즘 좀 힘들어서 그래.
폴   그냥 올라갈 게요.
패디   딱 한 잔만 같이 하자.
루이   패디는 언제나 자신의 의붓아들인 피고와 친해지려고 노력

했습니다. 그건 그녀의 남편인 테스만 씨도 잘 알고 있는 사실이죠.

검사   그래서 함께 술을 마셨습니까?

폴   전 그냥 제 방으로 올라갔어요.

패디가 노크를 한다.

검사   계속하세요.

똑똑똑 방문을 두드리는 소리
우는 듯 웃는 듯 알 수 없는 소리
내 이름 부르는 공허한 소리

검사   그래서 방문을 열어 주었나요?

패디   폴.

폴   아뇨. 전 그냥 무시하고 잤어요. 그게 다예요.

검사   그게 정말로 사실입니까?

패디   (문을 두드리며) 폴.

검사   피고.

패디   (점점 더 세게 문을 두드린다) 폴, 문 좀 열어줘! 폴! 폴!

폴   (소리친다) 네, 그게 다예요!

루이   판사님, 검사는 지금 불필요한 압박을 가하고 있습니다!

검사   그날 밤 가장 마지막으로 그 집을 나갔던 패디의 개인비서 사라를 증인으로 요청합니다.

모두가 술렁인다.

루이	뭐?
폴	아저씨.
루이	아니, 어떻게….
코러스장	인정합니다.

사라는 폴도, 검사도 바라보지 않고 꼿꼿이 앞만 보며 조용히 걸어 나와 증인석에 앉는다.

코러스장, 코러스
끔찍한 그날 밤 그녀의 마지막 목소리
스스로 손목을 그어 그 피로 남겨둔 목소리

검사	증인은 패디의 개인비서로 얼만큼 근무했습니까?
사라	3년 8개월입니다.
검사	가까웠습니까?
사라	저희는 같은 니스 출신으로 20년 넘게 친구로 지내왔습니다.
검사	매우 가까웠겠군요. 그럼 지난 3일간 잠적한 이유는 무엇이었습니까?
사라	친구이자 상사인 패디의 자살에 충격이 컸습니다.
검사	그렇다면, 왜 오늘 아침 저에게 찾아와서 스스로 증인을 자처하셨습니까?
사라	(잠시) 진실을 말하려고요.

코러스장, 코러스
도대체 그날 밤 그곳에 무슨 일 있었나

그날의 진실은 누구를 향하고 있는가

검사 증인, 증언 시작하세요.

사라 그날 밤, 저는 테스만 회장님의 집에 다시 돌아갔습니다. 제 업무 수첩을 놓고 오는 바람에.

검사 그때가 정확히 몇 시였습니까?

사라 밤 11시쯤 되었습니다.

검사 정확합니까?

사라 그 시간 패디에게 전화한 통화 기록이 있습니다. 물론 패디는 받지 않았지만요.

검사 그렇다면 그날 밤, 그 집에서 무엇을 보았습니까?

사라

내 코를 찌르는 달콤한 술 냄새
테이블 가득한 텅텅 빈 술병
우는 듯 웃는 듯 알 수 없는 소리
누군갈 부르는 공허한 소리

검사 두 사람은 어디에 있었습니까?

사라 둘은… 함께 있었습니다. 폴의 방에서요.

검사 (폴을 보며) 피고는 문을 열어주지 않았다고 증언하지 않았나요?

루이 판사님. 현재 참고인은 많이 지친 상태라 기억이 정확하지 않을 수 있습니다.

사라 아뇨. 정확합니다. 그때 전 폴의 방문 앞에 있었으니까요.

코러스장 계속하세요.

검사	무슨 대화를 나누던가요?
사라	대화 소리는 없었습니다.
검사	그럼 어떤⋯ 소리였습니까?
루이	판사님! 지금 검사는⋯.
코러스장	검사 계속하세요.
검사	피고의 방 안에서 두 사람은 뭘 하고 있었습니까?
사라	(잠시) 관계를 하고 있었습니다.

모두 (사라 제외)
그대는 들었나 그대는 알아챘나
그녀가 말하는 끔찍한 비극을

사라
난 차라리 죽고 싶어 그런 사랑 느끼기 전에

모두 (사라 제외)
불행한 이들이여 이 무슨 고통인가
당신은 끝장났어 파멸은 드러났어

검사   판사님. 피고측 증언과는 달리 그날 밤 두 사람은 함께 있었고 피고의 강제적인 성관계도 있었으며 그 수치심에 패디는 결국 끔찍한 죽음을 선택하게 된 것입니다. 이상입니다.

알리는 상황을 견디지 못하고 법정을 나간다. 사라가 그 뒷모습을 바라본다.

루이	증인에게 한 가지만 묻겠습니다.
사라	네.
루이	그럼 증인은 왜 그때 신고하지 않았습니까? 왜 바로 들어가서 패디를 구하지 않았습니까?
사라	그럴 필요가 없었으니까요.
루이	왜죠?
사라	저는 강제적인 성관계라고 말한 적 없습니다.

모두가 술렁인다.

검사	참고인 지금 무슨 말을….
루이	좀 더 정확히 말씀해 주시겠습니까?
사라	성관계는 있었지만 아마도 강제성은 없었을 겁니다.
루이	왜 그렇게 생각하십니까?
사라	그건….
패디	사라. 우리 어렸을 때 니스 해변에 자주 놀러 갔었잖아. 그때 기억나? 우리 둘이 파도 앞에 서서 누가 넘어지지 않나 내기했던 거. 지금 생각해 보면 참 바보 같지? 사람이 어떻게 밀려오는 파도를 막을 수 있겠어? 그건 거부할 수 없는 거잖아.
코러스장	증인 말씀하세요.
사라	패디는… 패디는 폴을 사랑했습니다.
패디	사람들이 사랑이라 부르는 건 도대체 뭘까?
사라	의붓아들이 아닌 한 남자로서 폴을 사랑했습니다.
패디	이 세상에 해야 될 사랑과 하지 말아야 될 사랑이 있을까?
루이	지금… 이게 얼마나 위험한 발언인지 아십니까? 그것도 이

곳 법정에서.

사라   네.

루이   그럼 피고에게 묻겠습니다. 피고는 참고인의 말에 동의하십니까?

패디   그럼 대체 우린 뭘 하고, 뭘 하지 말아야 할까?

폴   ….

루이   죽은 새어머니 패디가 피고를 사랑했다는 것을 알고 있었습니까?

폴   네.

법정이 술렁인다.

루이   그럼, 피고는… 피고는 패디를 사랑했습니까?

패디   사라. 우린 서로를 진심으로 사랑하고 있어.

무대 위 모두가 폴을 쳐다 본다.

폴   (잠시) 아뇨. 새어머니의 일방적인 사랑이었습니다. 그녀는 혼자만의 착각 속에 빠져서 저에게 집착했습니다.

사라는 고개를 숙인다.

루이   판사님. 물론 패디와 피고 사이의 부적절한 관계는 도덕적으로 충분히 비난 받을 수 있습니다. 하지만 이 재판의 핵심은 패디가 남긴 편지의 내용처럼 그날 피고의 강제성이 있었느냐입니다. 참고인의 증언에 따르면 패디는 피고를 사랑했습니다. 하지만 피고는 당연히 이를 거부했죠. 그리고 그날 밤 피고를 유혹해 의도적으로 성관계를 하고….

사라 변호사님!

루이 (사라의 말을 묵살하며) 피고에게 복수를 하기 위해 이런 거짓 편지를 남긴 겁니다.

검사 이의 있습니다! 아무리 복수라지만 굳이 자살할 필요까지 있었을까요?

루이 당연히 두려워서겠죠! 혹시나 이 사실을 테스만 씨나 다른 사람들이 알게 되면 자신은 모든 걸 잃게 되니까. 하지만 이런 편지를 남긴다면 적어도 명예는 지킬 수 있겠죠.

사라 변호사님 지금 대체 무슨 말을….

검사 지금 무슨 소설 쓰시는 겁니까? 이건 죽은 고인에 대한 모욕입니다!

루이 (의사 소견서를 들어 보이며) 패디의 정신병이 의심된다는 의사의 소견서입니다.

검사 네?

M8 파도

코러스장이 루이와 검사를 부른다. 셋은 이야기를 나눈다.

패디
처음 본 그 눈빛을 나는 기억해
그 속에 빛나던 아름다운 바다
차갑게 굳어진 나의 가슴에

파도가 밀려와 내 몸을 감싸네

떨리던 그 목소리 나는 기억해
그 안에 느껴진 나와 같은 슬픔
모든 게 멈춰진 나의 시간에
순간이 다가와 내 삶을 깨우네

루이와 검사가 수긍하는 듯 고개를 끄덕이고 각자 자리로 돌아
간다.

코러스장   3일 후에 재판을 재개하도록 하겠습니다.

나 버티고 또 버티려 했는데
매일 매일 넘어지는 나약한 나
어떻게 밀려오는 파도를 견디나
그건 절대 거부할 수 없는 것

나는 자꾸 다시 일어서게 돼.
안 그럼 파도에 휩쓸려 죽을 걸
그게 무서워 자꾸 일어서게 돼
그러다 또 파도에 넘어져 버리지

그렇게 바보같이 넘어지고 또 일어서고
어떻게 밀려오는 파도를 견디나
그건 절대 거부할 수 없는 것

#6 폴과 패디

M8 음악과 함께 장면 전환이 완료된다.

암전 중 패디의 흥얼거리는 노랫소리가 들린다.

무대 밝아지면 과거, 폴의 집. 약간 취기가 오른 듯한 패디는 손에 스케치북을 들어 한 장, 한 장 펴 보고 있다.

잠시 후, 폴이 들어온다.

폴 지금 뭐 하시는 거예요? (스케치북을 빼앗는다)

패디 지금 나한테 말 걸어준 거야?

폴 왜 남의 그림 함부로 보시냐고요.

패디 2년 만에 집에 와서는 무슨 날 유령 취급하더니. 어쨌든 고맙네. 자 우선 첫째, 난 그 스케치북이 네 건지 몰랐어. 둘째, 현재 잘 나가는 미술 큐레이터로서 그림에 끌리는 건 당연한 거고. 셋째 (폴을 빤히 쳐다보며) 솔직히 너무 형편없더라.

폴 뭐라고요?

패디 아주 형편없다고 그림이.

폴 신경 끄시죠. (나가려 한다)

패디 너 런던에서 경영공부 하는 게 아니라 그림 그리고 있지?

폴 ….

패디 소호 갤러리에 몇 개 출품도 했지 아마.

폴 그걸 어떻게….

패디 런던에 나랑 연결된 갤러리만 해도 몇 갠데.

폴 아버지도 알고 계세요?

패디	아니.
폴	(잠시) 왜 말 안하셨어요?
패디	네 인생인데 내가 왜.

패디는 술병을 들어 술을 한 잔 따라 마신다.
폴은 스케치북을 가방에 챙겨 나가려다 잠시 멈추어 선다.

폴	저.
패디	응?
폴	제 그림이 형편없다고 하셨잖아요.
패디	아.
폴	뭐가 문젠 거 같아요?
패디	그거 알아? 그림은 사람을 따라 간다는 거.
폴	제가 형편없어서 그림도 그렇다는 건가요?
패디	알고 있네.
폴	당신한테 뭘 기대하겠어.
패디	바로 그런 모습이 형편없다고. 대체 언제까지 그럴 건데?
폴	뭐가요.
패디	엄마라고 부르지 않아도 돼. 어차피 그 소린 나도 소름 돋으니까. 하지만 적어도 죄인 취급은 하지 않았으면 좋겠는데.
폴	….
패디	네 엄마가 죽은 건 나, 네 아버지 그리고 너 그 누구의 책임도 아니야. 그건 그저 술 먹고 운전한 그 미친놈 때문이지. 그걸 왜 네가 다 짊어지고 있는 건데? 그러니까 표정이 만날 그 모양이지. 아, 그리고 네 아버지가 1년도 안 돼서 나랑 재혼한 거. 그건 네 아버지랑 내 인생이야. 네가 경영공부 대신

그림 그리는 거랑 마찬가지라고. 그러니까 이제 어설픈 햄릿 코스프레는 좀 적당히 해 두지?

폴이 고개를 숙인다.
눈물을 참으려고 애쓴다.
패디는 다른 잔에 술을 따른다.

패디 클로드 모네 알아? 내가 제일 좋아하는 화가야. 순간을 사랑하고 순간을 그렸던 인상파 화가 클로드 모네. 구질 구질하게 과거에 집착하지도 오만하게 미래를 상상하지도 않았어. 너랑은 아주 다르게.

폴이 고개를 든다.

패디 네 그림이 왜 형편없냐고 했지? 지금 순간이 없거든. 지금을 살고 있으면서도 네 그림에는 과거의 그림자만 가득한 거야. 전혀 아름답지 않게.

폴   아름다움이 대체 뭔데요?

패디 모네가 말했어. (폴에게 가까이 가서 그의 눈을 보며) 가장 아름다운 것은 순간에 있다.

M9 순간의 아름다움

폴   가장 아름다운 것은 순간에 있다.

패디 맞아. 가장 아름다운 것은 순간에 있어.

폴	그럼 이 순간에도 아름다움이 있을까요?
패디	글쎄. 아마도.

패디가 폴의 그림을 갈기갈기 찢어 하늘에 뿌린다.

코러스장, 코러스들
과거도 아닌 미래도 아닌
지금 순간의 아름다움
순간은 결코 멈출 수 없기에
아름다운 순간
아— 아— 아— (코러스의 멜로디)

폴은 이끌리듯 패디에게 다가간다.
마치 키스라도 할 듯 가까워진 두 사람.
패디가 한 걸음 뒤로 물러나서 웃는다.
폴은 당황한다.

패디	그림 보러 갈래?
폴	이쪽 갤러리는 이미 다 가봤어요.
패디	글쎄… 과연 그럴까?
폴	네?
패디	내일 밤 11시에 오페라 가르니에 뒷골목으로 와. 뭐, 관심 있으면.

패디는 폴의 볼에 키스를 하고 나간다.
다음날, 폴은 고민을 하다 오페라 가르니에의 뒷골목으로 향한다.

#7 그래피티 패러독스

M10 뒷골목 갤러리 (연주곡)

오페라 가르니에의 뒷골목, 언더 아티스트들의 자유로움이 가득
하다.
폴은 익숙하지 않은 환경에 긴장하며 그들을 경계하지만
사람들은 그런 폴을 흥미롭게 본다.

코러스 A Hey, 처음 보는 얼굴인데?

코러스 B 여기에 무슨 볼 일이라도 있어?

코러스 D 귀엽게 생겼다. 혼자 온 거 같은데.

코러스 C 길을 잘 못 들었나봐. 내가 도와줄까?

코러스 A 이리 와봐.

코러스 B 같이 놀자. 이리 오라니까?

폴은 피하듯 무리에서 벗어난다.
이내 벽에 가득 그래피티를 채우는 아티스트를 보고 멈춰 선다.
한참을 그녀의 작업을 지켜본다.

코러스 E (폴을 발견한다) Goede morgen!

폴 어?

코러스 E (그래피티를 바라보며) Is dit cool?

폴 뭐라고?

코러스 E 이거 멋지냐고.

폴 아, 뭐 그냥….

코러스 E 내가 프랑스어는 잘 못해서. 근데 뭐 상관없잖아?

코러스들이 모두 각자의 출신 언어로 손을 들어 인사한다.

폴 그래, 상관이야 없지.

코러스 E (락카를 내밀며) 너도 해볼래?

폴 내가?

코러스 E 어.

폴 나 이거 한 번도 안 해봤어. 네가 한 거 다 망칠지도 몰라.

코러스 E 망친다고?

폴 어, '망친다'라는 말은….

코러스 E 말뜻은 나도 알아. 근데 망치면 또 어때. 그게 꼭 나쁜 거야?

폴 당연한 거 아냐? 내 의도랑 생각이 다 뒤죽박죽 엉키는 거잖아. (벽을 가리키며) 이건 그냥 락카로 대충 뿌리면 되는 거지만 예술작품은 다르다고.

코러스 A 그럼 네 말은 우리도 다 나쁜 사람이라는 거야?

폴 뭐?

코러스 A와 B가 키스를 나눈다. 모두가 환호성을 지른다.

코러스 E 사람들은 우릴 보고 다 망친 인생이라고 얘기하거든. 우린 충분히 행복한데. 너도 한 번쯤은 망쳐봐. 생각보다 나쁘지 않아.

코러스 E가 폴에게 페인트 락카를 건넨다.

폴은 머뭇거린다.

코러스들이 폴을 격려하며 다가간다.

코러스 C가 폴의 옷이 더러워질까 봐 자신의 겉옷을 벗어 작업복으로 내어준다.

폴   (순간적으로 소리치며) (더러운) 손 치워!

사이.

잠시 후 패디가 등장한다.

패디   이런 갤러리는 처음이야?

패디는 익숙한 듯 코러스들 한 사람 한 사람 그들의 언어로 모두 인사한다.

폴   여기가 갤러리라고요?

패디   그림도 있고, 음악도 있고, 춤도 있고… 사랑도 있고.

폴   미술큐레이터 맞으세요? 이게 다 예술이라고요?

패디   예술이 뭔데?

폴   네?

패디   네가 생각하는 예술이 뭐냐고.

폴   그야 아름다움이 있고 감동이 있고….

패디   여기 다 있잖아. 네가 말한 아름다움과 감동이 바로 여기에 다 있다고.

폴   이런 건 그냥 다 공공시설물 훼손이에요. 엄연한 범죄라고요!

패디 내가 보기엔 네 스케치북 안에 그림보다 훨씬 더 진실한데?

폴 뭐라고요?

패디 네 그 오만한 표정보다 여기 사람들 표정이 훨씬 더 아름답다고.

M11 그래피티 패러독스
(Grafiti Paradox)

패디 틀렸다고 생각하지만 그 안에 진실이 있을 수 있잖아.

폴 ….

패디 (폴에게 가까이 다가가서) 하지 말아야 할 것에도 아름다움은 있을 수 있어.

패디
무슨 생각이 들어? 뭐가 느껴져?
표정 풀고 즐겨봐, 숨지 말고
있는 그대로를 느껴봐
심각할 거 없잖아

패디 (코러스)
뭘 할지 말지 기준은 (누가 정했지?)
그 기준의 기준은 또 (누가 정했지?)
그 잘난 법들은 또 (누가 정했지?)
그 법을 만드는 법은 (누가 정했지?)

코러스장 (코러스)

뭘 할지 말지 기준은 *(누가 정했지?)*
그 기준의 기준은 또 *(누가 정했지?)*
그 잘난 법들은 또 *(누가 정했지?)*
그 법을 만드는 법은 *(누가 정했지?)*

코러스 E

잡아봐~ 어디게? 바빠!
날 정의하는 것에 집착 하느라
만족 시키다가 지나간 나의 삶
새로운 *canvas*

PSH PSH TUSH PSH 너도 그려봐
가래 뱉고 나의 법을 다시 만들자
어리석게도 자신 있게만
의미 있게 살 수 있는 새로운 시대야

코러스 A (코러스)

나는 방랑자
전에는 없었지 밝은 하루가
오늘이 마지막 날인 듯이
살아가 내게는 없어 내일은
음 다리에 남은 흉터는
이젠 예술이야 맞지? *(맞아 등의 호응)*
그치? 이건 내 인생이건 다 내 얘기

코러스 B

Hello Bitches

I'm drag queen, call me baby, 아님

Chante-moi, bebe.

잠깐 거기 귀요미 멈칫 나를 보고 놀라

흠칫 장난

네가 할 수 있는 건 뭐든지 다 해봐

눈치 보지 마 그게 너의 삶

젠더의 경계를 무너뜨리는 남자

Yeah that's me I'm drag queen

코러스 C

나는 박자를 타고 노는 자존심은

춤출 때만큼은 최고 인간들의 어리석지만

빛나는 이야기

들려줄게 내 몸의 춤사위

박자가 내 몸을 감싸네

주변을 돌아보네

모두 나에게 빠지네

반전은 나만의 매력이네

B-Boy Ugot 난 모든 걸 할 수 있네

코러스 D

자유를 원해 그래서 정장이 싫어

날 성숙하게 만들어도 싫어

자유를 원해 그래서 하이힐은 싫어

날 우아하게 만들어도 싫어

자유를 원해

그래서 날 묶는 게 모두 다 싫어

코러스장, 코러스 (패디, 폴)

뭘 할지 말지 기준은 (누가 정했지?)

그 기준의 기준은 또 (누가 정했지?)

그 잘난 법들은 또 (누가 정했지?)

그 법을 만드는 법은 (누가 정했지?)

패디와 코러스들이 함께 어울려 신나게 춤을 춘다.
아래 코러스들의 노래가 시작되면 패디는 페인트 락카를 들어
벽에 그래피티를 그린다.
폴은 그녀의 그림을 넋을 놓고 바라보다가 함께 그림을 그린다.

코러스장

거짓 속에서 빛나고 있는

여기 숨겨진 아름다움

진심은 결코 숨길 수 없기에

아름다운 진실

코러스장, 코러스들

과거도 아닌 미래도 아닌

지금 순간의 아름다움

순간은 결코 멈출 수 없기에

아름다운 순간
아– 아– 아– (코러스의 멜로디)

어느덧 시간은 새벽녘이 되었다.

패디   (그래피티를 보며) 이건 나중에 네가 꼭 완성해줘. 약속하는
거다?

폴   네, 좋아요. 대신에…. (시계를 본다)

패디   대신에?

폴   같이 가고 싶은 데가 있어요.

패디   지금?

폴   네, 꼭 지금이요.

코러스장, 코러스들
아– 아– 아– (코러스의 멜로디)

두 사람은 센강의 어느 다리 위에 있다.

패디   센강은 왜 온 거야?

폴   이리 올라와 봐요.

패디   위험할 것 같은데.

패디와 폴은 다리 난간 위에 올라간다.
눈앞에 센강의 멋진 모습이 보인다.

패디   와….

폴	저기 보이는 굴뚝, 연기, 그리고 물에 비친 그림자… 모네의….
폴, 패디	〈해돋이〉.
패디	이 풍경이랑 너무 비슷하다.
폴	혹시 모르죠. 진짜 모네가 지금 이곳에서 영감을 받았을지도.
패디	해가 뜨는 이 신비로운 빛까지 너무 똑같아. 지금 이 시간. 이 순간에.

갑자기 폴이 난간에서 내려와 스케치북과 연필을 꺼내 든다.

패디	뭐 하는 거야?
폴	지금 이 아름다운 순간을 담아보려고요. 거기 앉아 보세요.
패디	날 그리겠다고?
폴	네.
패디	(잠시) 내가 아주 잘나가는 미술큐레이터라는 거 잊지 마.

코러스장, 코러스들
아— 아— 아— (코러스의 멜로디)

폴은 한참을 고개를 숙여 스케치북만 보며 그림을 그린다.
그는 패디가 다가가도 모를 정도로 그림에 열중하고 있다.

패디	지금 나 그리고 있는 거 맞아?
폴	네.
패디	그런데 왜 날 안 보고 있는 거야? 날 그린다면서.

폴   그야 처음에 스케치 할 때만 보면 되는 거고 그 다음에는….

패디는 폴의 스케치북을 들어본다.

폴   맘에 안 드세요?
패디   이건 내가 아니잖아. 그냥 네 머릿속에 있는 내 모습인 거잖
        아. 하나도 아름답지 않아. 네가 이것만 보고 있던 시간에도
        얼마나 많은 순간이 바뀌었는지 알아? 이 선, 명암, 질감 다
        가짜야. 그냥 여기엔 네 상상만 가득 찬 거라고!

패디는 폴의 그림을 찢어 강에 날려 버린다.

폴   패디.
패디   난 아름답지 않은 건 그냥 망가뜨리고 싶어! (잠시) 미안. 내
        가 좀 그래.
폴   다시 그려줄까요?
패디   지금은 말고.

패디는 난간에 올라가 풍경을 바라본다.
폴이 그녀를 돌려 세운다.
둘은 긴 키스를 나눈다.
코러스의 노래 중 이들은 집으로 향한다.

코러스장, 코러스들
과거도 아닌 미래도 아닌
지금 순간의 아름다움

순간은 결코 멈출 수 없기에
아름다운 순간
아― 아― 아― (코러스의 멜로디)

무대 한켠에 테스만이 의자에 앉아 신문을 보고 있다.
뒤이어 사라가 들어온다. 테스만과 사라의 대화 중 패디와 폴은
몰래 집 안으로 들어온다.
그리고 각자의 방으로 돌아가려는데, 폴이 패디를 멈춰 세운다.
폴은 패디와 함께 자신의 방으로 올라간다.
(아래 대화 중 무대 뒤편에서 일어나는 상황)

사라	부르셨습니까 회장님.
테스만	일어나 보니 패디가 없던데. 전화도 안 받고.
사라	아침운동 다녀온다고 저한테 메시지 남기셨습니다.
테스만	왜 나랑 같이 가지.
사라	피곤하실까봐 혼자 가신 것 같습니다.
테스만	아, 폴은? 어제 늦게까지 밖에 있었던 거 같던데.
사라	아직 자고 있는 것 같습니다. 깨워 드릴까요?
테스만	아니, 괜찮아. 알리랑 있었나 보지 뭐.
사라	그럼, 업무 준비하겠습니다.
테스만	자네가 보기에 요즘 폴과 패디 사이는 어때 보이나?
사라	많이 가까워진 것 같습니다. 대화도 하고 종종 서로 웃기도 하고요.
테스만	잘 됐구만. 어쨌든 그 녀석 이번 방학 때 부르길 잘 한 것 같네.
사라	네, 맞습니다.

테스만	패디 오면 나 먼저 출근한다고 전해줘. (일어선다)
사라	네, 알겠습니다. 회장님.

테스만 나간다.
사라 역시 나가려다 윗층 계단에 떨어진 패디의 스카프를 발견
한다.

코러스장, 코러스들
아- 아- 아- (코러스의 멜로디)

사라는 스카프를 주워 들고 계단 위를 오른다.
잠시 뒤, 듯 놀란 듯 계단을 내려오는 사라.
암전.

#8 유치장 - 재판 전 날

암전 중, 전 장면 코러스의 노래소리가 울리고
가위에 눌린 듯한 폴의 신음소리가 들린다.
폴이 악몽에서 깨어나듯 일어나면 무대가 빠르게 밝아진다.
현재, 유치장.

폴　　(아직 꿈에서 덜 깬 듯) 굴뚝, 연기, 물에 비친 그림자. 새벽의
　　　신비로운 해돋이. 그리고 굴뚝, 연기, 물에 비친 그림자. 새
　　　벽의 신비로운 해돋이. 그리고….

사라가 들어온다.

사라　　도련님.

폴 고개를 돌려 사라를 본다.

폴　　여긴 어떻게.
사라　　장 루이 변호사님께 특별히 부탁했습니다.
폴　　왜요.
사라　　내일 재판 전에 꼭 만나고 싶어서요.
폴　　패디에 대한 복수는 지난번 법정에서 충분히 한 거 같은데.
사라　　복수할 생각이었으면 도련님이 강제로 했다고 증언했겠죠.
　　　그리고 이렇게 찾아오지도 않고요.

폴	(잠시) 패디가… 다 말 했어요?
사라	패디는 제 상사이자 오랜 친구예요. 작은 변화도 쉽게 알아 볼 수 있죠. 도련님이 런던에서 돌아온 이후부터 조금씩.
폴	그때는 우리 아직….
사라	도련님은 아직이었겠지만 패디에게는 또 모르죠. 3년 내내 공허했던 눈이 참 아름답게 변했어요. 마치 어렸을 때처럼.
폴	….
사라	한 가지 묻고 싶은 게 있어서 왔어요.
폴	네.
사라	법정에서… 그 말 진심이었어요?
코러스들	새어머니의 일방적인 사랑이었습니다. 그녀는 혼자만의 착각 속에 빠져서 저에게 집착했습니다.
사라	패디를 사랑하지 않았어요? 정말로 패디의 일방적인 사랑이 었나요?
코러스들	새어머니의 일방적인 사랑이었습니다. 그녀는 혼자만의 착각 속에 빠져서 저에게 집착했습니다.
사라	폴.
폴	내가 왜 대답을 해야 하죠?
사라	전 패디의 대답을 알고 있거든요.
폴	아, 그래서 성폭행으로 누명을 씌운 거고.
사라	패디는 도련님을 진심으로 사랑했어요.
폴	….
사라	그리고 도련님만큼이나 괴로웠다고요.

패디가 들어온다. 과거, 폴의 집.

패디	사라. 아직 퇴근 안 했어?
사라	패디.
패디	(잠시) 대표님이 아니고?
사라	응.
패디	그래. 왜?
사라	너 사랑하는 사람 생겼어?
패디	(잠시) 응.
사라	그 사람이랑… 잤어?

패디는 술병을 들지만 사라가 그녀를 돌려 세운다.

| 패디 | 급할 거 뭐 있어. 술 한 잔만 하고. |

패디는 술을 따라 한 잔 마신다.

| 사라 | (눈물을 꾹 삼키며) 왜 하필 그 사람이야? 꼭 그래야 돼? |
| 패디 | 밀려오는 파도를 어떻게 막을 수 있겠어. |

M12 진실

사라

어쩌다가 도대체 어쩌려고
(대사) 패디 정신 차려
어쩌다가 도대체 어쩌려고
그런 사랑에 빠져 버렸나

너 그러지 말았어야 했어 결국엔
그 사랑이 너한테 족쇄가 될 거야

끝이 보이는 사랑을 넌 도대체 왜
내 무너지는 이 맘은 나 어쩌지 또

패디
처음엔 당혹감이 그 다음엔 설레임이
그 다음엔 행복함이 그 다음엔 무엇일까
잊고 있던 두려움이 몰랐었던 괴로움이
사무치게 밀려들어 차라리 널 몰랐다면

흘러가는 이 시간이 나 행복한데
흘러가는 이 시간이 나는 두려워

사라   아팠겠다. 너 너무 아팠겠다.
패디   응, 나 너무 아파. 버티기가 너무 아파.

둘은 울음이 터지고 만다.
사라는 속상한 마음에 패디의 가슴팍을 치다가 결국 그녀를 안아
준다.

코러스장, 코러스들
끝이 보이는 사랑을 넌 도대체 왜
내 무너지는 이 맘은 나 어쩌지 또
그 사랑이 너한테 족쇄가 될 거야

사라 (폴에게) 넌 갑자기 돌변했어. 일방적으로 패디를 밀어낸 거
야. 패디는 진심으로 널 사랑했어 그 끝이 비극인 걸 알면서
도. 그런데 넌 패디를 그저 호기심과 욕정의 대상으로 본 거
라고. 네가 패디를 죽인 거야!

폴 아뇨… 아뇨 그런 게 아니에요! 더는 할 수 없었어요. 더는
할 수 없었어요. 그때 엄마 무덤 앞에서…. (울음에 고개를 숙
인다)

과거, 폴의 친 어머니 마샤의 무덤 앞. 알리가 꽃을 들고 들어온다.

알리 폴.

폴 (급히 눈물을 닦고 고개를 든다) 알리. 어떻게….

알리 내가 너희 엄마 기일도 모를까봐? 그리고 치사하게 말도 없
이 혼자 오고.

알리는 가져온 꽃을 묘비 앞에 내려 둔다.

폴 미안해. 어차피 아무도 기억 못할 거라 생각했거든.

알리 이제 마샤 아주머니 소원 푸셨겠다.

폴 어?

알리 기억 안 나? 나 어렸을 때 아주머니가 엄청 이뻐하셨잖아.
우리 아들 여자친구였으면 소원이 없겠다고. 뭐 그때는 내
스타일은 아니었지만.

폴 웃는다.

알리 이제야 좀 웃네. 너 요즘 좀 이상한 거 알지? 연락도 잘 안 되고.

폴 아, 그건….

알리 괜찮아. 다 이해하니까. 아주머니 기일도 다가오고 새어머니랑 같이 있는 것도 어색할 거고. 폴. 내가 옆에서 할 수 있는 건 다 할게. 그러니까 너무 힘들어 하지 마.

폴 ….

알리 우리 방학 끝나기 전에 여행 갈까? 스코틀랜드로!

폴 스코틀랜드?

알리 에든버러에 엘리펀트 하우스라는 카페가 있어. 거기 창가 자리에서 해리포터가 쓰여졌다는 거 알아? 거기 가면 아마 네 그림도 더 잘 그려질 걸?

폴 (잠시) 고마워 알리.

테스만이 등장한다. 그의 손에는 꽃이 들려 있다.

테스만 폴.

폴 아버지, 여긴 어떻게.

테스만 네 엄마 기일이잖니.

폴 잊으신 줄 알았어요.

테스만 네가 유학 가 있는 동안에도 매년 잊지 않고 찾아왔다. 마샤는 네 엄마이기 이전에 내가 진심으로 사랑했던 내 아내였으니까.

폴 ….

알리 폴, 나 앞에서 기다리고 있을게. (테스만에게) 다음에 또 뵙겠습니다.

테스만 그래. 조심히 가거라.

알리 나간다. 테스만은 가져온 꽃을 묘비 앞에 내려놓는다.

테스만 내가 위선자로 보일 거라는 거 안다. 여기 올 자격이 없다고 생각하겠지. 1년도 안 돼 새 여자를 들였는데. (잠시) 패디와의 재혼에는 사업적인 여러 가지 이유가 있다. 물론 그녀를 사랑하는 마음이 없는 건 아니지. 그래서 미안하다. 내가 진심으로 미안해. 내가 그동안 너무 많은 것들을 너한테 강요했구나. 그래도 요즘 너랑 패디와의 사이가 많이 가까워진 거 같아서 이 아버지 기분이 참 좋다. 고맙다. 폴. 정말로 고마워.

폴은 그 모든 마음에 울음을 터뜨리고 만다. 테스만이 그를 안아준다.

코러스장, 코러스들
끝이 보이는 사랑을 넌 도대체 왜
내 무너지는 이 맘은 나 어쩌지 또
그 사랑이 너한테 족쇄가 될 거야
그 족쇄가 너를 결국 옥죌 거야

폴과 패디는 각자 사라와 테스만의 공간에서 나와 자신의 마음을 노래하고 노래 끝에 서로를 만난다.

패디는 그럼에도 불구하고 끝까지 함께할 설레임, 폴은 죄책감과
두려움의 서로 다른 마음이다.

> **폴, 패디**
> *처음엔 당혹감이 그 다음엔 설레임이*
> *그 다음엔 행복함이 그 다음엔 무엇일까*

> **패디**
> *잊고 있던 두려움이 몰랐었던 괴로움이*

> **폴**
> *사무치게 밀려들어 차라리 널 몰랐다면*

> **폴, 패디**
> *흘러가는 이 시간이 나 행복한데*
> *흘러가는 이 시간이 나는 두려워*

과거, 무대 중앙. 폴과 패디가 만난다.

패디 (잔뜩 들떠서) 폴, 나 생각해 봤는데 우리 멀리 가버리는 건 어
때? 거기서 멋진 갤러리도 열고 네 그림도 전시하고 말야.

폴 패디.

패디 아시아쪽을 생각해 봐. 뭔가 신비스럽고 아름답잖아… 모
네의 〈해돋이〉처럼!

폴 패디.

패디 폴. (잠시) 지금 나한테 필요한 건 확신이야. 너 나랑 같이 갈

거지?

폴　….

패디　왜, 이제 와서 겁이 나는 거야?

폴　패디는 어떤데?

패디　어차피 둘 중 하나잖아. 살든지, 죽든지.

폴　우리 그만하자. 그러면 이런 힘든 선택을 할 필요도 없잖아.

패디가 폴에게 키스한다.

하지만 폴은 이를 밀어낸다.

패디는 폴을 한참 바라보다 나간다.

현재, 유치장.

사라　도련님께 듣고 싶은 대답은 다 들은 것 같아요. 어쨌든 내일 재판에서 제가 일부러 불리한 증언을 할 일은 없을 거예요. 강제성이 없었던 건 확실하니까. 그동안 고생 많으셨어요. 저 먼저 일어나 보겠습니다. (일어나 나간다)

폴　저기 사라.

사라가 멈춰 선다.

폴　내일 재판에서 저는 무슨 말 해야 할까요?

사라　글쎄요. 그냥 솔직한 도련님의 마음이요.

사라 나간다.

M13 폴의 선택

폴
눈에도 마음도 아무것도 없던 나
원망과 분노와 증오만 있던 나
새벽의 그 빛이 내게로 다가와
내 몸을 감싸고 날 향해 노래해

경찰은 폴을 데리고 법정으로 향한다.

코러스장, 코러스
흘러가는 이 시간이 나 행복한데
흘러가는 이 시간이 나는 두려워

#9 법정 – 마지막 재판

코러스장 (상징적인 법정의 판결봉 소리) 재판을 시작하겠습니다.

폴의 노래가 진행되는 동안 법정의 재판이 슬로우 모션으로 진행된다.

> **폴**
> 나는 지금 어디로 가야 하나
> 내 마음이 아파 눈물이 나오려 해
> 나 자신과 마주 서서 나를 볼 수 있다면
> 내가 나를 위해 눈물 흘려 줄 텐데
>
> 나는 어리석게도, 반짝반짝 빛나는
> 그 무엇에 집착하고 있었지만
> 그건 그저 공허한 이야기일까?
> 형체도 없는 그 무언가에 사로잡혀
> 봐야할 것을 못 보고 뭘 해야 하는지도
> 몰랐던 그런 나의 이야기

검사 피고에게 묻겠습니다. 그날 밤 피고의 방에서 무슨 일이 있었습니까?

패디가 등장한다.

과거, 그날 밤 폴의 방 안에서의 일들이 보여진다.

코러스장, 코러스
똑똑똑 방문을 두드리는 소리
우는 듯 웃는 듯 알 수 없는 소리
내 이름 부르는 공허한 소리

패디	폴, 문 좀 열어줘. 그냥 잠깐이면 돼.
폴	전 할 말 없어요. 그냥 돌아가세요.
패디	폴, 마지막으로 한 번만. 나 진짜 죽어버릴지도 몰라.

폴이 문을 열어주고 패디가 들어온다.

흘러가는 이 시간이 나 행복한데
흘러가는 이 시간이 나는 두려워

패디	겁나는 거 알아. 나도 두려웠어 우리의 그 시간이. 그런데 나 너무 행복했어 그 두려움마저도.
폴	이제 다 끝났어요. 그런 시간은 다시 오지 않아.
패디	기억 나? 가장 아름다운 것은 순간에 있….
폴	아뇨! 원래부터 순간은 존재하지 않아요. 당신이야말로 그 순간에 갇혀서 진짜 봐야 할 걸 보지 못하는 거라고요!
패디	폴.
폴	(패디의 어깨를 잡으며) 이제 그만하고 정신 좀 차리세요!
검사	피고. 그날 밤 사라의 증언대로 두 사람 사이에 성관계가 있었습니까?

패디   좋아 폴. 그럼 나 마지막 부탁 하나만 들어줘.

폴은 패디의 어깨를 놔 준다.

패디   마지막으로 나 한 번만 안아줘. 마지막으로 딱 한 번. (천천히
        숄을 벗으며) 그냥 이 순간을 기억하게 해줘.
폴   네, 있었습니다.

코러스들이 폴과 패디를 감싼다.
그 둘을 가리거나 혹은 감싸 돌며 노래한다.

코러스장, 코러스들
처음엔 당혹감이 그 다음엔 설레임이
그 다음엔 행복함이 그 다음엔 무엇일까
잊고 있던 두려움이 몰랐었던 괴로움이
사무치게 밀려들어 차라리 널 몰랐다면

흘러가는 이 시간이 나 행복한데
흘러가는 이 시간이 나는 두려워

패디는 폴의 방에서 나와 천천히 자신의 방으로 간다.

아- 아- 아- (코러스의 멜로디)

검사   그렇다면 두 사람의 성관계 사이에 피고의 강제성이 있었습
        니까?

패디, 폴의 노래 중 천천히 편지를 쓴다.
그리고 거울을 보며 머리를 만지고 입술을 다시 바른다.
이내 패디는 손목에 칼을 댄다.

패디
나 버티고 또 버티려 했는데
매일 매일 넘어지는 나약한 나
어떻게 밀려오는 파도를 견디나
그건 절대 거부할 수 없는 것

패디, 칼로 손목을 긋는다.
무대가 고요해진다.
폴의 목소리가 조용히 들려온다.

폴
과거도 아닌 미래도 아닌
지금 순간의 아름다움
순간은 결코 멈출 수 없기에
아름다운 순간

폴　　(멍한 듯) 네, 있었습니다. 그날 밤 제가… 패디를 성폭행했어요.

루이　　폴, 너 지금 무슨….

폴　　패디가 맞았어요. 패디가 맞았다고요! (소리치며 점점 더 흥분이 커진다) 제가 패디를 강제로 성폭행 했어요! 내가 패디를 죽였어요! 내가 죽였다고! 내가! 내가!

검사   판사님!

루이   폴!

코러스장 피고! 진정하세요 피고! 피고!

커지는 음악과 함께 법정은 순식간에 아수라장이 된다.

빠른 암전.

Epilogue

무대에 빛이 천천히 들어온다.

M14 Ending - Tragic Theme(Ballad)

코러스장
인간들의 고통이여, 가증스런 병이여
우린 대체 뭘 하고, 뭘 하지 말아야 하나

코러스
인간들의 고통이여, 가증스런 병이여
우린 대체 뭘 하고, 뭘 하지 말아야 하나

몇 년 후, 출소한 폴은 패디와 함께 갔던 오페라 가르니에 뒷골목을 찾는다.
그곳에서 패디가 완성하지 못한 그래피티에 손을 대어 본다.

코러스장
우리는 어리석게도, 반짝반짝 빛나는
그 무엇에 집착하고 있지만
그건 그저 공허한 이야기일 뿐
형체도 없는 그 무언가에 사로잡혀

봐야할 것을 못 보고 뭘 해야 하는지도
모르는 그런 사람들의 이야기

코러스
인간들의 고통이여, 가증스런 병이여
우린 대체 뭘 하고, 뭘 하지 말아야 하나

폴 에게 패디의 환영이 보인다.
폴은 그녀를 쫓아가다 어느새 센강의
다리에까지 다다른다.

코러스장
공허한 이야기 속에 숨겨진 의미들
무엇이 옳고 그른지를 판단할 문제들
어지러운 세상 속 어리석은 사람
그 얘기들을 지금부터 끝을 내려 해

못 들은 척하소서 못 본 척하소서
하늘 앞에서 부끄러움 한 점도 없기를
그대가 가는 그 길이 맞는 것인지는
운명이란 단어론 형용할 수 없단 걸 알아

패디가 다리의 난간 위에 선다. 폴 역시 난간에 오른다.

코러스장, 코러스
거짓 속에서 빛나고 있는

여기 숨겨진 아름다움
진심은 결코 숨길 수 없기에
아름다운 진실

폴　　　(패디를 바라보며) 패디.

폴
처음엔 당혹감이 그 다음엔 설레임이

패디
그 다음엔 행복함이 그 다음엔 무엇일까

폴
잊고 있던 두려움이 몰랐었던 괴로움이

패디
사무치게 밀려들어 차라리 널 몰랐다면

폴, 패디
흘러가는 이 시간이 나 행복한데
흘러가는 이 시간이 나는 두려워
흘러가는 이 순간이 나 소중한데
흘러가는 이 순간을 나는 기억해

코러스장, 코러스들
아— 아— 아— (코러스의 멜로디)

패디가 폴을 보며 활짝 웃는다.

패디   지금. 이 순간. 우리. 참 아름답다.

폴은 패디의 손을 잡는다.
그리고 천천히 앞으로 걸어가는 두 사람.

> **코러스장, 코러스들**
> *과거도 아닌 미래도 아닌*
> *지금 순간의 아름다움*
> *순간은 결코 멈출 수 없기에*
> *아름다운 순간*
> *아- 아- 아- (코러스의 멜로디)*

폴은 고개를 돌려 관객을 본다.

> **폴**
> *나이기 전에 나 이기적인 나의 날*
> *이게 나의 집, 이게 나의 땅*
> *이게 나의 나, 이게 나*
> *(내 이름 폴)*

두 사람, 다리 아래 센강으로 사라지면 서서히 암전.

- The End

작가의 말 | 전순열

작품의 원전 〈히폴리토스〉(B.C 428 최초상영)의 작가 에우리피데스는 소포클레스, 아이스킬로스와 함께 고대 그리스의 대표적인 비극작가로 손꼽힙니다. 하지만 그의 작품들은 당시 다른 작가들에 비해 다소 인기가 적었으며 오히려 후세에 들어 더욱 인정을 받게 되었는데, 이에 대해 현대 비평가들은 그가 당시의 규칙과 원칙에서 벗어나 가장 '현대희곡'과 근접한 면면을 보인 것에 그 이유를 듭니다.

실제로 〈메디이아〉(B.C 431)의 경우 당시 비극경연대회에서 꼴찌를 차지했지만 후세 희곡문학에 의미 있는 영향을 주고 있음이 이를 잘 보여주고 있습니다.

원전 〈히폴리토스〉는 동시대 그 어떤 작품의 인물들보다 내적인 힘이 동인이 되어 적극적으로 플롯을 이끌어 가는, 지극히 인간적인 지금 우리의 모습과 어쩌면 크게 다름이 없습니다. 같은 이유에서 인지 이 작품은 많은 이들에 의해 재창작되었는데, 프랑스의 극작가 장 라신의 〈페드르〉(1677), 유진 오닐의 〈느릅나무 밑의 욕망〉(1924), 줄스 라신 감독의 영화 〈페드라〉(1962)가 대표적인 예가 됩니다. 그리고 이들의 공통점이 있다면 의붓아들을 사랑한 페드라의 마음을 원전에서처럼 아프로디테의 저주가 아닌 거부할 수 없는 인간의 욕망으로 나타낸 것인데, 이는 우리의 작품 〈히폴리토스 on the beat〉역시 그 욕망을 버틸 수 없는 '파도'로 은유한 것과 그 맥을 같이 합니다.

우리는 살면서 수많은 선택을 합니다. 그리고 그 기준은 아마도 '해야 할 것'과 '하지 말아야 할 것'에 대한 구분이며 때로는 이 선택의 분명함이 성숙함의 척도가 되기도 합니다. 하지만 진짜 '해야 할 것'과 '하지 말아야 할 것'은 무엇일까요? 그것은 과연 누가 정했으며 정말 정확히 구분할 수 있는 영역일까요? 그리고 그 기준에서 벗어나는 것에는 결코 아름다움이란 없는 것일까요? 작품은 단순히 자극적인 사랑 이야기를 다루려는 것이 아닙니다. 그저 지금까지 우리가 맞다고 생각하는 것이 아닐 수도 있다는, 혹은 아니라고 생각했던 것이 맞을 수도 있다는 그 아이러니와 패러독스를 신나는 비트 위에 함께 즐기며 사유하는 작지만 의미 있는 시간의 노력입니다.

더불어 작품은 국내에서 '랩 뮤지컬'이라는 익숙하지 않은 장르에 대한 실험이자 시도이기도 합니다. 그만큼 조금은 어색하고 불편한 부분이 있을지도 모릅니다. 하지만 랩이 가지고 있는 '진심'과 '저항'의 속성이 극 중 인물들의 분명한 힘이 되어 관객들의 마음을 울리고 고전에서 현재를 발견하는 하나의 고리가 되기를 바랍니다.

2019 한양대학교 연극영화학과
캡스톤 창작희곡선정집 6

초판 1쇄 인쇄일 2020년 8월 5일
초판 1쇄 발행일 2020년 8월 10일

지 은 이 (작품수록순) 유재구 · 강동훈 · 김현수 · 전순열 · 김희진
펴 낸 이 권용 · 김준희 · 조한준
만 든 이 이정옥
만 든 곳 평민사
　　　　　 서울시 은평구 수색로 340, 202호
　　　　　 전화: (02) 375-8571(代)
　　　　　 팩스: (02) 375-8573
　　　　　 http://blog.naver.com/pyung1976
　　　　　 이메일 pyung1976@naver.com

등록번호　 제25100-2015-000102호

ISBN　　 978-89-7115-726-8　 03600

정 가　 22,000원